烟火巴蜀

蓝勇 著

四川文艺出版社

图书在版编目（CIP）数据

烟火巴蜀 / 蓝勇著. —— 成都：四川文艺出版社，
2021.12
ISBN 978-7-5411-6220-6

Ⅰ.①烟… Ⅱ.①蓝… Ⅲ.①散文集—中国—当代
Ⅳ.①I267
中国版本图书馆CIP数据核字（2021）第247820号

YANHUO BASHU

烟 火 巴 蜀

蓝 勇 著

出 品 人　张庆宁
责 任 编 辑　王思鋐　叶　驰
内 文 设 计　史小燕
内 文 插 画　敬启琴　刘颖慧　俞希承
封 面 设 计　叶　茂
责 任 校 对　文　雯
责 任 印 制　喻　辉

出 版 发 行　四川文艺出版社（成都市槐树街2号）
网　　　址　www.scwys.com
电　　　话　028-86259287（发行部）　　028-86259303（编辑部）
传　　　真　028-86259306

邮 购 地 址　成都市槐树街2号四川文艺出版社邮购部　610031
排　　　版　四川胜翔数码印务设计有限公司
印　　　刷　四川机投印务有限公司
成 品 尺 寸　170mm×230mm　　　开　　本　16开
印　　　张　20.25　　　　　　　　字　　数　290千
版　　　次　2021年12月第一版　　印　　次　2021年12月第一次印刷
书　　　号　ISBN 978-7-5411-6220-6
定　　　价　68.00元

努力做一个食烟火、讲哲理的巴蜀人

　　我出生在四川泸州茜草坝，幼年随婆婆常居纳溪县石棚镇；4岁随父母迁居川南盐都自贡，居东兴寺；6岁又随父母迁移到四川宜宾县大山中的401电厂（豆坝电厂，三线建设厂矿）；17岁从朝阳中学（宜宾县九中）考上大学到重庆北碚西南师范学院学习；毕业后进入陆军十三集团军教导大队；后考上西南师范大学的研究生，在重庆学习工作了四十多年。所以，重庆直辖后，不断有人问我是重庆人还是四川人，我说我是一位生在四川长在重庆的巴蜀人。

　　青少年时期的我不知是由于家教还是遗传，总是胆小怕事，加上读书时年龄太小，性格又较为内向，总是受人欺负，反而是我妹妹成了我的保护人。不过，可能正是这种性格，使我能心无旁骛地静下心来思考一些问题，摆弄一些奇技淫巧，如用硬纸壳做汽车、火车、轮船模型，或用画笔描绘领袖人像，高中毕业前后不知天高地厚去考了两次美术专业。青少年时，可能大多数家务是父母和大姐在做，对于整天摆弄奇技淫巧的我来说，可谓不食人间烟火。

　　成年成家后，父母不在身边，因为妻子的工作是坐班制，我作为作息自由的老师就担起了每日三餐的事务。一日三餐，不能让老婆孩子饮食有疲劳感，只有变着花样做各种菜品，反而偶有所得。后来，又出于工作缘故到处田野考察，遍尝巴蜀民间美食，嘴吃多了也更挑剔了，开始对烹饪历史与文化琢磨起来，我好像逐渐有了烟火气了！

食色人性，但记得年轻时荷尔蒙最强时侯由于对学术世界的向往，一度强抑对"色"的本性追求，对于一些女性的主动表达假装不屑一顾，现在想起来偶有一丝后悔。20世纪80年代是一个开放而充满激情的年代，记得读书时，学习再辛苦也不忘记去打篮球、乒乓球，一不小心成了西南师范大学研究生乒乓球队员和校学生篮球队替补后卫。那时候的开放包容至今难以想象，在高校是可以课后在教室将课桌移开跳交际舞的，今天看来不可思议。学习工作期间，偶尔还重拾画笔画几笔，有时也可以为自己的著作画一点插图。应该说，从我的爱好来看，我自己认为也是食烟火而接地气的。不过，所谓江山易改本性难移，我从小胆小怕事的个性一直难以改变，而面对男女感情的重情伤感缺点也一直缠绵于身，应该说我自己的烟火味道是有缺陷的。

不过，虽然我生活上胆小怕事，但我认为自己在事业上的闯劲还是有的，只是当自己事业开始有一些起色时，没有想到高处的寒冷，因我一直缺乏对周边社会险恶的认知，总将周边的人想得如自己一样天真单纯。二十年前，单纯的我真名真姓地公开起来反对学术做假，就受到别有用心人的陷害。七年前，我的家庭变故，本是一件十分痛苦之事，但却有人以此对我后来正常的情感生活进行恶意诬陷，一直影响到我现在的个人感情和婚姻生活，也一定程度上影响到我的事业的发展。不过，面对曲折和困难，我从来就没有沉沦过，一直都在笑对曲折，不断申诉，因为我相信正义总会到来的。从某种程度上讲，有故事的人生经历反而使我在学术研究道路上更加反思过往、思辩人生，反求诸学术的解释、历史的追问。

烟火的学问可能是人间最危险的学问，因为世界上绝大多数人都是食烟火的，烟火的学问自然要受到绝大多数人的监督和检验。特别是巴蜀这个地方世俗烟火得很，二十四史中唯一记载居民喜吃肉的"食必兼肉"和闲适好博的"士多自闲，聚会宴饮，尤足意钱之戏"就是指巴蜀。宋代的大足石刻硬是将庄严的佛教伦理演绎成了一个个世间百姓的生活故事。清代形成的川菜一不小心就变成了世界第一平民菜系，四川盆地一下就成为世界最大的麻将娱乐乐园，巴蜀的男人们成了世界上最有爱心和烹饪手艺的男人们。当然，四川、重庆的美女自近代以来也是声名在外，可能民间"少不入川"的说法，更多是出于对巴蜀声色的担心。所以，在巴蜀地区做食烟火的学问本身是有土壤的，但做这样的学问也可能因略知一二的人太多而受到的监督太多，也是较危险的。古往今来，那些浸染过巴蜀风土人情的学人身上，都有一点点巴蜀烟火的俗气，如苏东坡、陆游、黄庭坚、杨慎、李调元、李劼人、童恩正、袁庭栋、王笛等。

曾开发古代川菜而作《古川菜序》，不求平仄，只寻对仗，字里行间也显我的烟火俗气。

> 梁州故域，百代天府。分辰当未，故尚滋味。士多自闲，野常筵合。好游尚侈，膳博互济。忆文君当垆，诸葛种蔓。扬左为赋，道将传志。太白纵酒，子美遗诗。孟蜀尚食，宋子游宴。东坡制羹，山谷腌笋。升庵留册，雨村著录。四贤三赋，分不清谁是雅士，谁是老饕。

> 江渝滥筋，四节地薮。值野为昊，因好辛香。衣食不期，家多宴乐。食必兼肉，辛饴相得。想蒟酱芳流，荔枝色变。巴椒蜀葵，黄儿细子。蹲鸱戴蘋，苦笋木棕。乳糖鸳鸯，丙穴鲟鳇。汉嘉耳脯，唐安索饼。泸州斫鱼，绵州鱼脍。七菜五肉，辨不明何为精馔，何为粗簋。

> 惜明清兵燹，故人远去，旧味失音。唯八省客民，混脉相济，新食顿生。蚁等书生，廿年舆求，十载册觅，寻源溯根，积得蜀域甘饴，巴地辛香，融以汉唐流风，宋明余韵，面呈时客，流诸后人。以此为序。

> 庚寅年泸州蓝勇序

二十多年来，曾有很多次机会让我走出四川盆地去京津、吴越、荆楚等地谋生计，但我都没有成行，看来我骨子里总有一种巴蜀情怀在作怪，区域或地方的东西研究久了就会产生一种莫名其妙的感情。这里要感谢这些年诚邀我走出巴蜀的各位赏识我的好心的朋友们。看来，在这个太食烟火的盆地关久了就会产生一种惰性。后来，我又自我解嘲认为，其实，任何文明都应该回到食烟火去，我们的老祖宗说的食色人性，确实是说到人性的骨子里。我想，如果文明远离了烟火，那肯定是来源于远离烟火的嫉妒者的虚伪。我已经在烟火中了，为了这个人生的目的，不必远离故土，忍受一点委屈，也是一种乐达，此所谓"蜀人游乐不知还"也。

在巴蜀烟火之中，我常常在思考现实，又寻诸历史，将一些社会常态从学理层面剖析，从历史视角去反思，所谓求之于现实，问之于历史，于是在历史与现实之间多有哲理方面的一些思考，偶有所得。不过，让我最苦恼的是学术的路径与现实社会的路径往往大相径庭，现实的社会并不是完全讲逻辑、求公平的，而学术的路径自然以求客观、讲逻辑为第一要务。

我的文笔很是简单纯朴，缺乏华丽的词藻和晦涩的句子。对我而言，只求自己的笔下有证据、有逻辑、有哲理、有反思，我简称"四有"。所以，这本小书收集的这些随笔、杂文之类读起来并不一定优雅轻松。有的小文可能烟火味道太浓，但是我在这些烟火味道中努力反思人间的道理，包括社会的道理、做人的道理、学问的道理。我想，即使现在这些道理一时讲不通，但我还是希望有一天能讲通，因为我知道，人类文明总是在不断朝着有烟火、接地气、通人性的方向进步着，而巴蜀文明尤为接近这个方向。

目录

第一辑：巴风蜀韵

第二辑：烟火江湖

第三辑：学海泛舟

第四辑：品读经典

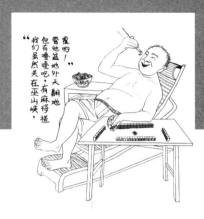

"霞哟！"

管他盆地外天翻地

但有噻噻吃，有麻将搓

我们虽然关在巫山峡，

第一辑

巴风蜀韵

巴与蜀，中国双子星座文化的代表

在中国地域文化中，有许多双子星座式的文化，如巴与蜀、齐与鲁、秦与陇、滇与黔、燕与赵、吴与越。在这些双子星座式文化的内涵中，既有共同地域衍生出来的共性，也有区位和环境差异形成的反差。

巴与蜀在古代，都封闭在一个大的盆地之内发展，衍生的文化的共性十分明显，所以，在中国古代，巴蜀一体相称在文献中最为寻常。你在电子

"我不是蜀人，也不是巴人，我是巴蜀人！"

版的《四库全书》中输入"巴蜀"二字，一下能跳出4300多个匹配。从《尚书》《史记》直至明清的历史文献，巴蜀并称习以为常，一直是指生活在四川盆地的居民和所产生的文化，看来大多数古人不需要分出巴与蜀之区别的。所以，就是在重庆直辖后十多年，还时常有外省朋友将重庆区域的人称为四川人。

具体而言，在古人星野分野之中，往往将蜀和巴的地域都称为"参伐""东井""舆鬼"，充分体现了古人对巴蜀共性的认知。蜀的鱼凫王朝就是巴人鱼凫建立的，而后来继承杜宇王朝的开明王朝鳖灵也就是鱼鳖之巴，巴与蜀在上古，早就是你中有我，我中有你了。在考古学意义上的巴蜀文化，尖底器、高柄豆、小平底器、柳叶剑、船棺葬、烟荷包式钺、巴蜀图语等构成了先秦时期巴蜀地域物质文化的共同特征。

《汉书·地理志》中就是将"巴蜀广汉"作为一个文化区来讨论的，《隋书·地理志》也是将巴蜀地域看成一个整体来分析。唐宋时，人们习惯用"蜀中""三川""西川""川蜀""蜀川""巴蜀""川峡""益州"等作为整个四川盆地的地理称谓。我们知道，四川真正作为地域名称指四川盆地，是在南宋时期。在元代用四川作为正式的一级政区名称后，四川才逐渐成为四川盆地最常用的称谓地名。

不过，在四川盆地内，由于地形地貌的差异和区位地缘的不同，巴与蜀又存在明显的亚差，故从古至今，人们又习惯将巴蜀的差异展现。在汉晋时期，就有"三蜀"与"三巴"的区分。虽然唐代四川盆地分割为剑南东川、剑南西川、山南西道，但剑南道实际是蜀的旧地，而山南道则是巴的旧地。宋代则将唐代剑南西川地域称为成都府路，但民间百姓习惯称"西蜀"；将唐代剑南东川称为潼川府路，民间多称"东蜀"；将山南西道称为夔州路，但民间多称为"峡路"。不过，元明清时期，由于统一四川一级政区形成，成渝双子星在行政和经济地位上表现出的双星格局有所削弱，但文化东西差异却一直存在于民间。

不同的区位和环境对于文明产生的影响是不同的。蜀文化的核心区今成都平原，土地平坦，气候湿润，物产丰富，在传统农业生产时代，所谓"土地易于生事"，衣食不期而至，对于人类早期文明产生更为有利，人们有更多的时间用于文化创造，故较早出现发达的人类文明。以前重庆市的领导们总是感叹重庆这块土地上为何挖不出一个三星堆或金沙遗址出来。其实，不是我们重庆的文物工作者不努力，也不是我们的先民们不勤劳聪明，在古代，环境的制约往往是无法逃避的。

正是因为蜀地地大而物繁，自古衣食无虞，商业繁荣，文化发达。早在一千六百多年前蜀人就有了"君子精敏，小人鬼黠"的个性特征，用今天的话说就是好人聪明伶俐，坏人市侩狡诈。富足的生活下人们形成了喜文而畏兵的社会风尚，历史文献中多有"蜀人懦""蜀兵懦""好文""好文刺讥""俗尚文辩，好相持短长"的记载，说出了蜀人有十分发达的文化而怯于动武的特点。所以历史上巴蜀地区的文化名人，如司马相如、王褒、扬雄、苏轼、苏辙、杨升庵等大多出自成都附近，此所谓"蜀有相"。在汉代，儒学意义上的蜀学可与齐鲁并称，宋代理学意义上的"蜀学"更是可与中原相抗衡。近代以来，郭沫若、巴金、艾芜、李劼人、魏明伦、徐中舒，也大都生息在蜀地域内。

物质文化的发达使蜀人自古养成了尚游乐、重饮食的传统。早在晋代《华阳国志》中就记载蜀人"尚滋味""好辛香"，就是讲求吃，饮食文化发达。《隋书·地理志》更是直接称汉中和蜀地人"性嗜口腹"，生性好吃。难怪五代时孟蜀主自己亲自掌《食典》一百卷，古今中外可能皇帝亲自研究食谱的确实不多，也只有在蜀这块土壤中才滋养出这样的皇帝哟！据记载，当时蜀中城镇"士多自闲，聚会宴饮""家多宴乐"，而乡村中"合筵社会，昼夜相接"，饮食文化尤为发达。明清以来，蜀人核心区的成都仍是有"肴馔之精甲通省"之称。至今蜀人仍以重口福、重饭局著称，川菜由之能在中国乃至世界上影响巨大，尤以其大众化著称。蜀中的女人多会持家烹饪，让男人如同天天享用馆饭；而男人几乎大多是美食家加业余厨师，会让女人们口福不浅。成都仍是川菜的核心区，从传统川菜到新派川菜，从民间小吃到公馆大菜，花样繁多，精工细雕，八方汇聚，连重庆的江湖菜涌入成都也会演绎得精美而登大堂。

关在盆地内不忧衣食，自然会想怎样打发时间，会钻研怎样更能玩好。古书中早就有"蜀风尚侈，好遨乐""游乐无时"之记载，就是游玩随意，想玩多久都可以，完全没有规律可循。宋代成都人往往从大年初一开始到四月之中"游赏几无虚辰"，游玩的花样繁多，没有一天是空了的。所以宋代酷爱游乐的官员宋祁被皇帝安排去成都做太守时，宰相就以会助长蜀人的游乐之风而反对。蜀人在游乐时最爱的当然是博戏了，早在《隋书·地理志》就记载蜀人"士多自闲""尤足意钱之戏"，这种意钱之戏就是当时的一种休闲博戏，也称摊钱。后来麻将牌兴起，蜀人更是将麻将文化发扬光大，《成都通览》中称成都妇女80%都喜欢"斗麻雀"，民国时黄炎培则称成都人经常是"四个人腰无半文将麻将编"。至今，以成都为核心的蜀地的麻将普及率可能全中国、全世界第一。

蜀人闲适还体现在对茶馆的钟爱，清代成都就有"茶社无街无之"之称；民国时有的茶馆可以容千人同饮，很多人是从早到晚都泡在茶馆内，穷得无钱喝茶者还可以喝别人喝剩下的茶，美名曰"喝加班茶"。据说民国时，成都的一些政府衙门、银行、商铺里面就专门安有麻将桌，风气一直相沿。至今，茶馆仍是成都最普通的社交场所，而茶馆往往与麻将地主的娱乐混为一体，让人分不清哪是茶馆，哪是棋牌馆，更让外人分不出哪是工作，哪是休闲了。其实，今天成都

《华阳国志》对巴人、蜀人个性的记载"巴有将蜀有相"

"震哟！
管他盆地外天翻地
但有嘎嘎吃，有麻将搓
我们虽然关在巫山峡，"

人休闲的最大特征就是大众化，开春后的龙泉桃花节，几乎成了成都人的桃花麻将会。曾经，四人奥拓车、豆花回锅肉、血战到底一度成为成都人休闲的常态。

不过，千万不要以为蜀人休闲风尚是蜀人懒惰的象征，蜀人的休闲风尚与蜀人勤劳忍耐的传统决不冲突。宋人曾将四川农民种田经验向江南地区介绍，还认为汉中的百姓远不及蜀中百姓勤劳，所以《宋史》中称蜀人"民勤耕作，无寸土之旷，岁三四收"。至今，四川人在全国仍是以吃苦耐劳而著称，四川民工仍是一个勤奋的劳作群体。其实，蜀人的休闲是一种乐达精神的体现，记得古人曾认为蜀人"虽负贩匄丐之人，至相与称贷，易资为一饱之具，以从事穷日之游"，"民无赢余，悉市酒肉为声妓乐"，再穷的人也要休闲娱乐，而且"虽蓬室柴门，食必兼肉"，再穷也要想法能吃肉，故有"蜀人衣食常苦艰，蜀人游乐不知还"之称，生活再艰苦也不能消除蜀人的娱乐的天性，再忙也要忙里偷闲，这是一种何等乐观的情怀。就是今天的四川民工在全国各地，虽然地位不高、收入一般，但上工之余以斗地主、打麻将、下五子棋为乐习之为常，就像古时蜀地船工闲时经常在江边滩石间玩摊钱之戏一样，古今一脉相传。如果说古代蜀人玩着摊钱之戏，品尝着滋味川食，乐观得很，现在成都人则打着麻将，吃着豆花饭，同样舒心巴适得很哟！

蜀人是将娱乐社交与工作生活结合得最好的一群人，这是一群自我幸福感指数甚高而乐观的人群。蜀人协调工作与休闲关系的学问既是一种世俗处世的文化，也是一种雅俗一体的学问，当然也就可以成为现实社会的一种资源。

从古到今，人们都是以"巴蜀"相称，几乎都是将"巴"放在"蜀"的前面，但从历史上来看，"巴"的文化影响远不及"蜀"。其实，"巴渝"作为地域称呼十分早，早在《后汉书》《华阳国志》《水经注》中就时有"巴渝"之名出现。考古文化意义上巴渝文化虽然也很有特色，錞于、编钟、扁平柳叶剑显示巴楚同风，但巴渝文化的辉煌却远不及蜀文化。就是在古代重庆开埠以前，巴地域内的经济文化也远不及蜀地成都发达，峡路一度是落后地区的代称哟。

重庆地区是一个以山地为主的地区，高山深谷成为养育重庆先民的地理背景。早期的巴人以江河渔猎、山地狩猎、台地农耕为主，高山阻隔、江河湍急、密林猛兽的恶劣的自然环境，养成了巴人尚武、爽直、乐观的胸怀。"质直好义，土风敦厚""天性劲勇"的记载不足于史书。一首巴人歌谣"川崖惟平，其稼多黍。旨酒嘉谷，可以养父；野惟阜丘，彼稷多有。嘉谷旨酒，可以养母"，将巴人乐观爽直而张扬的情怀展现在我们面前。秦汉以来大量汉族移民的进入，使汉文化与峡江地域文化有机结合了，但先民仍秉承了传统情怀，面对恶劣的生存环境，三峡岸边上刀耕火种的山民悠然自得，没有稻米吃，但"未尝苦饥"，时时拱手吟唱"耕耨不关心"。

唐宋时期，中原文化对重庆的影响显得十分薄弱。唐代四川盆地内出了68个进士，但今重庆的地域内仅出了1个；到了宋代，眉州出了861个进士，而当时的恭州（重庆）仅出了4个。那时，重庆还是中原达官贵人墨客骚人被谪贬流放的荒蛮之地，显现"儒化"不足。在这种文化背景下，重庆的先民"质直好义，土风敦厚"，早在一千六百多年前的晋代就有"蜀有相，巴有将"之称。从巴蔓子到甘宁、严颜，从秦良玉到钓鱼城守将，从红岩烈士到三峡移民，重庆人的忠烈奉献情怀承传千古。到近代巴蜀出的元帅、将军中，大多数籍贯在旧巴人的地域内，如开县刘伯承、达县张爱萍、江津聂荣臻，南充罗瑞卿，没有一个是从成都平原附近走出来的。

明清以来，随着中国政治经济文化重心的东移南迁，重庆的区位优势越来越显现重要，极大地推动了重庆社会经济的发展。明代重庆巴县出了98个进士，居当时全四川第八位。但这种发展却遭受了元末明初和明末清初两次重大战乱的创伤，重庆地区是当时四川盆地受战乱影响最严重的地区，大量人口死伤，中古时期的文明受到严重摧残。但随之而来的"湖广填四川"移民运动，使重庆文化在新的移民基础上得以新生。不过，这时重庆已经大大落后于许多中国其他地区了。

好在中国近代化的过程十分眷顾重庆人，刚烈乐观的重庆人也从现代文明中吸取了进取向上的核心精髓。近代现代文明传入中国后，1891年重庆开埠、万州开埠后，重庆地区成为中国西部接受现代文明最早和最多的城市及地区。以至于20世纪初，重庆有"小上海"的美称，时人感叹成都民风的保守和城市建筑的原始与重庆的民风的新潮、建筑的现代上的差异。那个时代，连万州也成为居重庆后的四川第二商埠。两千多年来领导西南政治经济文化潮流的成都一度落伍了。重庆现代文明的领先地位经过抗战时期陪都建设和中华人民共和国成立后三线建设的强化，更使其成为中国西部现代文明的核心城市。近代工商业兴起后，长江水运繁忙，码头文化发达，"儒化"不足背景下的商业文化更易滋生江湖帮派，一时赤膊光头的"杂皮"成为旧重庆城市社会的一个符号。

可以说，清代以前的重庆文化没有太多的光环，也没有太多的遗产。清代以来的重庆文化完全是新的移民文化，所以重庆在传统时代没有太多的骄傲与光荣，也就没有太多眷念与守成，这就形成了近代重庆人兼容天下、汇纳百川的开放心态。重庆人与成都人一样的乐观超然，如果说古代重庆人吃着粗粮，唱着山歌，乐达开心得很，现在重庆人则光着膀子，吃着火锅，同样也乐观惬意得很。

今天的重庆文化是一种建立在落后的传统文化土壤上的现代文化，呈现

巴蜀图语：共同的文化表征

出一种没有发育成熟的传统文明与现代文明的结合，即"儒化"不足与"西化"领先的叠加。具体表现为一种传统巴渝的忠烈尚武的张扬与近代文明的进取结合的兼容，也体现了"儒化"不足的粗野病垢与现代文明时尚结合的怪异。故难免呈现粗野的脏话与时尚的装束的结合，淡薄的书卷与现代的景观的共存，落后的乡村小路与现代的轻轨并行。不过，重庆人言语间常带"狗日的""格老子"等把子，已经主要不具有字面的实际意义，更多成为显现刚烈直率的语气助词了。

一个政区的建立有赖于形成文化的认同，同时政区的建立也会强化政区内文化的认同，但是后者的过程是十分缓慢的。巴蜀文化是在四川盆地区这个地理单元内经过几千年的沉淀形成的，互相浸润影响，共性明显，根基深厚。重庆直辖仅二十多年，要短期内显现特色，淡化共性是不可能的。有些文化是巴蜀共同的资源，淡化本身也是没有必要的。

巴蜀食为一家。有人大提"渝菜"概念，却找不出渝菜与川菜在科学上的区别。其实，有人就将近代川菜分成五大帮系，即成都菜、重庆菜、大河味（帮）、小河味（帮）、自内味（帮），如果说要提渝菜最多只能提渝派川菜而已。麻辣鲜香、复合重油这是川菜根本之处，重庆与四川并无本质区别，唯一是重庆菜多了一点粗野江湖气，江湖菜对四川饮食文化影响巨大。而四川是传统川菜的发源地，新派川菜的精细程度也是重庆不能相比的，对重庆饮食文化的影响同样也是深入广泛。

巴蜀闲适一体。从古到今四川成都人休闲文化最为发达，重庆在休闲文化上深受成都的影响，当古代成都在城市中大玩"意钱之戏"时，重庆人则在江边滩头间学着玩"摊钱"。今天，成都人麻将打得最为普及，最为痴迷，成都的"血战到底"玩法早已经将重庆"推倒胡""拳打脚踢"玩法横扫一空。

巴蜀言子一致。在中国的八大官话中，大多数官话受儒家文化的影响深厚，使地域个性的语言削弱了许多，同质化明显，只有西南官话和东北官话"儒化"相对较弱，个性保留更多。至今四川话中言子多样，文白异读明显，语言诙谐，在这一点上，巴与蜀并没有本质的区别。所以，从《拉壮丁》《傻儿师长》的影响超越官话区到非官话区，我们往往分不清哪是成渝片的成都话、重庆话，哪是岷江片、仁富片与雅棉片的宜宾话、自贡话、雅安话。

在我看来，巴与蜀、四川与重庆，这是老天关在巫山峡内的两个胞兄，巴山蜀水是他们共同的养育父母，故使他们有共同的辛香饮食风尚，共同的乐达休闲取向，共同的丰富诙谐言子。只是一西一东，区域环境不同，地缘邻居有异，天造人性，使一个好文敏思，文化深厚而醇香，乐达得精细；一个尚武刚直，文化朴直而时尚，乐达得粗野。巴与蜀，根基外形相同，个性内涵稍异，好似一座个性十足的双子星座。

原文刊于《中国国家地理》2014年第2期

三分天下巴蜀人：成都人·重庆人·老四川人

对于外省人而言，多分不出四川人与重庆人的差别。其实，由于历史岁月的沉积，四川、重庆两地早就形成了三个文化各异的汉族群体，正所谓三分天下巴蜀人。

成都人

川西平原自古以来自然条件优越、物产丰富，民众大多衣食无虞，求生容易。在这样的环境下，加上经济发达、商业兴盛，人们自然有更多的空闲用于娱乐和文化上，形成历史上"盖地大物繁，而俗好娱乐"的风气。

成都自古商业文化发达，在传统商业文化的影响下，成都人市侩气息最为浓厚，形成了精明、敏捷的个性特征，所以，早在一千六百多年前《华阳国志》便有记载称成都人"君子精敏，小人鬼黠"。

古代成都平原由于物质文化发达，政治局面相对安定，战乱相对较少，便形成了成都人民性柔弱而喜文的民风，历史上记载"蜀有相""蜀人懦""喜文而畏兵""好文"等民风，道出了成都人有十分高的文化素质而怯于动武的特点。早在汉代，成都人就有"好文刺讥""俗尚文辩，好相持短长"的个性，看来成都人善于争辩，怯于动手，古风使然。不过，许多在历史上赫赫有名的文化名人，如汉代的司马相如、王褒、扬雄，宋代的苏洵、苏轼、苏辙，明代的杨升庵，均出自成都一带，说明成都文脉之深厚不是一般地方能相比的。

物质文化的富有和商业文化的发达，还使成都人很早就养成了尚游乐、重饮食的传统。《华阳国志》中就记载成都人"尚滋味"，就是说讲究吃，饮食文化发达。唐宋时期成都城市中"士多自闲，聚会宴饮"，"俗尚嬉游，家多宴乐"，而乡村"合筵社会，昼夜相接"，官员们更是在固定的西园和大慈寺内经常设局宴乐。到了明清时，成都在全国的地位下降，但仍有"肴馔之精实甲通省"之称。至今成都人仍喜口福、重饭局，成都小吃名扬天下，成都人吃馆饭十分寻常。

闲的时间多了，自然要想办法多玩玩，成都早有"蜀风尚侈，好遨乐"之称，更有"蜀人游乐无时"的说法，所谓成都从大年开始的四个月内"游赏几无虚辰"，好像成都人一年中的前四个月全在游玩而不思正事。宋代官员宋祁一直喜欢游玩，有人提议迁宋祁为成都郡守，当时的宰相马上反对称，成都民众游乐风已经过甚，而宋祁本人原本太喜欢游玩了，让其出任成都郡守，岂不是反助游乐之风？今天，成都人的麻将普及率和茶馆普及率可能堪称中国第一。以博戏论，早在唐代，成都人就"尤足意钱之戏"。以茶馆论，自古成都不仅茶馆甚多，有"茶社无街无之"之称，有的茶馆可同时容纳上千人就饮，且人们逗留茶馆的时间长，至今成都人仍多有从早到晚隐居茶馆者，据说以前还有无钱饮茶者吃别人喝过的"加班茶"的。所以，明清以来对成都人的悠闲多有记载，如《成都通览》称："成都妇女有一种特别嗜好，好看戏者十分之九，好斗麻雀者十分之八，好游庙者十分之七。"民国时期黄炎培写了一首打油诗来讽刺成都人，其诗称："一个人无事大街数石板，两个人进茶铺从早坐到晚，三个人猪狗象例俱全，四个人腰无半文将麻将编，五个人花样繁多五零四散，回家吃酸萝卜泡冷饭。"将那时的成都人描写得入木三分！

成都人好玩，成都城也就成了一个娱乐业十分发达的消费性城市，历史上散花楼、张仪楼、锦楼、云锦楼等名楼如云。据说，唐末王建攻成都城前，曾鼓动将卒道："成都城内繁华万分，金帛如山，美女如云。"正是在这些引诱下，将士们很快便将成都城攻破了。难怪成都人多对成都有太多的依恋，安土重迁，"少从宦之士，或至耆年白首不离乡邑"，这可能是至今成都人的"成都优越感"产生的历史原因，而民谚"少不入川"可能主要担心成都平原富足而消磨年轻人的进取之心。①

与之相配，成都话"儿化音"明显，轻音多、柔弱而婉转，刚性不足而柔弱有余。

---

① 清代文献记载中多是"少不入广，老不入川"，而"少不入川，老不入陕"的记载出处不明。

重庆人

重庆地区明显受荆楚风俗影响。巴人发源地在鄂西，考古发掘也证明重庆与鄂西文化的一体，故历史上重庆一带就"略有楚风"，楚人"尚武信巫"的文化传统对重庆人影响明显，使其自古就有尚武传统，晋代便有"巴有将"之称。元末明初和明末清初川北和川东地区所受战乱最为酷烈，土著死伤最为严重，湖广籍移民进入重庆地区也最多。湖广移民虽已走进了农耕社会，但其"猎山伐林""率多劲勇"的个性特征仍循循相因，多少对古今重庆人有所影响。

从社会经济上来看，重庆地区长期都是以农耕为主，山地畜牧业地位较高，农业文化的影响占有绝对优势，商业文化相对于成都平原比较落后。重庆人既有楚人尚武强悍的一面，也有农耕和游牧民族爽直的一面。古代重庆地区出过许多行武出身的名人，如巴蔓子、甘宁、秦良玉等，却没有出现几个一流的文化名人。也难怪，唐代时重庆还十分落后，渝州范围内没有出现一个进士，宋代恭州也不过只出了4个进士；而唐代成都出了14个进士，宋代成都出了416个进士。而明清以来重庆的文化发展起来，这是与重庆经济地位上升有关。明代重庆出了98个进士，一下跃居当时四川第三位了。

长期的尚武风尚，形成"重庆崽儿"的强悍、质朴、豪爽、好义的风气，故都称

古代文献中有关川东人气质性格的记载

"重庆崽儿"怯于动口而长于动手，刚毅有余而多情不足。

要说重庆发展，当然要说重庆开埠和抗日战争的影响。光绪十七年（1891）开埠以后，重庆比成都更早开始了近代化进程，不久重庆城有了"小上海"的称号，而且在巴楚强悍民风的基础上，浸染上近代工业文明的快节奏，造就了重庆人生活快节奏的状况。重庆没有成都那样多的茶馆，也没有那么多的饭局。以前重庆人打麻将，却没有成都人花样复杂；重庆人重饮食，却没有成都的精细；重庆人亦饮茶，却没有成都人投入。

重庆方言节奏快而有力，显得豪放，刚性有余而柔弱不足，将重庆人的个性特征表现得十分充分。重庆话重庆妹子说出显得柔情不足，倒把重庆妹子的粗野大气凸现得活灵活现。唯重庆以下的下川东方言则带下江话的婉转，刚中带柔。

古代文献有关川南人气质性格的记载

老四川人

上下川南地区是指今雅安、乐山、宜宾、泸州、自贡等地，是四川文化的相对稳定区，也是中古时期四川文化保留较多的地区。正因如此，上下川南地区有许多独特的风俗是成都、重庆两个民俗区所没有的，故称为"老四川"地区，也称"川南土著文化区"。

今天四川传统中最具古风的民间舞蹈"车车灯"（逗幺妹）在川南地区最为盛行和隆重，其他如莲枪、翻身板等也很有特色。又如川南饮食风俗中的名酒、芽菜、叶儿粑、黄粑、燃面、糟蛋等独具特色，形成川南地区独有的饮食风俗（今成都叶儿粑系从上川南传入）。而重庆地区、川西地区饮食风俗大都传入了川南，形成"我中有你、你中无我"的格局。现代四川地区方言古入声自成一调而保留下来，主要分布于这个地区，明清以前四川土著居民保留相对较多的地区也在此。

川南地区从地理区位上讲远离秦陇和荆楚，开发相对较晚。汉晋时期的僰人、南北朝时期的僚人、唐宋时期的葛獠、明代的都掌蛮、近代的苗族，对川南汉人在文化上影响都十分大，而受外来文化影响相对较小，保留了少数民族憨直的气质和性格特征。明清时期四川战乱，川南和川西南地区所受摧残相对较弱，这又使中古时期儒家的仁义文化多得以存留，有古风犹存之感。这便是今天我们将川南地区称为"老四川"的原委，也是现代川南人质朴、尚仁的个性特征的历史根基。现代川南人在待人处事上好客相助，礼尚往来，最具古风。川南人热情好客，古道热肠，喜、怒、哀、乐形于言表。川南方言发音重浊淳朴，不悦耳，略带蛮音，保留下中古的音调和词汇最多。这些民俗都将川南人憨直、尚仁、知礼、好古、笃实的个性特征表现得十分明显。

古代文献有关川西北人气质性格的记载

由感性到理性

　　以往我们对居民个性特征的感受都是以感性认识为基础，缺乏理性的和科学的分析。在西南师范大学心理学系有关专业学者协助下，我们曾利用现代心理学自陈量法对现代四川三大民俗区（川西组：成都市、双流县；川东组：北碚区、万州区；川南组：泸州市、宜宾县）的居民气质特征做科学的对应测量，发现了居民个性特征的演变轨迹。

　　通过测试表明，川东组在三组中胆汁质气质比例最高，而其粘液质气质比例最小。在狩猎、游牧为主的社会里，山地、草原居民强悍、直爽、尚武的个性特征较大地强化了居民的胆汁质气质，使其胆汁质气质所表现的直率、冲动、外露更突出，而掩饰和修正了其居民中粘液质气质，使气质中所体现的沉稳、内向特征不明显。这正是重庆人的个性特征。

　　通过测试表明，川西组多血质远高于川南组，与川东组不相上下，而其抑郁质气质在三组中比例最小，也证明了在商业发达的社会里，居民机敏、油滑的性格进一步强化了多血质型气质所表现的敏捷、善于交际的个性特征，进而又掩饰和修正了其胆汁质冲动直爽的个性特征，抑制了抑郁质气质的发展。这也与成都人的个性特征相吻合。

　　测试也表明，川南组抑郁质和粘液质气质类型在三组中比例最高，而其多血质在三组中比例最低。川南地区由于历史和自然的原因保留中古农耕民族风俗最多，农耕民族一般沉稳、坚忍、内向，不好交际。在这种氛围下，进一步强化了其居民粘液质安静、迟缓和抑郁质胆小多愁的个性特征，抑制了其居民多血质类型灵活而好交际的个性特征的发展。这正体现了今川南人的个性特征。

　　一方水土养一方人，虽然经过千百年多次移民大换血，但巴蜀大地各区域的地气依然，沉淀的居民个性如旧。

原文刊于《重庆晚报》2001年8月26日

巴人已远去，巴风依旧存

　　现代学术界称的巴文化实际上主要是指春秋战国秦汉时期巴人创造的文化。由于研究这个时期的资料主要来自于考古学，所以，巴文化在考古学语境下使用更频繁。在历史学、民族学视野下的巴文化研究也往往多使用考古学资料为支撑。

　　这里所指的巴文化的内涵主要是指这个时期巴人创造的物质文化、精神文化的总体认知。如果从考古学角度来看，巴文化在葬式上以崖葬船棺、土葬船棺、土坑墓葬组合为主；陶器中多尖底器；铜器中以錞于、编钟、扁平而长的巴式剑，多虎纹虎形为特征。如果从精神文化层面上看，山地农耕与峡江急流孕育出的巴人尚武风尚突出，所谓人多劲勇，锐气喜舞。具体点

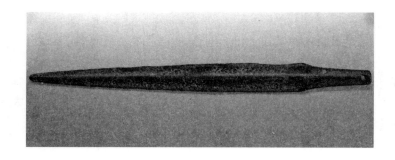

巴人柳叶剑

讲，巫觋文化、巴渝舞、白虎崇拜、巴蜀图语等构成了巴人精神文化层面的特征。在物质生产上，巴人的煮盐、酿酒、织布、造船、炼丹、干栏式建筑技术应该最有特色，巴乡清酒、板楯賨布在当时影响很大。

历史上巴文化与楚文化有着一种从根柢到表形的关联，所以，历史上有"巴楚同风"之称。历史上巴人可分成多支，一说早期巴人分成龙蛇巴、鱼凫巴、鳖灵巴、白虎巴（廪君巴），鱼凫巴、鳖灵（开明朝）巴先后融入蜀人之中，后来白虎巴西迁建立了巴政权，而龙蛇巴演变成板楯巴。整体上巴人族源在荆楚一带，早期有一个向西南迁移的过程是可以肯定的。后来，历史上楚国曾灭夔，也曾在今忠县以东的长江沿岸设立巫郡和黔中郡。在重庆地区发现大量楚文化的遗址，如巫山楚阳台、云阳固陵楚墓等，而发现的虎钮錞于、编钟等铜器明显也有楚文化的特征。所以，从晋代的"其人半楚"，到宋代的"略有楚风""楚俗最尚"，到明清湖广填四川后，清代的"有楚遗风"，重庆地区在远古中古受荆楚文化浸润到近古受湖湘文化的影响都尤为深刻。几千年来，与西部的蜀国共同关在四川盆地内繁衍生息，共同的土壤使巴文化的核心与蜀文化在根柢上有更多的共性。所以，从历史角

巴蔓子墓

巴人虎钮錞于　　　　　　　　　宜昌小峰悬棺中巴人骨骼

度来看，巴文化有着"巴蜀一家"和"巴楚同风"的两个文化烙印。

秦灭巴蜀后，巴人旧地纳入中央大一统政区管理范围内，大量汉族移民进入，巴人一部分逐渐融入汉民族之中，一部分可能向南迁居周边山地，在历史上有板楯蛮、南郡蛮、武陵蛮、土人等称呼，有的成为后来土家族的先民之一。

秦汉以来，重庆地区经过多次重大的移民运动，如秦汉之际的移民、南北朝时期的移民、南宋时期的移民、元末明代移民、清代前期的移民、抗战时期的移民、三线建设时期的移民，特别是经过明末清初的战乱以后，中古时期的居民大量损伤、逃离，造成中古文化的大断层，使现在的文化中已经很难找寻到原汁原味的巴人文化的烙印。汉以后，文献中很少用巴人、巴族的称呼来称古代流传下来的巴族，偶尔文献中使用的巴人称呼，往往都泛指在旧巴人之地活动的居民，如我们习惯用的《广异记》中"巴人好群伐树木作板"的记载。至于诗歌的"巴人""巴音""巴童"更是泛指巴人旧地上的居民。至于有的学者认为现代四川人称盐为盐巴，称手掌为巴掌，称下颌骨为牙巴与巴人之"巴"有关，不过是望音生义、望文生义之谈，不足征信。

当然，从文化地理角度来看，由于铸造巴人个性的高山大川依旧，积古相传的文化根脉的大背景仍然存在，所以，入乡随俗，外来移民也被塑造出传统巴人的个性，使我们仍可从现在重庆人的言行举止上看出远古巴人的流风遗韵。

古代巴人在个性特征上以质直、尚武、好义著称，至今重庆人仍以豪气直爽在四川盆地三大人群中著称。十多年前，我们曾做过一个心理学意义上的气质调查，将当时的四川人分成川东、川西、川南三组调查，发现川东组（即今重庆范围内）的居民胆汁质比例最高，而粘液质比例最小，反映了重庆人外向爽直的个性特征。经过湖广填四川以后，重庆人语言基本上是在湖广话的基础上发展起来的，但历史的语言烙印仍然存有些许痕迹，如语言上发音快而有力，话把子多而显粗野，显现远古巴人个性特征。如远古巴人称蚯蚓为胸忍，设立了胸忍县，近代以来重庆人和四川人仍称蚯蚓为曲鳝，仍保持巴人词音遗韵。远古人巴人信鬼重巫，至今土家族仍然有较为发达的祭祀文化，土家族的梯玛（土老师）地位相当高。巴人锐气喜舞，原汁原味的巴渝舞已经不见踪影，但从唐宋以来川东巴人后裔的竹枝歌舞到近代土家族的摆手舞、汉族的打连宵等仍有巴渝舞的影子。清代巴渝一带的妇女仍以善长歌舞著称，往往三五成群专门到成都平原一带为人喜事歌舞侑酒，称为"杨花"，成为当时的一道风景线。

现在我们提出了川南黔北名酒区的概念，但实际上在历史上巴人故土的酒的名声并不亚于蜀酒。秦汉两晋时期巴乡村的清酒声名很大，宋代的云安曲米酒也使得"家家扶得醉人归"。夔州的法酝、法醽，合州的金波、长春也很有声名，忠州的引藤酒（即咂酒）也流传至今。清康熙年间，重庆地区的渝酒"味甚甘美"，名声很大，正如清末杨文莹《黔阳杂咏》所称"茅苔酿冠牂牁国，甘少辛多入口迟。一任人夸渝酒好，各行其是不相师"。可见渝酒与当时的茅台齐名。而当时五粮液前身杂粮酒、泸州老窖酒的前身大曲酒的名气远比不上渝酒。重庆酒业的式微，不过是在清中叶以来的这两百多年的时间内。巴人由于沿长江而居，近江者往往捕鱼为生，鱼在生活生产中的地位尤高，如鱼凫巴虽然早已经烟飞云散，但鱼凫、鱼腹、鱼符、鱼涪等地名在历史上相沿至今。而历史上重庆人也长于捕鱼烹鱼，有"民赖鱼

涪陵白涛小田溪巴人墓葬

罟""顿顿食黄鱼"之称。近代人们观念中的川菜的五大流派中,重庆菜、大河菜都长于烹制鱼鲜。而当下重庆的江湖菜中也以烧鱼最多最经典,如璧山来凤鱼、潼南太安鱼、渝北水煮鱼、江津酸菜鱼、北碚三溪口豆腐鱼、万州烤鱼、大足邮亭鲫鱼、綦江北渡鱼等。巴人近水与船关系密切,廪君巴就造土船,巴人葬式也以船葬为特色。唐宋以来造船业发达,隋代杨素的五牙楼船就是在重庆夔州打造,黔州、夔州在唐宋为重要的造船之地,特别是夔州的马船名气很大。明清以来巴蜀船样式众多,据统计有七十多种,如舵笼子、滚筒子、麻秧子、厚板船等,都是重庆境内的著名船种。历史上巴人以楼居著称,据说廪君蛮的祖先盘瓠就是居高栏,汉晋时江州"重屋累居",后来进入的僚人也以居干栏、阁栏为常,到明清时期仍有"家家楼阁层层梯"之称,近代形成川东汉族和土家族的吊脚楼系统。现代重庆的建筑中仍有依坡搭架而建的特色。

广谷大川异制,民生其间者异俗。虽然巴人已经离我们远去,但塑造巴人的高山大川仍然在不断滋养塑造着生息在这块故土上的我们。

原文刊于《中国社会科学报》2013年1月18日

纵横岭谷中的这群重庆人

在重庆以外的人眼中，重庆是一个山城、大三峡叠加在一起的大城市加大农村，山地应该是这个城市灵魂最重要的自然载体。在重庆这块土地上，作为一个一级政区居民称谓可以上溯到战国秦汉时的巴人，中古时的"峡民""夔峡人""峡人"，但"重庆人"的称谓可能是在1997年重庆直辖后才逐渐彰显的。

最古老的重庆人

在以山地为主的重庆市发现了中国最古老的人类化石。1985年，中国科学院黄万波先生在大山中重庆巫山县庙宇镇龙骨坡，发掘出一段带有两颗臼齿的残破直立人左侧下颌骨化石，以及一些有人工加工痕迹的骨片。1986年又发掘出三枚门齿和一段带有两个牙齿的下牙床化石。我们很难想象，在重庆三峡腹地的巫山能发现中国最早的猿人化石。不论学术界对这个发现有何争论，巫巴山地曾是古人类的重要生息地区是可以肯定的。后来，黄万波先生又在重庆奉节发现距今14万年的奉节人，让我们对巫巴山地古人类发展有了更多的想象的空间。其实，早在1978年在重庆铜梁县就发现了距今两万多

年的铜梁旧石器文化遗址。

看来，古人类的产生和发展的环境背景与文明产生的环境背景差异是十分大的。当然，今天的巫巴山地的环境与距今200多万年到10万年已经有很大差异。不过，我们一定不要以为考古学意义上奉节人就一定与巫山人有承传关系。这些年学术界从基因科学角度提出整个东亚大陆的古人类都来自东非大裂谷，更让重庆这些古老的人类产生发展蒙上一层神秘的色彩。

大溪人与巴人

如果从生产力背景来看，整个西南地区的旧石器时代文化都谈不上先进，甚至因技术保守、器形单一而可称落后，重庆地区也不例外。看来，生物资源丰厚的环境使远古的重庆人缺乏文明产生的动力。不过，在距今8000年到5000年的"大西洋暖期"，中国新石器文化遗址可谓星罗棋布，重庆地区现代地貌形成的背景下，却产生了较为辉煌的新石器文化。1959年和1975年，考古工作者曾三次在巫山县长江瞿塘峡南侧的大溪遗址发掘，发现了长江三峡地区新石器遗址的典型代表。其后至今，又在重庆境内发现了大量新石器时代文化遗址，显现了这个时期重庆地区人类活动的频繁。

我们还不能认定巫山人、奉节人、大溪人之间就一定有一种相承关系，但我们对大溪人与文明产生后生息在这块土地上的巴人有更多联系起来的空间，毕竟时间相距并不遥远。不过，文献记载表明，这块土地上的巴人却更多是来自三峡的东部地区，龙蛇之巴原居于江汉平原、汉水中游，后迁到大巴山南麓；鱼鳖之巴原居三峡地区，后迁入四川盆地；白虎之巴原居于鄂西地区，后迁到重庆地区。可能先于巴人生息在这块土地上是一些被称为濮、賨、苴、共、奴、夷、蜑的乡民，他们也可能与大溪文化主人有更多的联系。

秦统一巴蜀后，大量汉人迁入，巴人一部分可能已经融入汉人之中，也有可能部分迁移他乡，部分融入后来的土家族等民族之中了。所以，今天，我们只能仰望高山上的悬棺，融入跳着摆手舞的土家人中去臆想昔日巴人的踪影了。

传统"儒化"不足的重庆人

如果说中国历史上面对西方文化有"西化"一说，汉文化在拓展过程则有一个"儒化"的过程，但不是所有地区"儒化"的程度都是一样的。重庆地区在传统时代就是"儒化"得不深的一个地区。

秦汉以来从中原迁入重庆地区的移民入乡随俗，面对高山深谷，"有山者采，有水者渔"，主要从事江河渔猎、山地狩猎、台地农耕。长期的环境塑造和生产方式制约，使秦汉以来的重庆人形成刚直忠烈、直朴尚武的个性特征，历史文献中用了诸如"质直好义，土风敦厚""其人半楚""人多劲勇""刚悍""尚武"等话语来形容重庆这块土地上的居民。有意思的是汉代有称"山东出相，山西出将"，在晋代巴蜀却演绎出"巴有将，蜀有相"的局面，看来，重庆人的个性特征早在一千多年前就被认知了。

到唐宋时期，仍有大量北方移民进入重庆地区，不过当时平坝台地已经开垦殆尽，人们在临江的山地刀耕火种，在平坝台地"煮盐"，在江河"渔猎"。很有意思的是这个时期重庆人中的山民"落后"但并不"苦饥"，过得十分生态闲适，而江边的重庆人则打鱼为生，江河鱼太多，以致人们"顿顿食黄鱼"，以致宋代范成大认为自己家乡江浙一带的百姓生活不及峡江农夫清闲温饱。

唐宋时期几乎所有唐宋文化名人都来过巴蜀，故有"自古文人多入蜀"之称，但这些文化人在重庆地区不是一时寓居，就是顺江漂流而下，汉文化儒化浸润重庆仍是式弱。唐代整个四川盆地内出了68个进士，可在今天的重庆范围内，却只出了1个。宋代范成大经过重庆主城，只有草草几笔描述，对万州则有"峡中天下最穷处"之称。好不容易重庆在南宋前期地位有所上升，可南宋后期的战乱，又使巴蜀大量衣冠大姓奔东南而去，有钱人和有文化人大多跑到东南去了。

虽然在中国政治经济文化重心东移南迁的背景下，四川盆地的经济文化发展有了向东南推移的趋势。在两次"湖广填四川"影响下，重庆地区得东南移民之先，政治经济文化地位也有所上升，重庆地区的巴县、合州、涪州、万州等城市知名度大幅提升。清中叶以来，在人口不断增多的背景下，重庆地区仅有的平坝台地和近江山地开垦殆尽，山地腹地大量开发，人地关系发生巨大变化，马铃薯、玉米等作物使重庆的农业闲适生态经济成了历史，山地固定坡耕形成，重庆乡民反而"落后"又"苦饥"了！

传统时代重庆峡江交通的特殊性，使重庆形成了特色鲜明的码头文化，两百多人的拉纤场面、高亢而诙谐的川江号子、地头蛇的饭铺和城门夫头、船帮老大与会馆客长、公益救生的红船与水手、一叶小舟上的歌妓唱灯儿、滩头玩摊钱之戏的船夫……不过，这些场景都随着近代文明的进入和三峡水库的抬升而远离我们了。

近代"西化"领先的重庆人

古代重庆地区"儒化"的不足，使重庆地区在清中叶以前，在全中国乃至四川盆地，地位不高，影响不大。不过，近代在中国政治经济文化重心东移南迁的背景下，重庆地区从区位地缘上来看靠近东南部，又有长江水道的联系，虽然地处重山深谷之中，却成为西方在中国西部通商开埠的首选。1891年重庆开埠，重庆成为中国西部最早开埠通商的城市，1917年重庆海关在万州设立分关，1925年万州正式开埠。重庆由此成为中国西部最早接受西方文化和西方文化影响最深入的地区。要说明的是，这并不是因为重庆传统的经济文化积淀有多深，地位有多重要，而是因为重庆作为长江上游口岸特

民国时期重庆北碚职员风貌　　　　　　　　蜀通号到达重庆

殊的地理区位地缘因素决定的。

开埠后的20世纪前三十多年，重庆一跃成为中国西部最现代化的城市，故当时外省人认为"如果从建筑上比较，那么成都是要比重庆落后二十年"，甚至感叹"如果说四川是天府，那重庆就是天府的宝库"，将几千来天府核心从成都变成了重庆，这真是一个大变化。正是因为有这样一个基础，抗日战争期间重庆成为了陪都，大量近代工业迁到重庆，大量近代文化人进入，特别是大量下江人的迁入，更是为近代重庆城市整体发展创造了基础。

重庆近代化的过程是在一种落后山地农耕、"儒化"不足背景下接受西方文化渗透的一种叠加，这就塑造出重庆人时尚与粗野并存的文化特性。所以，至今我们在重庆能看到现代化的轻轨、地铁、博物馆、歌剧院下被称为"棒棒""扁担""赤膊哥"的群体，也能看到时髦姑娘小伙时时吐出"格老子""狗日的"等粗俗用语。不过，重庆人言语间"带把子"，其显现出的大多不是字面的实际意义，更多是作为语气助词来突显自己的刚烈直率。近几十年人们相传重庆出美女，其实，唐宋时巴蜀有"貌多蒌陋"之称，蜀人矮小丑陋，只有"蜀出才妇"之称，重庆这一带则出"瘿妇"，根本与美女无关无缘。重庆出美女不过是"湖广填四川"后经开埠通商、陪都时期、三

时尚之都：民国时期重庆的旱冰场

线建设大量外来移民八方杂处改良的结果。不过，重庆美女同样有"儒化"不足与"西化"叠加特征，使重庆美女更显美得粗野、美得时尚而另类。

近代重庆作为通商口岸，水运繁忙，码头文化发达，"儒化"不足的背景下更使江湖文化滋生，连饮食也染上粗野，让重庆有中国江湖菜的发源地之称。牛油老火锅、江津酸菜鱼、邮亭烧鲫鱼、璧山烧鸡公、璧山来凤鱼、潼南太安鱼、渝北水煮鱼、磁器口毛血旺、南山泉水鸡、万州烤鱼、綦江北渡鱼、铜梁红烧兔、北碚三溪口豆腐鱼、白市驿辣子田螺……大盘大碗，一菜主导，复合重油，生猛麻辣，显现重庆人直朴刚烈的个性特征，与重庆现代的高层高密度建筑融合在一起，不知是显得生硬突兀，还是相得益彰？

忠烈刚直的重庆人

中华人民共和国成立初期，重庆曾作为西南军政委员会的治地。不过，因为近代公路交通的发达，水运交通的地位逐渐下降，随着政治中心西移成都，直到重庆直辖前，重庆的政治经济地位一度相对下降。

不过，20世纪70年代以来三线建设兴起，大量东南沿海工厂内迁，重庆作为常规兵工企业、大型装备工业和造船工业的核心所在，使开埠、陪都奠定的工业和城市基础得以进一步强化，"重庆制造"的历史在20世纪最后三十年十分风光。

实际上，现在重庆的三峡库区移民大多是清代前期"湖广填四川"从湖南、湖北、江西等地迁入重庆的，两三百年的劳作生息，已经使他们骨子里深深刻上了巴蜀文化的烙印，自觉地成了重庆人。如果从汉以来重庆地区的"半楚""巴楚同风""湖广填四川"等移民文化进入，到近代重庆"下江人"的迁入、三线建设长江下游企业的内迁，重庆文化的骨子里充溢着大量长江中下游文化的因子。如果说"楚人敢为天下先"被认同，作为历史上受楚文化影响深远的重庆人骨子里也有这种精髓存留。今天三峡库区大量移民外迁东南的选择，实际上是走的一条"回故乡之路"，回到他们老祖先迁出的地区，这好似一种为了国家大局的理性回归的迁移。但面对这块生活了几百年的故土，乡民们更显现出一点故土难离的乡愁，多少有巴蜀文化根脉牵挂的影响，可以理解。

记得古人曾说过巴蜀"少从宦之士，或至耆年白首，不离乡邑"。在古代，四向相对闭塞而内部资源丰厚的环境，铸造了巴蜀文化的这种共性。重庆人与四川人共同关闭在四川盆地这块土壤内浸润熏染了几千年，勤劳加闲适的生活取向已经渗透在骨子里。不过，山地急流造就了重庆人忠烈刚直的禀性，从巴蔓子、严颜、甘宁、钓鱼城忠烈、秦良玉、辛亥大将军邹容到红岩英烈，精神一脉相承。所以，面对国家大局，三峡移民毅然离开乡土，这不仅是一种现代精神的体现，更是一种传统忠烈禀性的显露。

《论语》称"知者乐水，仁者乐山；知者动，仁者静；知者乐，仁者寿"，后人演绎成为"近山者仁，近水者智"，山水兼备的重庆人是否可称仁智双全呢？可以肯定的是，重庆这个地方既有巫巴山地的深谷急流，也有川东平行岭谷一山一槽跌宕错落，也有渝西地区满目浅丘翠绿，显现一种环

修复后的重庆湖广会馆

钓鱼城的三十六年坚守显现了重庆人的刚毅

境要素的兼备共存，也使得重庆人在文化上兼容海纳。重庆人骨子里本来有古老的巴风渝韵相传至今，但向东受楚文化影响深远，自古有"半楚"之风，近古又浸染上"湖广填四川"移民的风尚，人多劲勇。向西则早就濡染上蜀人为盛的闲适之风，自古也多少有一些蜀人"士多自闲"传统。近代重庆人更留有传统时代"儒化"不足的粗野垢病，但又深深地烙上近代化中的现代时尚痕迹。原来，重庆人是一群居山岭急流边，联系中国东部与西部文化、叠加中国与西方文化的一群人。

回故乡之路

——"湖广填四川"与三峡大移民

在中国古代，移民是最重要的一种文化传播方式，即使是在现代社会，移民也是一种文化传播的手段。就一个特定的地区而言，区域文化往往是土著文化与移民文化共同融汇的结晶。

四川地区虽然四向闭塞，但历史上的巴蜀文化或今天的川渝文化都是汇集八方文化的结晶。在四川历史上，以元代为界，分成南、北两个移民文化时期。元以前移入四川的移民多为黄河流域的移民，故当时的四川文化不过是黄河文化的一个亚区文化，元以后移入四川的移民多为长江中下游和东南沿海的移民，四川就成了南北文化融合的一个混杂地区。

北方人都知道四川话好懂，这是因为现代四川话本身是属于北方方言区的西南官话，它与现在的湘方言、粤方言、赣方言、吴方言、客家方言完全不同。不过今天的四川除了四川话外，却还存在一些老湖广话、湘方言、赣方言、客家方言岛，表明了现在四川文化的综合性十分强，文化叠加有层次感。

今天的四川人都知道，现代四川人中能将祖籍追寻到中古时期的十分少了，故有所谓"戚友初逢问原籍，现无十世老成都"之说。许多人都知道，四川人拿出家谱来看，往往都是"湖广填四川"而来的外省移民，所以在许

多年前有人提议在四川搞一次寻找真正的蜀人的运动。

所谓"湖广填四川"，得名于清代魏源的《湖广水利论》中谈到的"江西填湖广，湖广填四川"。现代学者研究表明，在四川历史上有两次"湖广填四川"，一次是在元末明初，一次是在明末清前期。当然，对于现代四川文化影响最大的还是清代前期的"湖广填四川"。

清代初年的"湖广填四川"主要根源于明末清初四川战乱对四川社会经济文化的影响。明代末年，以李自成、张献忠为首的农民战争给明代社会带来极大的影响。就四川而言，张献忠在四川的征战和以后的一系列战乱使四川出现了历史上人口最严重的减员，四川一度人烟断绝，田土荒芜，虎患酷烈。据册载当时四川人口仅八万多人，经过专家修正也不过六十万人左右，这对于广阔的四川盆地而言可谓荒凉之至。四川出现了历史上一个罕见的人口稀少时期，四川的中古时期文化几乎断绝！

在这样的背景下，一些窄乡的居民自然有了就宽乡垦种的动力，而清政府在政策上也积极鼓励其他省的人口移民四川，这样形成全国各地的移民拥入四川的移民浪潮，主要是湖广（两湖地区）、江西、广东、陕西、福建、江南（安徽、浙江、江苏）移民为主，也有山西、河北等地移民。由于迁入的移民之中以湖广籍最多，故历史上称为"湖广填四川"。

"湖广填四川"这种大规模的机械式人口移动使四川人口快速增长，使清代初年的四川经济残破现象得以改观，四川地区的社会经济很快恢复了起来。这里要说的是，更重要的是这次移民运动是形成今天四川文化和四川亚热带山区经济结构的关键。

最早称"湖广填四川"的出处

金堂土桥南华宫

南溪李庄万寿宫

江津真武禹王宫

自贡西秦会馆

最初，各省移民进入四川后，为联系乡谊，纷纷各循原籍的风土，建立自己的同乡会馆，好一个"争修会馆斗奢华，不惜金银亿万花"，形成"楚语吴歌相遇处，五方人各异乡音"的局面。但随着社会经济发展，各籍移民之间的经济交流增多，出现了五省会馆、八省会馆，居民间的文化融合增强，共同的经济利益增强，在交流之中逐渐形成了共同的交流语言"四川话"。由于湖广籍移民的比例最大，现代的四川话主要是以湖广话为基础形成的，已经与中古时期的四川方言区别较大了。今天的川剧主要是清代四川各籍移民会馆到多省会馆共演各乡戏剧的综合结果。今天的四川菜与中古时期的川菜完全不一样，现代川菜仅有两百年历史，也是在外来移民的影响下形成的，如湖广的红烧、江西安徽的粉蒸、山东的火爆方式和湘黔的食辣椒习俗，都是在这个移民过程中传入四川的。可以说，今天的四川文化是一个近三百年才形成的新文化。

"湖广填四川"可能留给我们还远不止这一点。"湖广填四川"中的湖广籍移民最善垦殖，面对清初大量荒凉的田土，大量移民进行种植作业对恢复四川的经济是十分必要的，但历史往往是处于由多种偶然事件汇合而形成的必然发展中。对于明清之际美洲三种重要的高产旱地农作物玉米、马铃薯、红薯传入中国，我曾撰文认为这是一种新的"生物入侵"。"湖广填四川"的移民运动是与这三种农作物在四川地区的推广种植同步的。这样的结合就使大量移民进入后不仅仅局限于垦殖明代的荒芜旧地，而且为大规模的亚热带山地开发创造了可能。这里要说的是这种开发是互为因果的，一方面，这三种农作物使山地大规模开垦成为可能，另一方面，三种农作物的种植使人口增强了对因战争、灾害而来的饥荒的抵抗能力，削弱了传统社会人们无节制下的自然减员机制的影响，使人口膨胀成为可能。人口膨胀又反过来迫使山地垦殖的进一步推进，向陡坡地区发展。这样的结果不只是因为陡坡垦殖而造成森林大面积丧失，形成水土流失，更重要的是使亚热带山区的资源与产业配置错位，使亚热带山地由生物多样性而来的产出多样性失去，形成亚热带山地地区的"结构性贫困"，二十多年前仍然在影响着我们的社会经济。

长江三峡曾被称为汉民族地区最贫困的地区，其根源也在于这种结构性贫困。我们知道长江三峡在历史上曾是森林密布、野生动物众多的地区，古代曾有过高达80%的森林覆盖率，因此才能有巴蛇食象、巫山神女、两岸猿声啼不住、神农架野人的三峡历史与典故流传。唐宋时期，三峡居民多在沿江两岸以垦殖捕鱼为生，近山存在的畲田是在人少林多条件下进行的一种经典式的刀耕火种生态农业，有较好的投入与产出机制，故三峡人虽然"平生不食粳稻，而未尝苦饥"，过得十分悠然自得。明末清初三峡地区是战乱最为酷烈的地区之一，人口损耗在四川也较为严重。在三峡地区，"湖广填四川"进入四川的移民中也以湖广籍移民的比例最大。三峡地区的经济发展也走过了"生物入侵"机制下的山地开发运动轨迹，最终形成了清中叶以来三峡地区以旱地农作物为主体的结构性贫困。

我在二十多年前就曾谈到要消除这种结构性贫困，关键在于减轻人口压力，将山地居民从山上请下来，将马铃薯、玉米、红薯从山上请下来，实现结构性调整。但是并不是所有地区都有移民外迁，实现结构性调整的可能和条件的。出于这样对历史的感悟，我们早在1993年许多意见还在强调移民就地后靠时，就提出三峡移民应在移民外迁的条件下发展大林业和旅游业，实现结构性调整。虽然当时我们的建议并没有引起重视，但后来国家的决策说明我们的研究结论是正确且超前的。从这一点来看，三峡工程给予了三峡移民外迁的可能，是三峡地区社会经济发展的万幸，是三峡地区结构性调整方面相对于其他亚热带山区而拥有的一个千载难逢的机会。从这个意义上讲，三峡移民远不仅仅是为了三峡工程的一种纯粹的牺牲，而也是为三峡地区提供了一种经济结构性调整的机遇。当然，对于每一位具体的移民来讲，他们面临着出于乡土之恋的一种情感上的牺牲。

中国传统农业社会安土重迁，今天三峡地区的居民虽然绝大多数都是三百多年前"湖广填四川"的移民后裔，他们祖先的故乡在湖南、湖北、安徽、江西、浙江、广东等地，但三百年的繁衍生息，这些移民早就对这块土地充满着浓浓的乡土依恋之情了。今天，要让他们告别三百年的乡土，告别留下的亲人，这种情感上的损伤远远不是金钱能补偿的。在我看来，这种热爱乡土的情怀并不都是有人所谓的传统农业民族"安土重迁"的不足，从另外一个角度上讲中国传统文化中对乡土和亲人的依恋往往是我们建设家乡的一种动力。在三峡库区，移民们大都对家乡充满无限的依恋。但是当国家和民族需要他们做出这种情感上的牺牲时，他们这种"舍小家而顾大家"的精神更让我们感动！我要告诉这些移民的是，三百年前你们的祖辈为四川的开发付出了血汗，今天你们完成了三百年的辛劳，又回到自己祖辈三百年前的故乡。这个漫长的三百年的回故乡之路，正是中华民族逐步从愚昧贫穷深渊走向科学文明的三百多年。三峡移民正是我们的移民从感性走向理性的回归，这体现了我们民族在反思、探索中前进的轨迹。

原文刊于《光明日报》2001年10月16日

蜀道难

——古人行旅的艰辛与智慧

读万卷书，行万里路，这是中国传统文人的理想诉求，所以，人们一想到古代的行旅诗文，脑中总是映照出山光水色而对古人的行旅充满了憧憬。人们会说你看看旅行家徐霞客、王士性、杨升庵们走得多有诗情画意，行走的惬意中还不时有诗文留下。其实，在古代，这些文化人即使再失意都是属于上层人士，他们的行旅多是有仆人和骡马相伴，但一般平头百姓，特别是脚夫们的行旅却远非如此浪漫。

明清时期从重庆到成都的东大路主要为浅丘地区，可也要连续不断走十天左右才能到达，如果是负重太多，十天也是走不到的。至于四川盆地四周的大山之中，行旅之艰难更是难以言喻。唐五代时，今天重庆以南的綦江、万盛、桐梓一带山高水险，根本不可能像平原浅丘之地有高车大马，连官员们也只有坐背架而行，当时称这种背架为"背笼"或"兜笼"。所以，唐五代时南州的州牧和县令这些"正厅级"和"正处级"官员也只有以背架为坐驾。因高山碥路高深湿滑，为了安全，背架外套上竹笼，"领导"在竹笼内与背负者背靠而坐，仰望天空而看不到路况，更是步步惊心！

至于一般百姓脚夫，往往要背负上百斤的行囊，更是艰难万分。如果要越过密林，时有瘴毒侵扰，更是行旅唯艰。如果跨越急流，多取溜索溜过，

四川背夫与背架①

四川背夫与背架②

四川背夫与背架③

四川背夫与背架④

但以前的竹篾溜索多无金属滑轮，往往全靠手力滑动，不仅艰难万分，也相当危险。所以，这些脚夫长年负重远行，经常日晒雨淋，面色黝黑，身材干瘦。

背篓类工具最早就是产生于西南地区，这是适应西南陡窄山路的科学应对产物。但有时个人背负不了的重量也只有用担子挑，可山区不仅道路窄险，更有荆棘阻挡，担子多有不便，还是多人抬负而行方便，为此我们的祖先不仅发明了河流的纤引，陆上行路也发明了纤引，出现了世界上少见的陆上拉纤。对此，清末日本人山川早水就谈到他遇到的陆纤，并画出了队形。无独有偶，十多年前我在青川县摩天岭也正好遇到现代的陆纤的使用案例。

西南地区的丘陵地带，道路回曲，山丘不高但起伏不断，高车大马自然难行，由此人们发明了独轮车，又称鸡公车，人们甚至将其与诸葛亮的

2010 年在青川摩天岭发现巴蜀现代陆纤

日本山川早水《巴蜀旧影》
一书中记载的陆纤（山轿）

背笼，西南古代官员的奥迪座驾，坐起令人步步惊心。

木牛流马联系起来。所谓鸡公车不过是一种小独轮车，正好是适应浅丘地区的一种交通工具，既可坐人，也可载物。不过，操作独轮车还真是一门技术，车上东西重了要用力，同时又要控制平衡，而木轮鸡公车不论是在泥土或碥石道上行进，坐车人肯定也是相当难受的。

在西南地区，为了尽可能地节约体力更多负重，先辈们用尽了才智，发明种种特殊古怪的担负工具，如挑高肩，又称翘扁担，充分利用了力学原理，而花样繁多的背架更是适应不同的背负和路况发明出来的，有的背负工具可以背负两三百斤货物，虽然智慧毕现，但行旅之艰难仍然不言而喻。

古时在中原地区出行坐轿自然是最好的选择，因为在古代的车轮、路况下坐车真谈不上是一种享受，可能连皇帝的御驾豪车也舒服不到哪里去。西南地区当然也有坐轿的，但山区大轿上山下山也多不方便，人们多用简易的轿子：凉轿，甚至发明了更简单的两根竹竿一块麻布的滑竿。不过，在山区不论坐啥子轿子，上上下下，东转西折也并不舒服。重庆到成都虽然只有

民国初年成都的鸡公车

罗江鸡公车轨道

川西峨眉山背架背人

民国时期重庆的滑竿

近代巴蜀背夫

十天左右，但是坐啥子坐久了都是不好受的。也许有人说可能骑马骑骡，不错，我们西南地区的马也像人一样矮小而长于负重，但并不适合人骑；若在西南地区的山区给你高大的蒙古马，可能你也不敢在山区坦然行进，还不如下马步行安全。

现代科学技术在改变着我们的社会，成渝之间从驿马时代的10天、民国成渝公路的2~3天、中华人民共和国成立后二级公路的11小时、成渝高速公路的4小时，到今天高速铁路的1个多小时，可谓时空沧桑巨变。今天，我们或驾着自动档汽车一路飞奔，或一家人坐在高速动车上畅谈天下，或乘飞机鸟瞰舷窗外美景，这种旅行的惬意和满足自然是古人的行旅没有的。所以，我们唯一对古人行旅憧憬向往的可能只是古人与自然深刻接触而得来的诗意诗境了。

那些正史决不记载的下层生活百态（一）

——船夫、纤夫们的灰色生活

我曾经说过，长江三峡如果没有三峡工程，可能自然景观和人文遗迹都可以成为世界自然和文化双遗产，因为长江三峡是人类历史上唯一的一个承载了几千年文明沉淀的世界级大峡谷。特别是其人类文化遗迹特征的特殊性可能是世界上任何文明都难以替代的。

在川江航行中，船工曾是一个重要的社会群体，一般来说一只船的桡手与纤夫往往是同一批人，只是大的船只桡手与纤夫也会略有分工，但在盘滩过载时大多数纤夫往往是专职驻滩的。俄国画家列宾的《伏尔加河上的纤夫》，描绘的仅仅十个纤夫的身影，成为世界名画，可是这些伏尔加河的纤夫相对于我们长江三峡的纤夫来说，真是不能相提并论。历史上长江三峡的纤夫们一般一船常态拉纤是二三十人，如果在盘滩拉纤时，拉一艘船的拉纤人数可多达两百多人，其中有专门的夥掌头在前面领纤带路，专门的锣鼓手敲锣打鼓来鼓舞士气，专门或兼职的号子手引唱号子，一个光着屁股的小男孩称为检挽，随时飞跑去释解被石头或树枝挂住的纤绳，更有纤头手拿鞭子，在监控抽打出工不出力的纤夫。这个场面可能是伏尔加河纤夫的拉纤场面远非能比的，也远非武隆印象中的川江号子场面能体现得出来的。

李太白"朝辞白帝彩云间，千里江陵一日还。两岸猿声啼不住，轻舟已

川江上的木船（厚板船，即歪尾船）

过万重山"的诗句，将三峡航行说得如此诗意，但千万不要以为当时的船夫、纤夫们生活得安逸、浪漫。要知道，长江三峡的木船航行在世界上可能是危险系数最高的出行。根据我们的统计，古代长江三峡木船航行事故率大约是在10%，相当于今天坐10次飞机，就有1次要在飞机上写遗书，估计是没人敢坐，航空公司也要倒闭的。可是在那个时代，人们没有选择的余地，只有不时祈祷着平安的同时天天经历着风险。所以，每次开船起航前，免不了要杀鸡祭拜，船上当然也要忌讳与"翻"有关的用词和行为。开船起航祭拜时，往往妻儿老小在码头上一把鼻子一把泪地相送亲人，因为很有可能这一去就是葬身鱼腹而有去无回，所以近代三峡一带船工流行一首《想四川》的民歌：

出了南津关，两眼泪不干；要想回四川，难于上青天。

川江上的木船（舫子船）

重庆东水门外服务于船工的妓女们

而船工、纤夫的妻子在家往往思念自己的丈夫如长江水流动不绝，一首《望夫愁》道出几千年来多少妻子对船工丈夫的无尽思念：

> 望夫愁，望夫愁。夫不归，妻不走。日日望，月月望。年年望，不回头。化为石，望不休。夫归来，妻开口。

也许，近代重庆那一块乌龟石演化成大禹妻子望夫归的呼归石，可能不过就是受船夫妻子望夫构建出来而加在大禹头上的。

古时候，木船从重庆到宜昌一般下水要七八天到十天左右，但上水宜昌到重庆往往要二十五到三十天之间。如果从武汉到重庆，或水路上水到成都，那就是需要三个多月的时间。你想想，一群壮年大男人们，在传统"女不上船"的背景下，几个月在小小木船上深处于劳累之中和游离于生死之间，当然也不可能有何航行的诗意和浪漫，更多的是处于枯燥无味与生死惶恐之中，天天生死难卜，自然有了杜子美谈到的"峡中丈夫绝轻死"的传统，所以，船夫、纤夫们人生也没有太多的自我约束，他们的放纵也是一种常态。

当时沿江各地都有大量供船夫、纤夫们消费的地方，清末日本人山川早水就曾记载当时自己的经历，谈到当时黄陵庙附近的一些民舍中老板娘一边为船夫纤夫们出售工作餐，同时自己兼营性服务，据称峡江边"凡有人家聚集的地方，必有几家为这种私娼的聚集地"。特别是重庆东水门外，是专门针对下层船夫、纤夫、力夫们开设的娼窠，真可谓脏乱差丑，对此清末傅崇矩记载道：

> 东水门外河边篾笆门内，比户而居者，浓脂厚粉，形同小孩所要之笑头和尚，逐之无可逐，真黄牛母猪也。

没有想到当时法国水兵还真留下东水门外这些娼妓身影的照片，傅氏以"黄牛母猪"相称这些娼妓，可以想象当时船夫力夫们不过也仅仅是纯粹想

在悬崖上的纤夫们

解决一下生理问题，所以当时重庆民间就有"东水门大河边淫风滥盛"之称。

说起川江号子，我们听到的更多是其中鼓舞士气、协调节奏的号子，但更多是在平水和下水记述沿途风土人情的号子。特别是数板号子，多为咏唱沿途风物，价值较高；不过，这些号子中更多是一些谈情说爱的内容。如看见江边洗衣姑娘，会唱：

今天出门好灵光，见到小妹洗衣裳，手里拿根捶衣棒，活像一个孙二娘。打得鱼儿满河跑，打得虾趴钻裤裆，唯独对我咪咪笑，惹得哥我心发慌。

再如看到河边送新娘队伍，就唱：

清末纤夫

　　拉了一滩又一滩，前面就是张家湾。湾湾里头好热闹，吹吹打打闹得欢。轿儿抬的新娘子，滑竿坐的舅老倌。老子还是单身汉，未讨婆娘心好酸。

　　不过，以上两段是我们可以公开记录的灰色段子，很多是不能公开也不能记录的黄色段子。以前我曾采访过嘉陵江上的女号子手吴秀兰女士，从她船工的丈夫口中得知川江号子中内容多为黄色段子，如挑逗江边女人的黄色段子、描述性生活的段子，当着我们的面也不好为我们咏唱。不过，我曾经在大宁河上听船工咏唱宁河号子，其中有大量黄色段子，船上的男女居然听得乐此不疲，而船工不时用语言来挑逗江边的女人。所以，"吙莫嗬——嗨"之类舞台上的川江号子并不是号子的全部，甚至从量上来看不是号子的主体，因为只是在急流险滩时才用这样号子去协调步伐，大多数的时间船工纤夫们面临的是苦闷与孤独，更多是木船上一群男人们的灰黄色情调，这才是下层船夫、纤夫们的真实的生活状态。

另外，"白天拉船，黑了划拳"也是当时船夫、纤夫们的一种常态。船工、纤夫天天喝酒是消除苦闷、恐惧，化解疲惫的需要，也是在江风刺骨下御寒所需。纤夫、船工在寒冬时手脚往往都会冻红冻肿，还要不时在水中劳作，为此，四川总督丁宝桢还曾专门为救生船工发放御寒的马褂。正是因为这样，当时船工纤夫的老婆们常常抱怨船工辛苦挣钱，钱全花在酒色上而拿回家养家糊口的并不多，但大多也无可奈何。今天我们不必太苟责这些船工纤夫而给他们简单打上生活上负能量太多的标签，因为大多数普通人面对生死一瞬间的人生，可能都是如此醉生梦死。

今天，让我们真正伤感的是当三峡平湖出现后，现代的大都市让我们生活更舒适了，而那些我们熟悉的壮美三峡景观已经不复存在，急流险滩孕育出的世界上特殊的峡谷文明也大多已经成为了历史的记忆。

那些正史决不记载的下层生活百态（二）

——清代的救生捞尸水手

　　2009年10月24日，湖北荆州长江大学学生何东旭、方招、陈及时为救溺水儿童牺牲，而打捞公司打捞尸体时竟然漫天要价，面对同学们的"跪求"，个体打捞者不仅不为所动，而且挟尸要价，一共收取了3.6万元的捞尸费。

　　受此触动，我依稀记得在文献中发现清代长江上的救生捞尸全是公益性质的，故不断收集有关资料。2011年，《清代内河公益慈善救生研究》成功申请到国家社会科学基金支持。2017年，我们正式完成了这个项目，掩卷而思，更是感慨良多。

　　据史料记载，早在明天启年间，长江流域就出现了公益救生捞尸。清康熙乾隆年间，长江流域普遍设立了救生船。明清时期，内河公益救生主要有官办、民办和官民合办三种形式，但不论哪种管理性质，救生红船的打造、运营经费都主要有政府正项开支和民间官商捐资两大来源，并没有民间商业性质的救生捞浮出现。所以，对于救生水手，一般由官府或善堂发给号褂，每月工食银3到6钱，而且每一次救生、捞浮、收瘗都另有赏银。如规定一般每救活一人，水手会得到官府或善堂的赏钱1000文左右；每捞尸身一具，可得赏钱300文到1000文不等。在中秋、端午、年终时，官府或善堂还发给水

施救中的救生红船

手赏钱，冬腊二月还有发炭火钱的。有的救生局对于一次救护人多的还赏给酒食一席。所以，当时救生水手是一个较为艰苦但收入相对稳定、受人尊重的职业。当时政府和善堂也鼓励民船主动参与救护，赏钱不仅照样发给，有时甚至发得比专业救生红船更高。可以说，在清代作为一位救生水手，虽然地位低微而工作艰辛，但在经济和人格上受到极大的尊重，他们是幸运的。

在国人的眼中，大清王朝并不像汉唐一样是一个强盛的朝代，但可以肯定那时内河救生捞浮完全是公益性质，内河救生、捞浮、收瘗的所有费用也都是官府和善堂提供，由官府、善堂向救生水手直接发放工食钱和赏钱，不直接向受助者和浮尸家属收取任何费用。当时下游的水手甚至还兼有打捞上游其他地区漂来浮尸的义务，如遂宁和南充县县府曾发公函到巴县官府，希望沿河打捞上流区县漂浮到下游的尸身。这种官府间跨地区的协同，说明清代捞浮收瘗的公益性在当时的认同度是较高的。除此以外，救生、捞浮、收瘗的一些细节也令人感动，如规定救生船上备有棉衣、生姜、皂角末等，对救起者给予医护和生活关照。被救人员中无家可归者可留会堂中休养，免费给予伙食，并规定了具体的时间限制。另还规定给救起者按里程远近折算而发路费。如捞得无名死尸一具，每名给棺木一具，约钱700文，并立石碑一块，约钱100文。为此，官府购买了许多义地来收瘗。救生会社还规定救生会董事要在清明、中元两节亲自祭扫这些无主亡灵。可以说，在清代作为一位落水者和沉溺者家属，虽然是很不幸的，但少有无钱捞尸的痛上加痛。

任何好的制度设计与社会的具体实施之间都是有一定距离的。我们注意到清代官府一再强调"不得再向救起之人需索分文"，"无论救生船、渔船均不得私向所救人索谢"，可能确实出现过向被救者索要钱财的事情，也曾有救生红船"袖手旁观，任其沉溺，只图捞捡货物"的现象。同时，在那个时代，由于受技术条件的限制，救生水手的工作环境是相当艰苦和危险的，不论寒冬酷暑，常年在江河湖沼上驻守游动，一身晒得黢黑，时有风湿之痛，在急流中依靠简易的救生木板救生捞浮，时有沉溺之患，本身危险系数极大。

应该看到，近十多年来，我们的水上公益救生捞浮制度已经越来越健全了，但是怎样从历史的经验中进一步完善我们的救生捞浮制度，确实还很值得思考。我相信有一天，我们沿江河湖泊的消防大队特勤中队中，会有一支现代科技支持下的专业救生捞浮小队出现。

行进中的救生红船　　　　　　　　　　救生红船在救助中

历史学与重庆人文精神的培养

现代地域文化特色的形成是基于历史发展的长期沉淀而来的。从理论上讲，地域文化特色是基于地理环境及由此而来的物质资料生产方式决定的。一方面，一定特色的地域文化是历史上形成行政区划的基础，同时，行政区划的长期作用也可以强化行政区内文化的认同感，形成更加鲜明的地域文化，形成一种与周边地区不同的人文风貌。

由此看来，一个地区的人文精神自然是建立在一个区域的历史传统基础上的，从历史学的角度去寻找和梳理一个区域的历史文化脉络，才能准确地把握一个地区的人文特色。显然，在特色的基础上，去彰显和张扬人文精神，人文精神才有坚实的基础。

重庆地区是一个以山地为主的地区，高山深谷成为养育重庆先民的地理背景。早期的巴人以畜牧渔猎、山地农耕为主，面对高山阻隔、江河湍急、密林猛兽的恶劣的自然环境，养成了巴人尚武、爽直、乐观的胸怀。一首巴人歌谣"川崖惟平，其稼多黍。旨酒嘉谷，可以养父；野惟阜丘，彼稷多有。嘉谷旨酒，可以养母"，将巴人乐观爽直而张扬的情怀展现在我们面前。虽然秦汉以来大量汉族移民迁入，汉文化与峡江地域文化有机结合，但先民仍秉承了传统情怀。面对恶劣的生存环境，三峡岸边上刀耕火种的山民悠然自得，时时拱手吟唱"耕耨不关心"。

正是因为这样，唐宋时期中原文化在重庆的影响显得十分微弱。唐代四川盆地内出了68个进士，但今重庆的地域内仅出了1个；到了宋代，眉州出了861个进士，而当时的恭州（重庆）仅出了4个。而且，唐宋时期，重庆还是中原达官贵人墨客骚人们被谪贬流放的荒蛮之地。

在这种文化背景下，重庆的先民"质直好义，土风敦厚"，留有"蜀有相，巴有将"的民谚相传。从巴蔓子、甘宁、严颜到秦良玉，从钓鱼城的坚韧不拔到红岩烈士的坚贞不屈，从川江号子的悲壮诙谐到三峡移民精神的勇于奉献和牺牲，重庆人的刚烈与乐达情怀传承千古。

明清以来，随着中国政治经济文化重心的东移南迁，重庆的区位优势越来越显现，极大地推动了重庆社会经济的发展。但这种发展却遭受了元末明初和明末清初两次重大战乱的创伤，重庆地区是当时四川盆地地区受战乱影响最严重的地区，大量人员死伤，中古时期的文明受到严重摧残。随之而来的"湖广填四川"移民运动，使重庆文化在新的基础上得以新生。不过，这时重庆已经大大落后于中国其他地区了。

好在中国近代化的过程十分眷顾重庆人，刚烈乐观的重庆人也从现代文明中吸取了进取向上的精髓。近代现代文明传入中国后，1891年重庆开埠和1892年万州开埠，重庆地区成为中国西部接受现代文明最早和最多的城市和地区。以至于20世纪初，时人感叹成都民风的保守和城市建筑的原始与重庆的民风的新潮、建筑的现代上的差异。那个时代，连万州也成为居重庆后的四川第二商埠。两千多年来一直领导西南政治经济文化潮流的成都落伍了。重庆的现代文明的领先地位经过抗战时期陪都建设和中华人民共和国成立后三线建设的强化，更使重庆成为中国西部现代文明的核心城市。

可以说，清代以前的重庆文化没有太多的光环，也没有太多的遗产。清代以来的重庆文化完全是新的移民文化，所以我们对传统没有太多的骄傲与光荣，也就没有太多眷念与守成，这就形成了近代重庆人兼容天下、汇纳百川的开放心态。

今天的重庆历史文化，是一种建立在落后的传统文化与现代文明叠加的土壤基础上的，呈现一种没有发育成熟的传统文明与现代文明的结合，显现一种时间的继层。这种文化具体表现为传统巴渝的刚烈尚武的张扬与近代文明的进取和兼容相结合。

传统刚烈张扬的情怀和近代进取兼容的精神是重庆人文精神的核心所在。

今天，重庆人在继续演绎着这种人文精神。面对贫困的三峡地区，面对三峡大移民，面对老工业基地的改造，重庆人的刚烈与进取凸现得如此张扬明显。中国西部最大的汽车摩托车工业基地，现代商业大都会、中国一流的三峡博物馆、重庆歌剧院、重庆轻轨、新重庆图书馆、中国现代桥都……重庆人将传统的刚烈、进取、兼容融入现实关怀，风风火火地继续领导着中国西部现代文明的新潮流。

当然，在这个过程中，由于历史文化断层上的影响，难免呈现粗野的脏话与时尚的装束的结合，淡薄的书卷与现代的文化景观的共存，落后的乡村小路与现代的轻轨并行，汉民族贫困地区与中国第四极并称。在这种背景下，重庆自然要尽可能取其精华，弘扬传统文化的积极的一面，去其糟粕，抛弃传统文化消极的一面。因此，历史学的研究、普及对于人文精神的进一步提炼、培养、宣传就尤为重要。我认为，我们的研究和宣传中一定要注意以下几点：

（一）正确认识巴渝文化的特色和历史地位，将巴渝文化放在中国区域文化大背景下定位，目前尤需克服在巴渝文化的研究和宣传中以乡土情感拔高巴渝文化的地位的趋势。要认识到对重庆古代文化的定位不在水平拔高，而在特色的凸现。

（二）正确认识重庆开埠后西方文化进入对重庆历史的影响。中国近代化的过程同时也是主权丧失的殖民化过程，以前我称为"失权规律"。从历史唯物主义观点来看，西方科学文化的进入，对于中国近代化过程的积极意义是不可否定的。重庆在中国西部得开放之先，是中国西部最早最深接受西方现代文化影响的城市，这是重庆历史上的特色，也是近代发展的原因。所以，我们目前淡化重庆近代化开埠的积极影响是不正确的。

（三）历史地理研究表明，文化的发展不像政区一样有明确的分界线。显然，一个政区的建立有赖于文化的认同，同时政区的建立也会强化区域内的文化认同，但是后者的过程是十分缓慢的。巴蜀文化是在四川盆地区这个地理单元内几千年的沉淀的基础上形成的，共性基础十分明显且积淀深厚，重庆直辖仅十年，要短期内人为地显现其特色，淡化其共性是不可能的。所以，在研究和宣传中，承认巴渝文化与蜀文化的共性，逐渐培养巴渝文化的个性，才是正确的思路。

武隆：北纬30度的奇幻山水与人文杰作

　　地理上有两个维度来调整我们的环境，一个是纬度，一个是高度，纬度和高度的有机结合就创造出了人类多彩的硬环境。地理学家常认为北纬30度是一个神秘的纬度，在我看来，北纬30度一带最重要的地理特征就是处于亚热带的核心纬度而又是地球上拥有最大高度落差的纬度。重庆市武隆县的环境正是大自然在这个地理上纬度与高度的杰作之一。

　　当然，这一杰作是随时代发展而突显出来的。武隆历史也算久远，而且遗址方位可寻。汉代的汉平县就设在鸭江镇，虽然隋代一度迁到涪陵区治，但不久又在江口镇设信安县。唐代设的武龙县在今土坎镇，以后名称和隶属多有变化，但多在土坎镇一带。清宣统三年（1911）设立涪州第五区，治地在羊角镇。民国三十年（1941）设武隆治局，才迁到巷口镇。不过，古代武隆的知名度并不太高。因为那个时代高度与纬度并不重要，重要的是区位与地形，历史上乌江流域区位上的偏僻、封闭和山地的陡险，使武隆一带在外人的眼里不过是一个荒蛮的瘴疠之地。就是我们津津乐道的长孙无忌衣冠冢，也不过是蛮荒心境下对中原文化认同的一种寄托。在古代，人们认知生存环境的好坏往往是耕地的多少、区位的通达。如果从这个认知角度来看，武隆确实不值一提。

　　当人类生产力发展到一定程度，当人们的基本生存问题解决以后，当解

武隆天坑俯拍

决了可进入性的交通问题后，人们对生存环境的认知就有完全不同的理念与维度了。

今天，地理上地形地貌的复杂多样，往往更会使我们感受错落美，油然而生多彩情，这对我们这个机械化、程序化的现代社会无疑是一种补偿。记得20世纪七八十年代时，生计窘迫，交通不便，成都平原的交通通达便捷和衣食的不期而至令我十分留念。那时，我看到成都平原就想到平安与舒适，我也真的有一个美好的愿望：生活在成都。不知不觉到了21世纪初，经济的发展，特别是立体交通的发展，有时看到成都平原却时时感受到一种无边的平乏和单调，反过来看重庆山水的错落与起伏，传递给我们无限的多彩多姿，时时激发我们的激情，让我们时时产生梦幻而不至于疲劳。

武隆正是一个令我们不会疲劳而时时产生梦幻的地方。在武隆，我们真正感受到地理上纬度与高度的结合美。武隆处于大娄山东缘，乌江河谷穿越其中，高差悬殊。在这里有乌江峡谷下海拔160米左右湿热的亚热带河谷，其间有海拔两三百米的河谷台地小平坝，也有海拔1000多米的暖意浓浓山地峰群，还有海拔2000多米的清凉的高山草甸，而且这种高差是靠喀斯特地貌

武隆天坑侧拍

来修饰装点，这就给我们留下了亚热带的大峡谷——乌江画廊、芙蓉江峡谷，典型的喀斯特景观——芙蓉洞、天生三桥，南方高山草甸——仙女山，亚热带的山林地缝——龙水峡地缝。这一切使我们能在一个县内感受到真正的地理大观园。

　　同样，哲学上有两个维度来认知我们的资源，一个是传统，一个是现代。传统与现代的有机结合自然会创造出更为深厚的生存软环境。人类发展历史上最重要的是生产力的发展，但文化上从传统到现代过程绝不是简单的从落后到进步的过程。其实，文明有先进与落后之分，但文化是难有先进与落后之分的，传统是一种文化，而现代也是一种文化，只有传统与现代有机结合才是先进的，只有适应于人与自然的文化才是先进的。我们最怕的是对现代的盲崇和对传统的遗忘。现代的资源是可以引进生根的，而传统的资源有时却难以引进生根。所以在某种程度上讲传统这种资源更珍贵。有时正好是区位的封闭和地形的陡险，反而会使传统得以保存。山西平遥古城和四川阆中古城正是因为现代化发展慢而得以保留原貌成为稀缺资源。武隆县也正是因此传统与现代结合而相得益彰。所以，在这里有汉族老牌坊、土家族的吊脚楼、千古的纤夫与纤道、传统羊角的豆腐干、特色九大碗，也有现代星级仙女山华邦大酒店、香榭里饭店、滑雪场、娱乐厅。

在我看来，亚热带山地地区从资源与产业配置来看，是不应该有太多典型的大田粒籽种植业农民、加工工业工人存在的，这是一个只应有林牧民和旅游者的地方，这里不需要太多的人口，更不需要太多的厂房。所以，本文不仅是写给武隆一个县的，可能所有具有这种资源的地区都应该有这种理念。但是要说的武隆县的山水客观上是这种山水组合中最完善、最典型者，而生活在这块土地上的人民更早更深刻地认知到这奇幻组合山水的价值，所以本文对武隆人自己而言可称"武隆话语"，而对有相同资源和环境的地区来说可称"武隆箴言"。

原文刊于《国家人文地理》2008年第4期

从"貌多蕞陋"到"巴蜀美女"

——古今巴蜀人体质容颜嬗变

　　不知从什么时候开始，咱们重庆便以女孩漂亮全国闻名。如果人问今天的重庆盛产什么，重庆人自会底气十足地回答：火锅与美女。

　　美人多，无非一得于水土，一得于遗传。特别是遗传的重要，自不待言。所谓"天生丽质"，就得益于此。但今天的历史学、人类学为我们提供的一些潜在的信息却显示：巴蜀先人自古是"貌多蕞陋"（矮小而丑陋）的。从以往的矮小丑陋到今天的高挑靓丽，这种遗传的演变与进化，当是一个很有意思的研究课题。

"貌多蕞陋"的古代巴蜀人

　　巴蜀先人的容颜风采究竟是什么模样，《隋书·地理志》对此明确记载："貌多蕞陋。""蕞"，小也，"陋"，丑也。但究竟矮小到什么程度，丑陋到何等地步，今人不可能亲见，也无法找到古代巴蜀人的活体去探寻。在这点上，人种学和考古学为我们提供了一些依据。

　　早在旧石器时代，中国北方的山顶洞人与南方的广西柳江人便形成十分

蒙古利亚人种北亚型

蒙古利亚人种南亚型

典型的南北两种类型，前者更接近于今蒙古利亚人种的北亚型，平均身高在165.07厘米左右，而后者可能更接近于今蒙古利亚人种的南亚型，平均身高只有156.69厘米。

　　到先秦时期，中国长江流域的居民人种应是以蒙古利亚人种南亚型为主的，即普遍具有一些现代尼格罗人种（黑人）或新石器时代的南亚型人种的体质特征。虽然有学者以广汉三星堆遗址中的青铜人像所反映的体质特征和民族源流（蜀人一般被认为是来自西北地区的氐羌系统民族）来分析，从新石器时代到周代初年，成都平原上的古代蜀族应以蒙古利亚北亚型为主，但在春秋早期，居于长江中游地区的居民体质特征可能一度变成以蒙古利亚南亚型为主了。以成都指挥街周代遗址中的五具完整的人头骨分析来看，颅骨的形态特征普遍为长颅型，上面低矮，鼻型偏宽，齿槽突颌较明显，也与华南地区古代居民的体质特征较接近。

　　从秦汉开始，大量北方汉人迁入四川地区

《隋书·地理志》中关于
蜀人面貌形体的记载

（成汉的建立者李氏虽然是四川、湖南一带的人，但其士卒多为西北陕甘地区的氐人），其居民人种体质特征开始有了微弱的变化。考古工作者曾在成都和西昌发现了成汉时期的陶俑，其面部眼裂甚宽，高鼻隆起，阔嘴薄唇，更具有蒙古利亚北亚型特征。

川东地区古代居民的体质特征可能很早便是以蒙古利亚南亚型为主了。从四川巫溪县荆竹坝代人骨分析来看，虽然没有确定其所属类型，但其与后来的僰人悬棺中的居民一样有头颅改型的风俗，此为古越族人的一种风俗，而古代越族的体质特征在新石器时代便具有蒙古利亚南亚类型的特征。

由上可见，近古以前四川地区东西南三个地区的人种在总体上以蒙古利亚南亚型为主，北亚型次之。故汉晋南北朝隋唐时期，巴蜀人的体质特征总的来看也有十分明显的特色。《隋书·地理志》称蜀人"貌多蔓陋"，就体现了蜀以蒙古利亚南亚型为主的体质特征。

明清巴蜀故地的人种"大换血"

元末明初和明末清初四川的大战乱及后来的大移民，使四川的人种类型来了一个大换血。

特别是明末清初的战乱，使四川人口大量损失，以至清代初年全省才只有六十万人左右。随后的"湖广填四川"大移民，带来几千年来巴蜀地区在社会文化、体质特征上的一次大的突变，即使得现在的四川、重庆汉族居民在体质特征上，多已非远古和中古时期的四川居民人种了。清代巴蜀地区便出现了"戚友初逢问原籍，现无十世老成都"的说法，以至现代四川人翻开家谱很难找到一个中古时期的四川人后裔，难怪二十年前有人提出在全国搞一个搜寻"真正的蜀人"运动。

明末清初的"湖广填四川"的主体移民其实包括三部分，即湖广移民、江西移民和陕西移民，分别占移民的37%，23%和12%左右，湖广居民只是

蒙古利亚人种东亚型

由于所处的地理区位因素而得开发之先。而长江中下游如湖广的居民在明清时期主要是以蒙古利亚人种东亚型为主的，这种不同人种的大汇合、大杂交对今天的四川人遗传特征的形成，无疑产生了重大的影响。重庆开埠、抗日战争、三线建设等大移民进入四川而八方杂处后，更强化了这种杂交遗传优势，四川、重庆人的体质特征从而得到改良。

中国西北地区B型血的分布比例最高，东南地区O型血的分布比例最高，而长江中下游地区和西南地区A型血的分布比例最高，这表明从现在的人种来看，四川人与长江中下游的居民有更多的亲缘关系。从遗传距离来看，四川、湖北、安徽、浙江、江西、湖南、贵州、云南为相对接近的人种群体。从近六百多年长江流域移民趋势来看，湖广人主要来自江西，而四川人主要来自湖广，这种迁移和分布大势也是与血型的分布相吻合的。这种分布最终说明现代四川地区的汉人主要是在近六百多年间，迁自长江中下游地区，故其人种总的体质特征已转变成以蒙古利亚东亚型为主，从而与汉唐宋元的四川人在遗传特征上有了很大的不同。

重庆美女是这样产生的

简单说，"重庆美女"话语的出现主要靠的就是生物学上的遗传距离杂交优势、得天独厚的自然环境和近百年的社会文化浸染。

在遗传方面，四川这个地方历史上曾长期处于较封闭的状态，那时的生物遗传优势体现得并不明显，加上四川古代以蒙古利亚南亚型人种为主，"貌多蕞陋"，以至古代巴蜀地区并不以出美女出名，而是以出才女闻名。如战国时便有商人寡妇清"资产众多，不可计量"；汉代卓文君更是琴诗相兼，诗文出众；武则天能被选入后宫成为女皇，则说明"政艺"非同小可，才气不可小看！连杨贵妃也是"智算警颖，迎意辄悟"。唐代的女校书薛涛才艺过人，诗名远播。五代四川还有一个张窈窕"下笔成章，当时诗人雅相推重"。至于五代时期两位花蕊夫人也是才气逼人。明代文学家杨慎的妻子黄峨，虽相貌丑陋，但在文学上造诣甚高。而抗清名将秦良玉也是蜀中花木兰，一个巾帼英雄。因此，五代时期的《鉴诚录》中曾记载"吴越饶营妓，燕赵多美姝，宋产歌姬，蜀出才妇"。

这种易出"才妇"难出美女的状况一直延续到宋元之际。元末明初和明末清初的两次"湖广填四川"，湖广、两广、福建、江西、陕西、山西、山东、浙江、安徽等省移民在四川盆地这个熔炉来了一个大范围的优化组合，特别是近代以来下江人的大量进入，南来北往，东西杂交，使得遗传距离的杂交优势得到充分体现，四川人、重庆人的体质和容颜条件发生了很大的改变，无疑为当代盛产美女奠定了一种先天的基础。今天四川、重庆姑娘的美在全国出了名，四川、重庆的小伙子也越来越帅气，"貌多蔓陋"的记载自然也渐渐被人遗忘。

在自然环境上，生活在四川盆地、长江流域的四川、重庆人自古就得水土之利。论水土，黄河流域风沙太大，日照太强，不利于人们水色的培养；岭南地区湿热有余，典型的蒙古利亚人种南亚型的面部体质特征，自然不符合中国传统协调中庸的审美取向。唯长江流域日照适中，风和日丽，气候湿润，且浩荡江水汇千万微量元素，不知养育了千古多少佳人绝艳！其中就有中国古代四大美人中的西施、王昭君和杨贵妃。再具体到重庆，不仅青山绿水，钟灵毓秀，更加日照偏少，湿度适中，还有山高坡陡，姑娘们的皮肤大都白皙如凝脂，又练得一副好曲线的身材。

在人文环境上，重庆这个地方在川内更有条件养育美人。近代重庆开埠后，重庆、万县流动人口大增，东部发达地区的文化和西方文化首先传入这两个地区，当时的重庆人比成都人洋气多了。抗日战争爆发后，重庆成为大后方的政治经济文化中心，大量外省移民进入，特别是大量下江人迁入，一大批漂亮的富商权贵太太进入陪都，一大批风雅美貌的文化名人进入了重庆。当时就让人感到下江一带来的"摩登太太""摩登小姐"将重庆的马路点缀得十分艳丽，连当时下江一带的妓女扬帮、苏帮在重庆、合川等地影响都十分大。当时有人就感叹重庆是一个大上海的缩影。中华人民共和国成立后，大量北方人又迁入重庆，特别是三线建设中，来自四面八方的一大批工业移民进入重庆。显然，正是先后六百年的时间里，南北士人，东西佳丽，八方杂处，在重庆这块土地上繁衍生息，造就了一大批俊男美女。

原文刊于《重庆晚报》2001年11月25日

我们四川辣，
理想境界是看着辣，
吃着香！

第二辑

烟火江湖

中国辛辣文化与辛辣革命

古人言，食色，性也。民以食为天，人的饮食口味既追求本味，也需掩饰腥膻、驱湿健脾，便有了辛香作料。其实，辛香料对人的口舌感官和精神的刺激作用，以往的研究者注意并不多，从这个意义上讲，辛辣料就带有更深的文化韵味了。

传统——品种——空间

在中国古代，辛辣的调料十分多，重要的有花椒、姜、茱萸、扶留藤、桂、胡椒、芥辣等。在明代末年辣椒传入中国前，花椒、姜、茱萸使用最多，是中国民间三大辛辣调料。

花椒在中国古代的辛辣调料中地位重要，历史上又称川椒、汉椒、巴椒、秦椒、蜀椒等，在中国种植和使用都曾十分普遍。早在《诗经》中便多处提到花椒。特别值得说的是中国古代普遍有煮茶加姜、椒、桂的传统。历史上常用的"五味"，其中花椒在其中居第二位。而所谓"三香"为花椒、姜、茱萸，其中花椒又为首。过去使用的"五香"，也是由大小茴香、丁香、桂皮、花椒组成。

我们四川辣，
理想境界是看着辣，
吃着香！

辛辣中"麻"的感觉

　　研究表明，清代以前，花椒在中国长江流域上中下游、黄河流域中下游都有大量种植，在中国的东中西部也都大量种植分布。花椒产地的分布，与汉代至明代全国的饮食品种中较多用川椒可以互为证明。这种在民间菜系中普遍使用川椒的风气，现在显然是不存在的，因为除四川人外，现代的中国人几乎都是谈"麻"色变了。

　　当然，历史上四川地区是花椒最重要的产地，食用也最为普遍。研究表明，中国古代平均有四分之一的食品中都要加花椒，与今天中国菜谱中花椒入谱比例相比，这个比例非常大了。从北魏开始到明代，食谱中使用花椒的比例在逐渐增大，最高的唐代达五分之二，明代也达三分之一。但从清代开始，花椒在食谱中的比例大大降低，降至五分之一。这可能与番椒（辣椒）的传入侵夺辛辣调料地位有关。同时，清代胡椒的大量使用，可能也侵夺了花椒在饮食中的份额。于是，清代以前在全国流行十分广的花椒麻味被逐渐挤到四川一角，使川菜形成麻辣兼备的格局，中原地区唯一有山东等地还有一定食麻的传统。

　　在中国历史上，茱萸也曾扮演过十分重要的辛香角色，但清代以后随着辣椒的传入，茱萸逐渐退出辛香料的历史舞台。只有姜辛香了两千多年，经久不衰。

这样，近代以来，传统的花椒、姜、茱萸三香，演变成了辣椒、姜、胡椒为主的格局。

生物入侵——辣椒的革命威力

辣椒是在明末从美洲传入中国的，但起初只是作为观赏作物和药物，进入中国菜谱的时间并不太长。进入中国后，辣椒才有了番椒、地胡椒、斑椒、狗椒、黔椒、辣枚、海椒、辣子、茄椒、辣角、辣、秦椒等名称。

现在最新研究表明，辣椒可能最先传入江浙、两广、贵州、湖南等地，后又流布于西南等地区。

清初，最先开始食用辣椒的是贵州及其相邻地区。在盐缺乏的贵州，康熙年间（1662—1722），"土苗用以代盐"，辣椒起了代盐的作用，可见与生活之密切。从乾隆年间（1736—1795）开始，贵州地区大量食用辣椒。乾隆年间，与贵州相邻的云南镇雄和贵州东部的湖南辰州府开始食辣子。乾隆年间四川大邑县也开始有种植海椒的记载，但比贵州要晚一些。

嘉庆（1796—1820）以后，黔、湘、川、赣几省辣椒种植普遍起来，嘉庆时有记载说，江西、湖南、贵州、四川等地已经开始普遍"种以为蔬"了。

道光年间（1821—1850），贵州北部已经是"顿顿之食每物必著番椒"，同治时（1862—1874），贵州人是"四时以食"海椒。清代末年，贵州地区盛行的苞谷饭，其菜多用豆花，便是水泡盐块加海椒用作蘸水，有点像今天四川富顺豆花的海椒蘸水。

湖南一些地区在嘉庆年间食辣并不十分普遍，但道光、咸丰（1851-1861）、同治、光绪（1875-1908）之间，湖南食用辣椒已较普遍了。据清代末年《清稗类钞》记载："滇、黔、湘、蜀人嗜辛辣品"，"（湘鄂人）喜辛辣品"，"无椒芥不下箸也，汤则多有之"，说明清代末年湖南、湖北

辛辣中"辣"的感觉

人食辣已经成性，连汤都要放辣椒了。

四川地区食用辣椒的记载稍晚。雍正《四川通志》、嘉庆《四川通志》都没有种植和食用辣椒的记载，目前见于记载的最早可能是乾隆年间的《大邑县志》。从四川嘉庆年间种植和食用辣椒的地区来看，主要在成都平原和川南、川西南以及川、鄂、陕交界的大巴山区。道光、咸丰、同治以后，四川食用辣椒开始普遍起来，以至辣椒在四川"山野遍种之"。光绪以后，四川食用辣椒更为普遍，除在民间广泛食用外，经典菜谱中已经有了大量食辣椒的记载。清代末年傅崇矩《成都通览》记载，当时成都各种菜肴达1328种之多，虽然从菜名上看有辣椒的并不多，但实际上辣椒已经成为川菜中主要的作料之一，有热油海椒、海椒面等，特别是川菜中的回锅肉正式见于书面记载了。清代末年，食椒已经成为四川人饮食的重要特色。徐心余《蜀游闻见录》记载："惟川人食椒，须择其极辣者，且每饭每菜，非辣不可。"

云南在什么时候开始食辣？邻近贵州的云南镇雄在乾隆时期食辣椒，但在乾嘉时期云南食用辣椒并不十分普遍。到光绪时期的《云南通志》中也无辣椒的记载，但在光绪年间，民间已开始大量食用辣椒了。据清代末年徐心余《蜀游闻见录》记载，他的父亲在雅安发现每年经四川雅安运入云南的辣椒，"价值近数十万，似滇人食椒之量，不弱于川人也"。故清末徐珂《清稗类钞》称"滇、黔、湘、蜀人嗜辛辣品"。

据《植物名实图考》记载，嘉庆年间，江西已经种植食用辣椒了；光绪时期，江西地区食辣椒已经较普遍，今江西南康辣椒酱便十分著名。

辣椒传入中国约400年，但这种洋辛香料很快红遍全中国，将传统的花椒、姜、茱萸的地位抢占，花椒的食用被挤缩在花椒的故乡四川盆地内，茱萸则几乎完全退出中国饮食辛香用料的舞台，姜的地位也大大下降。

辣椒的传入及进入中国饮食，无疑是一场饮食革命，威力无比的辣椒使任何传统的辛香料都无法与之抗衡。只是这场革命，由于那时的交通和信息的制约，显得有些缓慢而已。

谁最不怕辣

在人们的传统观念里，南方人食辣比北方人厉害，俗话说"湖南人不怕辣，贵州人辣不怕，四川人怕不辣，湖北人不辣怕"。以往对中国饮食食辣区域的比较，是一种纯感性的认识。现在看来，南方人不一定比北方人食辣厉害；湖南、四川、贵州、湖北人也难分谁食辣更重。

我们最新的计量研究表明，中国现在饮食口味上形成了三个辛辣口味层次地区：即长江中上游辛辣重区，包括四川（含今重庆）、湖南、湖北、贵州、陕西南部等地，辛辣指数在25至151左右；北方微辣区，东及朝鲜半岛，包括北京、山东等地，西经山西、陕北关中及以北、甘肃大部、青海到新疆，是另外一个相对辛辣区，辛辣指数在15至26之间；东南沿海淡味区，在山东以南的东南沿海江苏、上海、浙江、福建、广东为忌辛辣的淡味区，辛辣指数在8至17间，其趋势是越往南辛辣指数越低，人们吃得越清淡。细分起来，吃得最辛辣的还是四川（指数在129），然后是湖南（指数为52），湖北（指数为16），贵州缺统计资料，但估计与四川、湖南不相上下。但是如果单独以辣椒的辣度来看，湖南可能辛辣程度是最高的。

四川盆地已经有近两千年的辛辣传统了，早在距今1600多年晋代《华阳国志》中就记载蜀人"好辛香"。作为饮食花椒的中心，四川已经是麻了两千多年的地方。四川人接受了辣椒后，将其融入川菜，发挥得淋漓尽致，论吃辣的精细，湖南和贵州人不能望其项背。以辣椒论，川菜中有辣椒粉、辣椒油、辣椒酱、渣辣椒、干辣椒、糊辣椒、泡辣椒、糍粑辣椒等。将辣椒与其他调味品配合，可制成红油味、麻辣味、酸辣味、糊辣味、陈皮味、鱼香味、怪味、家常味、荔枝味、酱香味等，吃辣之精细，堪称世界一流。

再者，四川人吃辣椒讲求收敛和中庸，将其炸香或放糖，收敛辣味而有香味，犹如专家所称的做到了辣而不燥，辣得有层次，辣得适口，辣得舒服，辣得有韵味。作为四大菜系之一，川菜在世界和全国的影响，可能最大且悠久。"辣不辣，家乡人"，吃辣成为鉴别四川人的一个重要标准了。

湖南、贵州人吃辣，从感性上讲，一点也不弱于四川人。湖南人与辣椒的关系可称密切，湖南人嗜辣成性，无辣不香，故民间有"糠菜半年粮，海椒当衣裳"之称。湖南人吃辣从不吹牛，决不硬装，房前屋后往往挂着一串串鲜红的辣椒；吃辣椒远比四川人吃得干脆，可以白口吃干辣椒面、干辣椒、油炸辣椒，饭店桌上往往都放上一碗或一盅辣子，而不是一小碟油辣子，自由取用；不像四川人饭店里的油辣子往往放在厨房里，要使用时才开尊口。贵州地区食辣也明显，特别是食用辣椒时间之早，在云、贵、川、湘几省中为最，吃海椒在百姓生活中根深蒂固，现在许多居民用餐时必备辣子碗，民间的遵义羊肉粉、肠旺面、恋爱豆腐如果没有辣椒，黔味便不成其体系了。

吃得最清淡的反而是中国最南面的广东人，早在清代便有"粤人嗜淡食"的记载，现在辛辣指数最低，只有8。

辛辣文化传播与辣椒革命

以往传统观念认为，食辣主要是为祛湿驱寒，现在最新研究表明，冬季日照少、湿润而寒冷是形成辛辣重区的主要环境因素。辣椒因环境而具有生命力，而辣椒又赋予了食辣者革命情怀。

历史就是这样怪，辣椒传入中国并在饮食中流行，也只是清乾隆、嘉庆以来的两百多年时间，也正是在食辣核心圈里的湖南、四川地区，近代却辣出了一大批在中国近现代史上叱咤风云的人物，请看：刘光第、邹容、杨锐、宋育仁、向楚、张澜、彭家珍、蒲殿俊、吴虞、郭沫若、邓小平、朱德、陈毅、刘伯承、聂荣臻、张爱萍、魏源、曾国藩、左宗棠、胡林翼、陈宝琛、黄兴、蔡锷、宋教仁、陈天华、焦达峰、毛泽东、彭德怀、罗荣桓、任弼时、林伯渠、李富春、邓中夏、何叔衡、李立三、陶铸、胡耀邦。毛泽东说："不吃辣椒不革命。"辣椒与革命看来好似还真有关系了。

近些年来由于交通发达，各地经济文化交流加快，菜系之间的互相兼容加快，川菜和湘菜传遍全中国，走向全世界，川菜馆、毛肚火锅、湘菜馆、毛家菜风行全国。特别是毛肚火锅，肩负着承传辛辣革命的重任，走南闯北，一下红遍大江南北、长城内外。特别是在年轻一辈人中间，食辛辣的比重开始加大，吃辣椒已经不是单纯的驱寒压腥，也不仅仅是作为第二味精，而几乎是变成了一种文化，一种革命，一种时尚。

这种革命和时尚，由于川菜江湖菜和湘菜的发展，辛辣度有增加的趋势。如近四十年流行于四川民间的毛肚火锅、酸菜鱼、毛血旺、来凤鱼、太安鱼、尖椒鸡、烧鸡公、乌江鱼、芋儿鸡、啤酒鸭、邮亭鲫鱼、麻辣鱼片等，辛辣度都比传统川菜高，对周边地区的影响可能会更大。而湘菜中剁椒鱼头、毛家红烧肉已深入到畏辣如猛虎的一个个"淡食统治区"，建立了数不清的红色湘菜基地，一个新的辛辣革命已经开始。

不过，革命是要流血的，辛辣革命也如此。有报道称某地某君嗜辣成性，吃得过量，引起胃大出血，为"革命"献出了生命。因此，这种革命是需要以铁胃钢肠为本钱的，劝诸君量力而行。

原文刊于《南方周末》2002年1月25日，略作修改

天下第一锅：重庆火锅

每个城市都有一种味道，宏观的味道折射的是一种文化，微观的味道体现的是一种"食尚"。今天，当我们漫步在青岛、厦门等海滨城市的大街小巷时，感受到的是一种腥腥海风下的海鲜清香味；当我们穿行在银川、昭通等回民聚居城市时，一股股夹杂着孜然的牛羊味扑面而来；当我们进入泸州、宜宾等酒城酒都时，却时时感受到阵阵酒糟曲香在空中弥漫。当然，如果我们来到重庆这座山城时，可能在街头巷尾，入鼻贯面的更多是一股股香辣相兼的牛油老火锅味道，一种重庆的味道、重庆的品味。

今天，重庆火锅已经成为重庆城市的一张地域名片，风行大江南北。走南闯北的人可能多到过重庆品尝过重庆火锅，坐地过日的人可能也在当地感受过重庆火锅，可是，真正了解重庆火锅的人并不多。

要真正认知重庆火锅必须从川菜的历史讲起。

四川盆地可以说是中国，乃至世界饮食文化的重地。汉代四川的画像砖、画像石中，充溢着宴饮聚会、庖厨操作的场面，汉墓出土的陶俑中厨子俑的数量众多，这与当时北方画像砖、画像石和陶俑显现的正统说教风格迥异。因此，四川盆地可能是世界上文化世俗化程度最高、最讲实际世故的盆地。

早在一千六百多年前的晋代《华阳国志》中，就记载蜀地"其辰值未，故尚滋味；德在少昊，故好辛香"，这可能是世界上最早一则关于一个地区人民有研究饮食而好吃传统的记载了。很有意思的是，书中为巴蜀地区好吃还找了一点所谓根据，认为巴蜀天文分野为"未"，因为"未"代表万物皆成有滋味，而管理西部的少昊帝在"其日庚辛"，故就有"好辛香"之风。最新的研究表明，中国食辣核心区的长江上中游地区，普遍有冬季阴冷潮湿而日照指数低的环境，这才是食辣的环境背景，与少昊毫无关系。后来，《隋书·地理志》更是直接称汉中和蜀地人"性嗜口腹""食必兼肉"，生性好吃，而且特好吃肉，这可能也是隋唐时期唯一一条记载一个地区居民注重饮食的记载。

唐宋时期，四川饮食文化开始在全国有了较大的影响，"川食"在宋代成为四川饮食专称，形成了麻得辛香与偏甜的口味。元明清时期战乱使四川中古时期文化受到极大摧残，经过两次"湖广填四川"后，才形成现代的四川文化。可以说，今天的川菜的根实际上是源于"湖广填四川"后形成的川菜，与唐宋时期的"川食"已经相去甚远了。川菜之麻虽然已经麻了几千年，但辣椒传入中国是在明末，作为饮食调料是在清初，传入四川进入饮食晚至乾隆末嘉庆初。现代川菜烹饪方式中的炒、爆、红烧等也是在元以后才逐渐传入的，号称川菜之魂的郫县豆瓣也是在清道光年间才出现，传统川菜中最有影响的回锅肉同样是在光绪年间才有记载。可以说，传统川菜的历史不过只有两百多年。而真正意义上的重庆麻辣火锅的历史不会长于这个时限。

如果从中国火锅历史来看，可称历史悠久。早在商周时期就可能出现了火锅，到宋人林洪的《山家清供》中提到"拨霞供"，实际上就是一种典型的火锅。明清时期，火锅一度十分流行。以前有人认为重庆火锅可能是起源于清道光年间，但并没有确切的历史文献记载可以支撑，还待讨论。所以至今重庆火锅的起源众说纷纭。有的学者认为早在"湖广填四川"时川江水手就开始在滩石间垒石煮牛下水，形成原始的火锅；有的学者认为重庆毛肚火锅起源于清末民初重庆码头和街边下力人吃的"水八块"。因巴蜀民间称动物内脏为"下水"，所谓"水八块"最初全是指猪牛的内脏，如毛肚、肝腰、血旺、肠子等。有的人则认为源于1926年前后下半城南纪门的宰房街仿

民国时期的重庆火锅

民国时期的重庆火锅（食用中）

市井"水八块"红汤毛肚火锅馆。四川著名作家李劼人认为，毛肚火锅发源于重庆对岸的江北水牛内脏分格铁盆担子，1934年重庆城内才有一家小饭店将担子移至桌上，加以改进，由赤铜小锅代替分格铁盆，由食客自行取食。抗日战争陪都时期以后，出现了"一四一""夜光杯""云龙园"等专门的火锅餐馆。还有人认为重庆火锅应起源于长江之滨泸州的小米滩。由此可见，重庆火锅发源于川江民间，开始由中下层人食用，逐渐才改进成为定式的。改革开放之初，重庆出现了五一路火锅街、临江门洞子等老火锅集中经营场所，出现"热盆景""对又来""张幺妹""五二火锅""桥头老火锅"等名店。近二十年来，随着重庆火锅的发展，小天鹅、德庄、桥头、清华、秦妈、刘一手、苏大姐、骑龙、齐齐、孔亮、奇火锅等火锅品牌先后在全国有了名气。

重庆火锅不论起源于何时何地，都应该是川菜这个大的文化菜系中的一个奇葩。人们认为近代川菜形成了五大派系，即成都帮、重庆帮、大河帮（味）、小河帮（味）、自内帮（味）。成都帮一般做工精细，用料讲究，长于麻辣烹饪，传统川菜功力深厚，小吃较多，菜品文化底韵浓厚。而重庆帮在近代汇聚八方，菜品多样，用料凶猛，大刀阔斧，江湖菜发达。大河帮以江津、合江、泸州、宜宾、乐山菜品为主，以烹制江河菜为主，用料粗野，味觉厚重，生辣与酸辣结合。小河帮主要以嘉陵江流域的绵阳、遂宁、南充、广元、达州、巴中等地为主，长于传统川菜，民间江湖菜影响也较大，田席发达。自内帮，也有称小河帮（指沱江流域），指自贡、威远、内江、资中、资阳等地菜品，味厚香浓，辣鲜刺激，味型辣度在川菜中居高，其中又以盐帮菜在外影响最大。

从现在川菜体系来看，可以分成传统川菜、新派川菜和江湖菜三大体系。所谓传统川菜即清中叶以来的成型的家常川菜，如回锅肉、麻婆豆腐、鱼香肉丝、宫保鸡丁等。新派川菜是指近几十年来川菜厨师吸纳众菜系和民间菜之长开发出来的新川菜，花样繁多。江湖菜即近几十年来起源于民间，流行于民间用餐一菜主导的民间菜，如毛肚火锅、酸菜鱼、来凤鱼、辣子鸡、邮亭鲫鱼、毛血旺等，重庆火锅应该是川菜江湖菜的典型代表。

中国传统厨艺与其说是一种技术，可能更是一种最讲经验的艺术，见仁见智，向无专利，也无标准。同样是炒回锅肉，百位厨师可能炒出百种风味，所以厨艺界向来是少讲逻辑，多重感性的世界。重庆火锅的分类向来混乱不堪，往往将烹煮器、汤型、食料分类混在一起，也体现了厨艺界重经验讲感性的特点。

重庆火锅较为科学的分类应该有三种分类法。如果按烹煮器分可分成一盆器（分有食格和无食格两种）、鸳鸯火锅、子母火锅、分食火锅（小火锅）、子母套锅、子母鸳鸯锅六种。烹煮器从历史上来看，经过一个从陶瓦器、生铁器、白铁器、铜器的发展过程。如果按汤型可分成红汤和清汤两大类，红汤又可分成牛油红汤、清油红汤、椒香红汤、混合红汤等；清汤也可分成鲜汁清汤、酸菜清汤、药膳清汤等。如果按食料可分成混合火锅、鱼火锅、兔火锅、鸡火锅、狗肉火锅、鸭火锅、菌火锅、海鲜火锅等。另外重庆火锅还有小料碟，有降温、减辣、增香、加味等功能，分成香油碟、清油碟、原汁碟、辣酱碟四大类。具体市场经营中是将这三种分类加小料碟配合组合的。现在，重庆火锅在外影响最大的还是一盆器的红汤混合香油碟火锅，只是，近来出现香油中叠加多种调料的趋势，实际上是一种倒退。

外人眼中对川菜的印象仅是麻辣二字，火锅的印象也是麻辣，实际上是并未真正了解川菜。而川菜的特色在于麻、辣、鲜、香并重，以味复合、味厚重、重油香为长。

川菜的辣度不一定比得过湘菜、黔菜，但巴蜀人将辣椒玩得花样繁多，鲜辣椒、辣椒油、辣椒粉、辣椒块、辣椒酱、泡辣椒、糟辣椒、糍粑辣椒、干辣椒……更为重要的是川菜的根不在辣，而在麻。古代"好辛香"的香指的是以花椒为核心的辛香，早在汉晋时期，蜀中"人家种之"，食用非常普遍。唐宋时，花椒有蜀椒、巴椒、黎椒、川椒等名称。至今麻加辣成为川菜在外人眼中最明显的口味特征，连外国人都将花椒称为"Sichuanpepper（四川辣椒）"。

四川人吃得最辛辣是包括花椒等辛香料，如果单纯就食辣椒的辛辣度来看，可能湖南人的食辣指数应最高。所以，外省人往往将重庆火锅称为麻辣火锅。

川菜的味型可能是世界所有菜系中最丰富的，川菜的复合味型有二十多种，如咸鲜味型、家常味型、麻辣味型、糊辣味型、鱼香味型、姜汁味型、怪味味型、椒麻味型、酸辣味型、红油味型、蒜泥味型、麻酱味型、酱香味型、烟香味型、荔枝味型、五香味型、香糟味型、糖醋味型、甜香味型、陈皮味型、芥末味型、咸甜味型、椒盐味型、糊辣荔枝味型、茄汁味型等等。众多味型实际上是味不断复合叠加的结果。复合味本身提高了川菜味的厚重，而喜欢加底用汁，这都增加了菜品的厚重滋味。

川菜用油量大，不论炒、烧、爆、煮，用油的量可能是中国菜系中最大的，有些菜用油量已经远远超过主料和配料，但川菜用油是在于增香保鲜，并不要用餐者直接食油，这就是川菜的高妙之处，难怪一千多年前巴蜀人"好辛香"，最终是落脚在"香"字上。

重庆火锅正好是汲取这些川菜之长，如典型重庆红汤火锅以味复合厚重、重油重香著称，传统汤汁的配制是选用郫县豆瓣、豆豉、牛油、花椒等为原料，先将牛油放入旺火的锅中熬化，再把豆瓣剁碎倒入，等熬成酱红油后，加速炒香花椒、牛肉原汤、春茸的豆豉和拍碎的老姜，加冰糖、川盐、醪糟、香料熬制。但绝好的火锅绝不仅在于麻辣，而在于味的厚重鲜香。食料在火锅中捞起后，要在香油中降温增香后还能保持汤汁中的基础咸味和复合的香味。这要求汤汁醇香浓厚，对食料既浸润入肌，又要挂附紧密。川菜的辣在于油炸焦香，在于复合叠鲜，故传统川菜往往都是深受古代川菜根脉的影响，往往将辣椒炸香，既减辣又增香，再加糖压辣形成回味。同样，火锅加入冰糖、醪糟减辣，加入炸香的辣油，是让其回味中有鲜香，使人不会满口麻木，通舌赤辣。所以，好的火锅是让人吃出麻辣的香味，而不是吃出麻辣的麻辣味。换句话说，重庆火锅的高妙在于用厚重鲜香来包裹麻辣，而绝不是用麻辣来包裹厚重鲜香，更不是没有厚重鲜香的直辣。显然，过于麻辣可能会侵夺味的厚重鲜香，那种在汤汁里加小米辣的行为是决不可取的。

现在重庆市场上火锅可分成两大类，主要以红汤的差异来区分，一类是重牛油而辣度较高的老火锅，这种火锅是老油，完全用牛油入锅，放入干朝天椒、小米椒等辣度高的辣椒，味道厚重老辣；一类是用混合油而辣度适中的改良火锅，这种火锅是老油、一次油结合，往往用混合油、清油、花椒油入锅，酱香味浓，辣椒放入较少，味道清鲜醇香。

川菜是中国八大菜系中历史最为悠久，在社会中影响最大的一个菜系，川菜也是中国所有菜系中平民化特征最明显的菜系。川菜中的江湖菜更是起源于民间，流行于民间，其平民化的特征更是明显。作为江湖菜代表的重庆火锅用餐一菜主导，更是以简约化、大众化、平民化著称。而随着重庆火锅在区域内外的发展，特别是近年来随着交通资讯的发达，各地饮食文化的相

九宫格火锅

子母火锅

鸳鸯火锅

互影响加大，重庆火锅的食料范围大大扩展，几乎到了菜菜可入锅的境地。

重庆地区高山阻隔，江河湍急，养成了巴人尚武、爽直、乐观的胸怀，虽然经过历代移民演替嬗变，但这种文化土壤一直浸润熏染着生息在这块土地上的人们，一直影响到今天的重庆人。重庆火锅的简约大套、大麻大辣、厚重滚烫，正好是重庆人这种个性特征的具体体现。今天，在重庆的大街小巷经常可见这种场景：老锅土灶热气弥漫，一群赤膊光头男人与时尚的妹儿围坐在一起，锅内红汤翻滚，锅外喊声震天，不时格老子言子把子溢出，兄弟好酒令划拳振堂。在这时，食用火锅已经不仅仅是一种饮食事件，更像一种放松自我、发泄积愤、张扬个性的娱乐活动。作为重庆人，如果在外漂荡甚久，回来一下飞机火车，可能首先想到的就是直奔火锅店，弥补一下久违了的辛辣鲜香，中止一下长期的索然平淡，抚慰一下远离乡土的思乡胸怀。

川菜在历史上曾有天下第一饼的历史。据记载五代前蜀时，巴蜀地区出现过赵大饼，用三斗面做成一个饼子，大可覆盖数间房屋。无独有偶，今天重庆火锅有号称天下第一锅的德庄大火锅，该锅直径10米，高1.06米，重达31吨，由56个鼎状小锅和一个大锅组成，可容纳56人同时用餐，几千人可一天同用一锅食料。这正是锅内百花齐放，香气熏天，锅外人头攒动，热闹非凡，红火的汤底与火热的食客，正好展现了重庆人无拘无束、张扬乐达的个性。

显然，重庆火锅的用餐与情调的西餐和威严的中餐相比，可以少讲礼数，可人数不限，可淡化座次，可光膀上阵，可划拳猜令，可高喊把子，这让"儒化"不足的重庆人倍感轻松，故趋之若鹜。由此，在重庆，火锅产业已经大大侵夺了传统川菜和新派川菜的生存空间。我们经常见到重庆著名火锅店内外坐着许许多多待餐的食客，手中拿着进餐的号码，遥望大厅，那种能看到火锅红浪并闻到火锅飘香的等候，可能比一般在中餐、西餐馆的等候更会使人垂涎欲滴，饥肠难耐。

重庆火锅知名度在全国越来越大，像小天鹅、德庄、秦妈、刘一手、孔亮、苏大姐等火锅品牌曾经在全国的连锁店越开越多，这些火锅店不仅推广了自己的产品，也大大扩大了重庆的声名。不过，许多连锁店不知是材料不好、技术不够，还是有意适应当地居民口味的改良，与本地地道口味有较大差异。其实这种差异无损于重庆火锅，火锅是一种文化，文化是需要随乡入俗的。不过，许多外地人都喜欢到重庆本地吃重庆地道的火锅。每次亲朋好友光临重庆，重庆火锅是在重庆饮食的第一选择。

当然，外地人到重庆吃重庆火锅的心态各有差异，至少有六类人，心态各异。

一类叶公好龙型。重庆火锅名气大了，许多外地人本来并不能吃辣的，但一想到了重庆，因为有"到了重庆没吃火锅，等于没有到重庆"之说，所以不能不品尝一下。这一类人吃重庆火锅往往会半路中止的。我的一位北京朋友就是在重庆吃火锅被辣给呛住了，自己感觉马上进入休克状态，立即停下筷子而且发誓，今生今世再也不吃重庆火锅了。

一类是标榜时尚型。这一类人往往是走南闯北的人，由于重庆火锅名气越来越大，吃火锅就变成一种时尚，一种潮流，所以，走南闯北的人哪能不吃呢？这种人往往吃的时候即使被呛着了、辣麻了也不会中止的，至少口头上是不会承认自己不行了的，甚至口中还会念叨：好，好，好。

一类是徒有虚名型。这类人往往在家乡从来不吃麻辣，也深知自己与麻辣无缘，但面对名气如此之大的重庆火锅，又不能说不。好在重庆火锅有鸳鸯火锅、子母火锅之类的清汤和红汤兼有的火锅，麻辣不能吃，我们吃一下清汤的也可以吧，回去也可向亲朋好友称吃了重庆火锅，此乃浪得虚名。

一类是异乡知己型。这类人往往以前就能吃辣喝麻的，本来就会经常托人在重庆带火锅底料回家自己食用，如果有机会到重庆，自然会第一时间考虑吃火锅。当然，这种人到重庆往往有一种找到组织、逢到知己的感觉，一定会大吃特吃，吃得酣畅淋漓，只愿来生能做个重庆人，天天吃火锅。

一类是错为知己型。这类人往往来自能吃辣的地区，有的食辣程度并不比巴蜀地区差的，所以，对吃重庆火锅往往会不以为意。没想到面对重庆火锅浮起的粒粒花椒，麻得自己口舌毫无知觉了，已经分不清哪是辣味，哪是鲜味,哪是香味了,故大喊此辛香非彼辛香哟!我的湖南朋友来重庆一听吃火锅,都说没有问题,可是吃了不久,不时感叹怎样这样麻哟!

一类是怀恋乡土型。这类人往往是出生在巴蜀地区,幼年时早已经染了故乡的泥土风尚,成年后为生计远在遥远的他乡谋生,但心中无时不油然而生一种对故乡的依恋,当然也包括对火锅的依恋。所以,这类人只要有机会回到重庆,回到家乡,哪怕自己的家乡本是在四川,也会有一种回到故土的感觉。这类人在重庆吃火锅,感受的是一种味觉和心灵的双重回归。

近几十年来,中国对外交往增多,重庆火锅在世界上也有一定影响。不少国人出国谋生求学,自己也怀恋乡土的火锅。小天鹅、秦妈、苏大姐曾经在国外开店,火锅在日本、美国、俄罗斯、澳大利亚等国家已经有一定影响。不过,在国外,由于饮食文化的差异,纯老外对中国重庆火锅更多是叶公好龙型多,真正想品尝原汁原味火锅者还是留学生们,特别是有食辣背景的留学生们,所以国外的火锅开久了往往会入乡随俗变味的,就像西餐到中国后也有中国化的过程。

如果说今天的"中国制造"已经有了世界第一的称号，那么，"中国饮食"很早就是世界第一了。在中国饮食中，川菜是平民化程度最高且影响最大的菜系，重庆火锅正是渝派川菜江湖菜中最有影响、特色最鲜明的江湖菜，成为展示中国川菜文化、体现重庆文化的名片。

重庆火锅形式简约、大麻大辣、厚重滚烫，显现了重庆人直朴刚烈的个性，也寄托了重庆人的价值取向，所以能在重庆一带流行，并成为重庆的一张地域名片。现在，重庆火锅又凝聚川菜魅力的精华，如一支支突击队风风火火风行中国的大江南北，既显现出来饮食传统中的一种时尚，也象征饮食革命的一种扩展。试想，在现代化紧张工作背景下，人们在麻辣滚烫刺激下，疲惫的心灵得以复苏，世俗的烦躁得以忘记，有限的个性得以张扬，时尚的见识得以标榜，这未尝不是一种生活态度，也不能不说是一种文化现象。

重庆火锅的受众食客有多少，可能很难统计。不过，重庆火锅在世界饮食发展史上，可能是最有世界影响、最显地域文化、最能寄托情怀的火锅。从这个意义上来看，重庆火锅有"天下第一锅"的称谓未尝不可。

原文刊于《中国国家地理》2014年第2期，

刊发时删改不少，此次做了补充。

五笑川菜分家者

昨天，《重庆晚报》一记者打来电话，说重庆菜要与川菜分家，希望我能提一点意见。记者可能是想我为重庆菜分家找到历史根据，为重庆菜叫好，可没想到遭到我一番痛斥。

其实，倡导渝菜或重庆菜与川菜分家者很早就有，直辖初就有人高喊，最卖力的餐饮企业最初是陶然居，后来是渝风堂，已经不是新鲜事。这一次果然又是他们冲在最前面，不过，这次后面还有重庆工商联餐饮商会等半官方做后台，还要让国家标准委审批重庆菜标准，因为流行的一千多道川菜中60%来自重庆，重庆菜要成为中国第九菜系，风头大得很。昨晚忙完工作，看了一下晚报的整版分家理论，哈哈，真是又气又笑，笑比气多，所以产生五笑，供大家笑笑。

一笑标准。报道称分家者挖空心思，找出了十一道重庆菜，即回锅肉、口袋豆腐、辣子鸡、毛血旺、鱼香大虾、鸡豆花、家常海参、渝味鹿筋、干烧江团、樟香鸭子、陈皮兔丁，正在等市质量技术监督局审查，待国家标准委审批，同时还在另选四十道重庆菜再次申请。

嘿，世人都知道人世间食、色这两个东西是最难量化的。我们说川菜百菜百味，还要说一菜百派，同样是回锅肉，民间流派众多，人各有爱，试问：你按哪种炒法定标准呢？从来菜品是没有专利的，也难有一个共同的标

回锅肉，源于清后期
（作者蓝勇烹制）

干煸鳝鱼，源于民国
（作者蓝勇烹制）

准。如果质量监督局从菜的主料份量、材质质量角度去保证质量做个标准也算职责中的事，可要规定炒回锅肉必须放何种俏料、加多少糖和盐、下多少豆瓣，可能就不是质监局的职责了。请问，质监局是不是对美女也定一个标准呢？包括身高、体重、肤色、眼型、鼻型、嘴型、脸型、三围等等。美女如美食，萝卜青菜各有所爱，哪有一个固定的标准！即使你做了一个也是徒有虚名，就像倘若人们对火锅定了一个标准后，请问哪一家火锅店会完全按此标准做。如果完全按标准，美食是无美可言了。餐饮的力量就在差异，美食的魅力就在于各取所好，各私其味。

二笑食材。分家者提出重庆菜与川菜区别很大哟，一条理由是重庆菜用河鲜多。哈哈，真是笑话，古代的故事我们就不多讲了，近代川菜分成都帮、重庆帮、大河帮、小河帮、内自帮，实际上大河帮、小河帮的河鲜都是知名的。乐山、宜宾、泸州、重庆、万县的大河帮和阆中、南充、合州的小河帮都是以河鲜用料多著称，至今四川境内的资中球溪河鲢鱼、宜宾黄沙鱼仍是较为流行的江湖菜。另一条理由是用泡椒多。我们知道，四川是在乾嘉之际开始有辣椒记载的，最早是在四川的大邑县，何时开始有泡海椒的确历史无考。不过，郫县豆瓣出现在清道光年间，用辣椒做烹饪作料可能最早还

鱼香肉丝，源于民国
（作者蓝勇烹制）

水煮牛肉，源于民国
（作者蓝勇烹制）

是在成都一带，光绪年间成都就开始有泡海椒炒肉之名菜。今天，就整个巴蜀地区的川菜来说，用泡椒为作料，四川、重庆都较流行，何来成为了重庆的特点？希望提分家者多在四川民间一些地方走走再下结论吧！再一是重庆菜用豆豉多。真是笑掉牙，分家者可能也太缺乏常识了。豆豉起源十分早，在巴蜀最有名的是元代的成都府豆豉汁，后来才有四川三台县潼川府豉和今天重庆的永川豆豉，豆豉的根可是在四川，而且今天川菜中盐煎肉、回锅肉、豆豉钳鱼等在巴蜀都十分普遍，为何成了重庆特有的东西？其实，不需要你们多读一点书，请分家者们多在巴蜀大地上跑一跑就不会出此外行话了。

　　三笑口味。口味倒是区别菜系的重要标准，分家者提出了一个重庆菜口味更重、麻辣并重的特点。说起来，口味这个东西完全是感性的。但是，不要忘记了味厚、味复合是川菜共同的特色，请这些厨师一定要记住，不应该说"味重"这种外行话。就是"味厚"也是指味的复合明显。如果从味重来看，鲁菜的重盐远在川菜之上。川菜味厚的核心主要是郫县豆瓣的运用，整个巴蜀大地都是如此，川菜味厚重绝非重庆独有的特点。

　　如果从食辣角度来看，今自贡、内江菜的辣度远在重庆菜之上，这是稍

宫保肉丁，源于清末
（作者蓝勇烹制）

烧白（扣肉），传入于清代前期
（作者蓝勇烹制）

麻婆豆腐，源于清后期
（作者蓝勇烹制）

家常田鸡
（作者蓝勇烹制）

有常识的人都知道的。整个川菜都是麻辣并重，何来重庆是麻辣兼备？分家者感到重庆江湖菜发达，江湖菜辣度较高，就认为重庆菜味重，此乃误读矣！其实，大多数江湖菜的辣在于辣透露出的香，并不在于辣度本身。

　　整个川菜就全国范围来看，"麻辣鲜香、复合重油"八字是其最根本的特点。在这点上，所谓重庆菜与四川菜并无本质区别，请分家者一定要记住哟！

四笑方法。分家者提出重庆菜最讲求火候，做一种菜要多种火候，如太安鱼的烧法，大火、小火都兼用。这更让人大跌眼镜了。如果单纯从一种菜烹饪方法上用多种火候来看，全国众多菜系是都有此法，这哪是重庆菜的特点，这是所有中国菜烹饪的特点。对这一点不必多说了，全球人都知道的，该笑了吧？

五笑菜品。我们区别菜品的地域归属，一是考虑最早发源地，一是考虑最流行地，如果两者都占有可能就能说通，但分家者这一点认识都没有。

最可笑的还是分家者对菜品的认知。就先说说我们的回锅肉吧。不知何故，分家者将明明是川菜中最具代表性的回锅肉说成重庆菜？关于回锅肉的最早记载是在清光绪年间的《成都通览》中，它是传统川菜中最早有确切文献记载的菜品，最早流行在成都平原地区，民国时期还有"成都肉"的名称，现在巴蜀民间最为流行，以广汉的连山大刀回锅肉最为出名。显然回锅肉根在四川，影响最大也在四川，不知何故变成了重庆菜的头号代表了，还要制定标准？标准出来后，是不是连山回锅肉就得改名，或者按重庆的标准来炒呢？

再说口袋豆腐，这道菜是源于何地还有争论，有云南说、成都说，就是没有重庆说，现在这道菜不仅在巴蜀流行，在中国许多地方都流行，何来重庆菜代表之说？至于辣子鸡、鱼香大虾、鸡豆花、家常海参、樟香鸭子、烧鹿筋、陈皮兔丁等，有哪个是源于重庆或重庆最有名，很难说清的。如辣子鸡、烧鹿筋早在清末《成都通览》中就有记载，重庆的最早记载在哪里？

樟香鸭子起源于成都，这是一个常识，而陈皮兔丁起源于四川自贡，今天在整个四川都十分流行，何又成了重庆菜的代表？

如果说菜品的烹饪是感性的、多元的，菜系划分可能相对就更需要理性和科学了。前面已经谈到，实际上，就全国范围来看，"麻辣鲜香、复合重油"八字是川菜最根本的特点。在这点上，所谓重庆菜与四川菜并无本质区别，分家者谈的所谓区别只是亚层次的区别，就像我们都姓马一样，只是有重庆马姓、四川马姓一样。就如近代人们界定的川菜的五个流派一样，所以我们最多称"渝派川菜"可能更符合历史和现实。分家者们现在是带着情感，盯着窄小的空间来看待重庆菜。其实，我们需要的是带着理性、立足整体、放眼大局的观点。

有人说分家者有企业炒作的成分，我说从长远来看，这些企业也是愚蠢的。川菜是巴蜀人几千年沉淀下来的宝贵的文化资源，是巴蜀共有的文化遗产，我们将这个宝贵资源抛弃不要，自我鼓捣出一

作者在家中下厨

个根本不存在，也不被外人认可和知晓的"渝菜"，从经营角度讲也是愚不可及的哟！

本来菜品是主观的，最讲感性的，需要多元的，现在却理性地要统一标准；本来菜系划分应是客观的，需要理性的，讲求整体的，现在却充满感性、情感，充溢着个体的诉求！

饮食江湖的灰色内幕

多年来田野考察走南闯北，除了专业收获外，也体验了无数鲜活的世间百态。这些年来，为研究饮食文化，又接触了许多餐饮界的朋友。特别是十年前因开发了古川菜，与人合作建餐饮服务有限公司，与餐饮界朋友接触逐渐增多，发现其中的秘密还真不少，特别是发现餐饮界个别不良商人的不少欺诈秘密。

我将餐饮的欺诈法总结出来有以下四种：

1. 偷梁换柱法

餐饮界经营活鲜最令食客钟情的当然是"鲜活"二字，特别是鱼这类食材，死活两重天，所以，经营者绝对会让你看到你选择的活鲜是活蹦乱跳的。但是，过秤进了厨房后这只鸡、这条鱼的命运或许就会改变，可能会从死刑立即执行改判为缓期，而且会不断地缓期执行。当然，会有一只早已经寿终正寝的鸡、鱼从冰箱中拿出来，说不定不仅重量不够，而品种也会不一样，变成你要的活鲜。

我曾在重庆某地江边一条渔船吃鱼，明明过秤的是一条江团，可到厨房变成了钳鱼。钳鱼与江团，都是有须的鱼，须的多少可不一样，价格、口味就更是相差大了。后来上桌后老板死不承认，我又不可能做鱼的DNA鉴定，

只好自认倒霉，下次不去了。还有一次我也是到重庆某地一餐馆吃水煮鱼，明明过秤是一条三斤重的活花鲢，但我转背回来后，变成冰箱中出来的半条死花鲢，我也只有一气之下走人。还有一次我在贵州某地考察，在路边吃当地土鸡，明明过秤是一只仔活鸡，可发现老板从冰箱中拿出半边老母鸡来烹饪，上桌后发现鸡老得咬都咬不动。

2. 缺斤少两法

商业交易中缺斤少两从来都不足为奇，所以，在活鲜交易时缺斤少两更是难免。你想一想，活蹦乱跳的鸡鱼，称秤本身就麻烦得很，即使你关注鸡鱼重量也可能力不从心。这还不重要，因为直接耍秤可能太原始了，也还容易让人产生怀疑，那是初级欺诈，小儿科。活鲜这个东西，只要进了厨房，下了油锅，加了汤汁，加了俏料，估计老天也不知实际份量了。所以，可能一条三斤的鱼或六斤的鸡，下锅的只是三分之二，或起锅后上桌的只有其三分二或者二分之一。其他的三分之一、二分之一当然可能成为下一个被骗者的活鲜，或者成为老板下班后的免费晚餐了。

有一次我在一个渔船吃鱼，过秤为一条五斤重的鲶鱼，我出去逛了一圈回来，总感觉锅中的鱼没有五斤，吃完后要走时发现老板也在开始吃一样的鱼，但当时并没有第二位食客，你想想看？又有几次是我和学生们一起见证的。有一次在山上吃醉鸡，老板在起锅后硬是偷偷留了一碗准备自己食用。有一次我带学生到威宁县考察，我们一行亲眼看着称了六只鸡，但偶然到厨房发现只杀了四只鸡，在我们指责下老板很不情愿地将其他两只杀了，但后来在烹饪时有意将厨房关了，我们吃了多少只鸡仍然是一个谜。

有一次在重庆某地吃当地有名的三活鲜红烧兔，想学习一下烹饪方法，所以从点杀开始，一直眼不离兔，这样就让厨师作难了，只有硬着头皮做。要下锅前，有一位厨师用眼示意一位拿一些出来，还有意用身体来挡我的视线，但我一直紧跟不放。可能他们平时做假做习惯了，很少遇到我这样学习烹饪技法的食客，不仅脸上没有愧疚，反而是露出敌意，但最后也无可奈

何。只是做出的兔子盐多得难以入口，吃完后死活不给我发票，也算是对我的报复。

3. 羊头狗肉法

现代社会，人们讲求回归传统和回归自然，吃江河中的野生鱼、喂粮食的土鸡是潮流所至，所以江边、路边众多店面都打出长江鱼、大河鱼、野生鱼、农家土鸡的幌子。可是，要知道，今天的河流中哪有如此多的野生鱼，都用正宗的散养土鸡成本也太高了一点。所以许多所谓经营野生鱼、土鸡的地方大多是挂羊头卖狗肉（注意，今天可能狗肉比羊肉贵，应称挂狗头卖羊肉），往往用的是人工喂养的鱼冒充。许多是将人工喂养的鱼放在船边的边箱、渔网中放养几天，洗一个澡，吐一下泥腥，就摇身变为野生鱼了。

最近十多年来，餐饮界较为普遍的欺诈是用速生鸡、火鸡肉替代猪肉和牛肉欺骗顾客，有的商贩将速生鸡胸脯肉切成肉丝条廉价卖给餐馆，成为餐馆炒猪肉丝的原料。以前用猪肉代替牛肉较为普遍，只是最近猪肉太贵，有的直接用速生鸡柳加牛肉粉做成牛肉丝片。有一次我带学生到云阳就餐，发现水煮牛肉一点没有牛肉味，吃完后我直接问老板真假，老板居然坦然承认是用鸡柳做的，脸上没有一点愧疚感。

现在许多自由市场的商贩，往往自称卖的是土鸡、散养粮食鸡、黑猪肉、土猪肉、土鲫鱼，以此招徕顾客。其实在活鲜中，品种、饲料、生长期三个因素中最重要的是生长期，再好的品种用饲料催生出来都是不好的，而再差的品种饲养到应该有的生长期都是不会太差的，但这个生长期往往是商贩不愿张扬宣传的，也是现在顾客不太重视的地方。

4. 以旧充新法

四种方法中最后一种是最缺德也是成本最低的。所谓以旧充新，就是将前面食客吃剩的鸡鱼再次加工，作为下一位食客点杀的鸡鱼，这种手法的前提是之前有一些大方的食客点杀太多而剩余大半。本来剩下的应该作为潲水去喂猪的，或是拉到垃圾场的，可是精明的老板想到变废为宝，往往将其收集起来，等下面来的食客点杀后，先将点杀的鸡鱼移作他用，或直接改缓

作者在餐厅下厨操作

期，然后将收集起来的鸡鱼弄整齐，加上新的汤汁，再加热浇上热油，撒上葱花，一盆热气腾腾的以旧充新法鸡鱼上桌了。当然，这种做法风险也最大，往往是不欢迎食客到厨房参观的，厨房成了生产重地，闲人免进。我以前在重庆两次吃鱼都感受过此法。不过，这种欺诈也难以对证，因为前面食客吃剩的鱼也没有记号可查，也只个别老饕才能从色味方面发现其假。当然，即使发现往往也只有吃哑巴亏了，难道将鱼块拼合成一条整鱼，或对鱼做DNA鉴定？除非发现两个头、四只脚。

我建议如果要吃活鲜，最好亲自监厨，让我们的人与活鲜同在，直到上桌，既吃了真货足货，又学了烹饪技艺，一举两得。同时，建议大家在一些不靠谱的餐饮店多吃回锅肉、盐煎肉、红烧肉等不容易用替代品的菜品，少点肉丝、肉片类等容易替代的菜品。

当然，我们要相信大多数餐饮店都是诚信的，只是对个别不法经营者也不能不防，现在将餐馆做假的秘密展现出来，只望天下朋友能吃真、吃好、吃足！

经常有学生问我，是正史的信度高还是野史的信度高，许多学生都认为正史的信度更高。我说：不一定。我们现在编的地方志的数据都可信吗？如果没有网络监督，周正龙的假照片就证明镇坪县有华南虎了，因此野生华南虎存世就会写入县志、省志、专志，进而写入通史。而我们的正史自然也不会去谈餐饮界欺诈的历史，也许几百年后这些社会的边缘、碎片就不复存在于人们的历史记忆中了，留下的全是美满诚信的宏大历史记忆。

其实，人生之中难得糊涂，真是如此。我们看透了人世的欺诈反而是很痛苦的事情，很多不了解这些欺诈又没有敏感味觉的人也许更加幸福。但是，问题是餐饮的欺诈反映出来社会诚信缺失的背景，与我们的关系就密切了。可怕的是在一个社会中，当欺诈成为常态而没有了羞耻感后，可能诚信也就反而成为病态而无从藏身了，这就不仅仅是餐饮的问题了。那时，可能大家想糊涂也糊涂不了！

"孤岛城市化"的后遗症忧虑

　　城市化过程是中国发展的必由之路，在这一点上，我们从国家到社会各阶层的观念是统一的。但是怎样实现中国的城市化，可能观点并不完全一致。不论当下争论怎样，目前从上到下实际上选择的是一种"孤岛城市化"路径，就是将农村人口大量迁到地市县中心城市，摊一个大饼式的城市化，所以，城市规划中"百万人口城市""两百万人口城市"成为许多地级城市城市化的目标，"五十万人口城市"则成为众多县级城市的城市化发展目标。

　　虽然我们的媒体中不断出现新农村建设、城乡统筹、城乡一体化等话语，但现实中的"孤岛城市化"大潮中，这些口号带来的仿佛多是一些个别地区的典型样本。而目前面临的现状是乡村空虚化现状触目心惊，作为一位对故土深深热爱的历史地理的研究者，比对古今中外，为此忧虑万分。

　　现代乡村的最大问题是人口的空虚化。一个地区的发展，基本的人口规模基数是一个前提，没有人的地方是难以谈发展的。当下当然更是需要一批有知识文化的年轻人扎根乡村。但现状是乡村特别是西部地区的乡村空虚化已非常严重，大量乡村年轻居民拥入县级以上的城市，农村常住人口极少，留下的往往只是妇女、老人、小孩，人们戏称为"386199"部队，而且现代年轻的妇女"村姑"已经全部进城了，"38"部队已经不全了。大量乡村干

遍地南瓜无人拾

部的家往往都在县城，县级干部的家往往在地级市，乡镇年轻而有知识的人才仅仅是在乡镇政府和中小学中才能看到一些身影，而且还多是"周末候鸟式"的。现代农村唯一的烟火味道只是在春节的这十多天的时间内，"岁末候鸟式"的人口集体迁移返乡，空虚的乡村一时间才人烟繁盛，成了一年一度的中国式集体赶集，时时折射出现代中国城乡差异带来的深刻社会问题。

中国人传统的乡村理想境界本应该是一幅田园山水景观，那是青山绿水下耕读有序的场景。20世纪八九十年代由于燃料换代没有实现，在城市化没有展开的背景下，农村常住人口密集，农村倒是彻底田园化了，但遗憾的是大多数山林没有了，这种有耕读而无青山的风景当然不是我们理想中的田园风景。但现在乡村常住人口稀少的背景下，燃料已经实现从生物向非生物燃料换代，农村森林复茂，荆棘灌丛丛生，但田土荒废，野猪横行，眼前呈现一片粗野而荒残的青山，仿佛穿越到明末清初战乱后的巴蜀之荒凉景象，这种有野山而少耕读的风景自然也不是我们理想中的田园风景！

记得曾经有人说过，一看中国大中城市建筑和公共设施，感觉像是欧洲（其实中国的一些大中城市的城市建筑和公共设施已经超越欧洲了），一看中国的一些农村，感觉是在非洲，这主要是从城乡基础建设来说。当然，近十年来中国乡村的基础建设已经有较大改善，特别是乡村公路和农村小学的改善明显，但是由于受整体乡村空虚化的影响，在没有人气的背景下，这些乡村公路成了一条条枯叶遍地的"鬼路"，而农村中小学只是徒有其华丽的建筑外表，师生的数量质量往往与这些建筑并不相匹配。而乡镇的其他建筑更是从外形到内在与县市级城市在品质上相去甚远，大多数乡村地区民居建筑残旧，建筑、街道细部陈旧零乱，垃圾遍地，即使在新农村地区的建筑，多是在老旧房上涂刷上墙面色彩和画出穿斗式线条，自然挡不住房间内里的脏乱差穷。

在这样的背景下，指望乡村产业有较大发展是不可能的。

改革开放初期，我国实行梯度理论的发展战略，优先发展东部地区，然后才实行西部大开发，在公平与效益之间先选择了效益。但目前中西部之间的差异并没有完全消失，南北地区的差异又显现出来。如果现在国家的战略中，城市化过程是因为经济能力的有限而同时考虑效益和公平，从而实行"孤岛城市化"，将农村大量人口全集中到县级及以上城

遍地柚子

市，这是可以理解的！但这种路径会有怎样的结果呢？也就是说会不会有一些后遗症呢？

"孤岛城市化"对城市看起来也不尽是一种福音，如果说乡村候鸟式的迁移带来的社会成本巨大，那么如果城市的饼子摊得越来越大，交通和环境问题就会更突出，城市就会越来越堵塞，大量城市人更加成了朝朝暮暮式的候鸟，一个打工族每天花费在路上的时间对他来说是一种极大的人生浪费。人生苦短，人们除去一半的时间在睡梦中，醒着的时间五分之一在路上，对个人来说不仅极不合算，众多的个人的时间成本汇在一起也会算在国家的整体成本上的。

也许，人们会说等城市发展到一定程度也会反哺乡村的，大量城市人口回流乡村，形成一场新式的上山下乡运动，但这在市场经济的背景下会有多大的力度呢？人们也期望着农村土地流转后乡村的重新繁荣，但是农村土地的流转是一个基本土地制度的问题，国家有多大可能完全松绑不可知。同时，即使农村土地可以流转了，在这样的乡村基础建设背景下，又有多少人会自发地在土地市场流转后经营成功呢？

可能到了许多年后，一种城市向乡村的人口大规模回流运动，又会多大程度上浪费城市的基础建设是难以说清的，难道到时中国的大中城市又来一个声势浩大的啃大饼边的撤城运动，或留下一大片城边"鬼城"？所以，我们的"孤岛城市化"运动应该马上叫停，而在适合人居的地区实行"就地城市化"。

"就地城市化"其实不过是一些国家城市化过程的现实路径，就是让大量农村人口就地实现城市化，使乡村的基础建设与大中城市之间只有规模差异而无品质差异。在我们这样的国家，实现这一目标的关键在我看来并非农村土地流转的问题，而是国家基础建设投入的目标口径问题。目前各类国家资本投入都按层级从省到市、县、乡镇的范式，在中国特殊的政治背景下，上层层级往往更享有资源分配的优势权，国家投入到乡镇的建设资金往往就相当可怜了。所以，建议国家的城乡基础建设经费以乡镇的户籍人口数为准，按比例直接投入。当乡村的基础建设与城市在品质上一致时，土地自由流转的活力才会真正显现出来，乡镇产业发展才会真正有活力。当然，也正是在乡村的城市基础建设与大中城市品质一致的背景下，乡镇的许多人才会更想留在乡镇，而城市中的一大部分人口也会从内心想在乡村安居乐业。

试想，如果在乡村的基础建设与城市一样的背景下，一部分人居住在乡村，青山绿水而居洋屋，面山朝水而有流量，来去如飞而品山野，这自然才是我们心中的田园中国。但同时，也有一些人居大中城市，绿色满园而无拥堵，人气旺旺而无噪声，河流纵横而无污水，这不正是我们要的城市化吗？

我们期待着！

中国当代"造坝运动"的历史反思

金沙江梯级电站、怒江水电大坝、乌江梯级电站、岷江紫坪铺电站、奉节茅草坝水电工程的展开，对金沙江虎跳峡、怒江三江并流区、乌江龚滩古镇、岷江都江堰、奉节天坑地缝产生影响，引发社会上关于社会经济发展与环境、资源、文化保护关系的激烈讨论，这十分有意义。这不仅是我们国家重大工程建设决策民主化的一个重要亮点，而且也是今天反思历史上人类社会与自然关系的重要话题。

我从事的历史地理学主要是研究历史上人类社会与地理环境关系的科学，几千年的人地恩怨沧桑仿佛就在眼前。这些年来大量自然河道不断以发电、防洪、灌溉、生活用水等目的建立电站水库，大量自然河道被渠化。一方面，我们为这种人类战胜自然和西部开发的胆识所折服，为国家严重缺电现状可能得以改变而兴奋，也一度为被开发地区能有一个扶贫项目的支持而欢欣。另一方面，一条条自然河道好像无限制地被渠化，大量河流的自然状态被改变，一些沿途承载上千年文化的历史遗产被淹没破坏，而国家至今还没有一个从生态、环境、资源、文化保护视角对河道渠化控制的总体规划，许多已经是大坝林立的地区贫困状况依然如故。需要指出的是，以前《中国国家地理》曾发表文章《守望赤水河》，感叹中国西部已经很少有自然流淌的河流了，唯有赤水河还没有建电站。所以，2006年7月我在接受《泸州晚

赤水河

报》记者采访时，希望泸州父老们能将赤水河这条西南地区唯一一条自然流淌的河流守住，赤水河资源的唯一性将会使它成为泸州的第二个老窖酒厂。目前中国造坝运动形势的严峻，不得不触动我的历史人地关怀，使我陷入了历史的沉思。

一、现代中国西部"造坝运动"与历史上的"围湖（海）造田"无本质区别。

历史的经验值得我们沉思。在人类历史长河中，确实有许多因当时国计民生而迫不得已做出的后来认为是错误的抉择。历史时期的长江流域的"围湖造田"和亚热带地区山地老林垦殖，都是在国计民生需要的口号下进行的。对此，当时也有一些不同意见。但历史上我们的社会对于现实经济发展压力减轻与环境、文化保护的长远利益之间的抉择与争论，很少有后者在当时取胜的。但事与愿违的是，几百年过去了，这些经济发展压力下的举措不仅对区域的生态环境产生了极大的负面影响，而且也并没有使这些地区的社会经济因此有根本上的发展，反而形成结构性贫困。今天，我们的退耕还湖、退耕还林，进行结构性调整，实际上是对历史上这种举措的一个历史纠错和一种历史回归。

长江上游唯一自然流淌的赤水河（土城段）

　　当然，我们不能责怪前人。在当时的条件下，由于许多社会因素和技术条件，前人为了基本的国计民生做出这样的选择，虽然从长时段来看不合理，但却是有一种不可避免性。历史是不能虚无的，但历史是必须反思的。

　　今天，许多支持大力发展水电的人士是出于对贫困地区发展需要的思考，我是十分理解的。近三十年来，我在西南许多贫困地区考察，深知西部地区的贫困，深知当地百姓普遍渴求发展的迫切心情，也能够感受到他们对建电站的赞同背后的基本生存背景。

　　在我看来，水电行业、地方政府、当地大多数居民三大群体对修电站的赞同所怀的情感背景并不完全一样。从历史来看，怎样的一种发展上的度才是既关怀民生也对历史负责的选择，怎样体现一种近期与远期发展的高度统一，这三个群体往往更多主要是考量近期的利益，而历史发展往往是近期诉求与远期结果相互矛盾，历史上的山地垦殖、围湖（海）造田、草场农耕化的最初目的而结果走向反面的历史都体现了这一点。

　　人类总结历史在于少走前人走过的弯路，过往的弯路决不能成为我们今天走弯路的借口。我们现在做抉择是与历史上古人选择的场景完全不一样的，以我们的技术和环境意识条件，我们没有必要重蹈古人的覆辙，我们没有必要过一百年后才来纠错，我们在许多方面也没有机会来纠错，因为许多东西失去了是不可逆转和回归的。

从造坝运动的事实可以看出，关键是我们现有对于自然河道地区的开发，有没有既能保护这些地区自然和人文资源，又有解决电力能源和促进这些地区社会经济可持续发展的可替代手段。

从西南横断山南北自然大峡谷来看，其自然属性保护方面对生态环境平衡、生物资源保护和旅游资源保护有一种不可替代性，许多方面一旦失去了具有一种不可回归性。在我看来，发展核能源、水电、火电、风能、光能等多层次的电力供应网才是解决电力能源的根本途径，现代科技和现代生态环境意识使我们有更多保留一些自然河道的可替代途径。

传统工业文明的发展总是以牺牲自然生态环境为代价，往往很容易形成惯性，但现代文明的发展应树立尽可能少地牺牲自然原生态来发展人类文明的理念，这已经从现代西方发达国家现实中越来越得到印证。曾有一位官员称，西方发达国家自己发达起来了，自己国家河道上电站密布，却来反对我们修电站，是别有用心。但我认为，世界发达国家很少见以牺牲世界级的自然和文化遗产为代价来发展电力的。一些发达国家河道上电站很多，但是其河道的自然价值并不大，有些国家的历史才二三百年，故河道边的文化遗产不多。

因此，我认为我们国家迫切需要一个从生态、环境、资源、文化保护对河道渠化控制的总体规划，应该在涉及自然河道建设方面充分考虑多大程度和比例上保留自然河道的比例，何等文化遗产应保护，在具体一些区域的建设中还要充分考虑工程带来的环境成本，不仅考虑当代的环境成本，也要考虑历史和未来的环境成本。同时，在一个具体的地区还必须从长计议这些地区发展旅游的效益与水电效益，然后才做出选择。

二、近五十年历史发展证明没有一个地区是依靠修建水坝来脱贫的。

支持"造坝运动"的人的最冠冕堂皇的说辞是修建大坝对于西部区域经

济积极作用巨大，这些人可以列举修坝前后的当地财政收入对比，还不时调查几个大坝附近的小商人，计算大坝能为当地带来多少民工工作机会，更有称在西部修水电站如何省钱——主要就是当地劳动力价格奇低，所以称反对建大坝的学者为反对西部开发、不顾西部人民的疾苦等。

不过，很有意思的是一个不争的事实，目前中国西部还没有哪一个落后地区是靠修大坝建水电站来脱贫的。这些年，我到西南许多贫困地区做了大量考察，也到过二滩、瀑布沟、溪洛渡、向家坝、三峡库区等地考察，也读到一些关于怒江、澜沧江上的修建大坝的争论资料。

不错，每当修建大坝时，大坝所在的州县经济有明显的变化，最明显的就是多了一条以宾馆、饭店、洗浴中心为核心的新街，对外交通也由此有明显的改进。但是，库区州县和广大农村却并没有根本的变化，这些地区整体上仍是十分贫困，经济空虚化仍很明显，这也是一个不争的事实。以云南漫湾电站为例，以前国家投入在40亿左右，修好后每年给所在四个县带来的财政增收仅5000万元左右，一个西部贫困县每年增加1000多万财政收入，众所周知，对县级经济的根本好转并无明显作用，因为这1000多万可能更多用来弥补县级公务开支的漏洞，于县域经济总量增加、经济结构的调整并无直接影响，所以县城以外的乡镇、农村经济并没有本质的变化。同样，根据汉源县瀑布沟电站计算，地方财政未必像计划那样如意。有的地方领导认为，水电站建成后，每年可上交中央7亿元的税收。按照相关政策，汉源能拿到1.4亿元，"瀑电"建设期间，汉源县的GDP年增长可达20%左右，地方财政税收将大幅增长。但有的专家认为，建设瀑布沟水电站的公司注册地在成都而不是汉源，根据现行税收制度规定，营业税按属地征缴，增值税由中央、省、市县共享，真正为库区做出巨大贡献的县乡，所得很少。当然对于一个每年原只有几千万财政收入的贫穷县来说，一个多亿确实很多，但面对200亿的电站总投入，这一年一个多亿怎样也不算多。更何况这一个多亿真正用于发展农业经济的，不会太多。

但即便这样，我们也能理解地方政府对大坝工程的热情之所在，因为这多少会增加州县地区的财政收入，增加许多发展机会，缓和了十分巨大的财政困难。毕竟吃饭是第一位的啊！

三、直接将修坝建电站的巨额资金投入到西部综合发展，效果会更好。

但是，相关部门是否考虑过，如果在一些有丰富生物和旅游资源的地区，直接将投入大坝建设的全部资金用于落后地区进行经济结构调整、交通道路建设和发展文化教育，结果会怎样呢？如果当时将修云南修漫湾电站的40亿直接用于四个县的发展，这对四个县的经济发展的影响又如何呢？如果当时将投入瀑布沟电站的200亿用于附近几个县的经济结构调整、交通基础建设、文化教育发展，对区域经济的发展的积极影响可能是更大和更长远的。

从历史的发展过程来看，可以肯定地说，这样的发展道路远比造坝修电站对当地经济文化发展的长远影响更大更长远。

西部地区的贫穷是历史形成的。中国西部发展史曾有十分辉煌的过去，现代落后了有历史的原因，也有自然的因素。

现在西部地区的贫困一种是历史时期形成的"结构性贫困"，关键是要调整经济发展结构，使产业与资源配置合理；另一种是"生态性贫困"，即资源性贫困，以现代社会标准来看，是一种人类基本生存发展的条件缺乏，生态十分脆弱，是需要移民外迁的地区，是应弱化大开发的地区。[1]这两类地区的发展都需要国家，用超常的政策和资金完成结构性贫困地区的结构性调整和生态性贫困地区的移民工作，这是西部地区可持续发展的核心所在。国家和东部发达地区投入水电站的动辄几百上千亿的资金，用于西部贫困地区进行结构调整、交通基础建设、移民外迁、发展教育四大工程，应该远比建水电工程对西部社会经济的发展更有深远的意义。

为此，国家应更多更具体地对西部贫困地区的发展体现一种"国家关

---

[1] 蓝勇：《中国经济开发的历史进程与可持续发展的反思》，《学术研究》2005年7月。

怀"，东部地区对西部地区进行无条件的"反哺"与"报答"。

国家和东部有责任和义务这样做吗？

综观历史，东部的发展往往是以牺牲西部的资源环境为代价的，如我们发现历史上北京、南京这些大城市宫殿、陵寝、大型园林都是以西部高大的林木为支撑的。今天东部这些城市成为历史文化名城，而西部许多高山大谷却林木稀疏，生态环境恶劣。历史上的铜、铅、水电等资源东运都存在这种问题，我们称为历史时期中国西部资源东调工程。[①]今天，西部的许多区县的经济发展在现代的生产技术背景下，基本资源条件和人类生存条件先天不足，要指望这些区县以自身经济的发展来脱贫，是不现实的。现在让西部自身发展，也是对历史上西部对东部地区的支持是一种不平等。我认为国家和东部地区应更多更具体地对西部一些贫困地区的发展负责，体现一种"国家关怀"，显现一种东部地区对西部地区的"反哺"与"报答"。

四、西部水利电站建设应切实为西部社会主义新农村建设服务。

我并不完全反对在西部一些地区利用水利资源修建电站，但决不能形成"造坝运动"，影响国家西部发展的整体规划。在我看来，经济建设一旦以运动的方式进行，主观诉求和客观结果往往都是对立的。

同时，国家要将修电站的主要得利转向到所建大坝的贫困地区财政，特别是这些地区的农村，而不应该是东部地区、水利电力行业和贫困地区的城市。

西部地区社会经济发展上"二元结构"十分明显，西部地区的贫困实际上是农村的贫困。只有从根本上使西部农村的经济结构走上良性发展道路，西部地区的根本发展才有可能，尤其现在建设社会主义新农村时更是十分必要。而现在的水电工程却往往是以牺牲农村利益为基本特征的，所以才有人高唱在西部地区修水电站有劳动力成本低等好处。仅从这一点来看，"造坝

---

① 蓝勇：《历史上中国西部资源东调及影响研究》，《光明日报》2005年11月29日。

围湖造田 = 造坝运动

当人类一种行为变成运动风潮时，往往会有问题的

运动"的客观结果是与现在社会主义新农村建设方向背道而驰的。

只有根本上解决了西部农村地区的社会经济发展问题，使西部社会经济整体得以大大发展，经济开发与生态、文化保护的关系才能根本上走上良性发展的双赢道路，自然河道、文化遗产等保护也才能得以保证。

就西部地区发展方向来看，在部分移民外迁、强化交通城镇基础建设和农村文化教育的背景下，发展以本地生物资源的深加工产业及与之配套的产业化、规模化农业，大力发展旅游业，适度发展水电，这才是一条西部地区发展的科学之路。

警察持枪站岗的俄罗斯图书馆

近二三十年来因为研究需要，我不仅到过国内许多大小图书馆，也到过美国、日本及我国台湾的一些图书馆查阅资料，对各地图书馆的软硬件设施有所了解。不过，最近到俄罗斯的图书馆却有着不同的感受。

今年8月，参加了夫人单位组织的俄罗斯旅游。本来，我对这样的旅游并无多大兴趣，但一想可以趁机到俄罗斯的图书馆查阅相关资料，感觉这倒是可以去的。所以，一到圣彼得堡，别人都去观光旅游了，我就让导游帮忙找一个留学生带我到圣彼得堡的俄罗斯国立图书馆和民族图书馆去。

说实在的，在俄罗斯城市的大街上，并不是随时能见到警察和保安的，但一到圣彼得堡的俄罗斯国立图书馆和民族图书馆门内，都有一两个保安站在旁边，负责检查，让人一下感觉到这是一个相当神圣的重地，心境一下肃然。后来，我又到莫斯科的俄罗斯国立图书馆，同样是一进门就有专门的保安站岗，一派森严景象。

最让人奇怪的是我后来到该图书馆的东亚馆和地理科学馆，更是感受到不一样的氛围。

莫斯科的俄罗斯国立图书馆东亚馆坐落在一片历史较久的低层老建筑内，如果不打听，可能很少有人能找到。我们推开一扇厚重的黄铜色大门，首先是一个高大身影立在我们前面，一看是一个腰间别着手枪的警察。警察

圣彼得堡市政府

在莫斯科的俄罗斯国立图书馆门前

在莫斯科的俄罗斯国立图书馆东亚馆内

首先检查了我们的阅览证，然后才放我们进去。这一检查，更使我一下感觉到这是神圣而神秘的重地，连说话声音也小了起来，动作也感觉僵硬了一些。从东亚馆出来，我们又到了地理科学馆。地理科学馆坐落在一座较大的洋楼中，进门是一个大的院子。进院子只有一个小门，但门边有一小岗亭，亭内同样站立着一个别着手枪的警察，同样查看我们的阅读证才放我们进去。有意思的是，等我们出来后，他还专门看了我们的查阅清单。

一出门，我就在想，图书馆东亚馆大多是收藏的老旧的东亚文献，地理科学馆也是收藏的老旧的地理文献，需要专门派警察来站岗吗？而且更何需别着手枪站岗？

我发现，俄罗斯对于政府机关的警卫设置反而很随意，我们去圣彼得堡市政府内观看列宁塑像时，这样一个国际性大城市的市政府门前也只有一个警察站岗，而且没有别手枪，还很和善地看着我们在政府内的列宁塑像前拍照。我们在克里姆林宫内参观时，发现众多游客与俄罗斯国家政府办公地点并没有围墙相隔，也只有很少几个警察站岗。我问自己，为何在俄罗斯的图书馆反而是森严壁垒，警察还要别着枪为这些老古董站岗呢？我们国内反而是国家政府机关不是数个武警持枪毕立，气象肃然，就是公安、保安站成一片，威风逼人。而我们从来没有听说中国哪个图书馆有警察站岗，更不要说是别着手枪为图书馆站岗！我想，两个国家的这种不同现象，也许就是两个国家在社会认同方面差异的体现了。

　　说真的，我十分羡慕俄罗斯文化中对自己古老文献的敬重，因为这透露出一个国家对传统文化的真正看重。不过，我倒不希望有一天我们的警察也别着手枪为我们的图书馆站岗，因为那可能是我们社会治安相当不好的体现。

风口浪尖日本行有感

从2008年第一次到日本后已经近四年的时光了。因上次夫人生病，在日本京都大学会议还没结束就赶回国内，对日本的了解可能连浮光掠影都谈不上。

2012年，受日本国东京学习院大学的邀请，我对日本国学习院大学进行了学术访问。

这一年10月，正是中日之间钓鱼岛争议最紧张的时候，国内反日游行如火如荼，许多赴日的旅游团队取消了，在这个风口浪尖到日本访问讲学显然不是明智之举，许多朋友都劝我放弃，连父母知道后也多次来电劝说不要到日本去。但我想，日本之行上半年就决定了的，临时改变计划可能对双方都是一种考验。而从我一个历史学学者的背景来说，对中日关系的基本判断还是有的：在现今世界的氛围下，中日关系的恶化程度肯定是有限的。从某种意义上讲，在这个时候到日本，可能对两国历史学术界的交流，促进两国人民的相互理解更有意义。所以，我还是决定不放弃计划，仍然赴日访问。

到了日本东京成田机场，我原来的留学生小武海樱子接上我，住进了学习院附近一个宾馆。10月15日下午，我如期在学习院大学做了《近代日本对于四川文化教育的影响研究》的学术报告，并与武内房司教授、鹤间和幸教授等日本学者进行了学术交流。报告完成后，日方举行了一个欢迎冷餐会，印象深刻。

冷餐会规格很高，日本的各种生鲜都有，可能在这个气氛下，日本学者更感觉礼仪规格之重要。虽然我在国内从来不吃生鱼片之类的生冷，但出于礼貌，我还是硬吞下不少生鱼片，也喝了一些清酒。大家将清酒喝完后，日本人又拿出了一瓶并不知名的中国白酒再喝，气氛还较和谐。不过，我们都知道中日关系的状况，所以这期间，虽然我与日本学者都讳言钓鱼岛之争，但总感觉有一种不是很和谐的影子在身边。冷餐会后，有一次我在地图指及琉球群岛，并没提及归属，年轻的小武海樱子一下沉不住气了，忙说琉球可是日本的领土哟！

中日两国在历史上关系十分密切，古代日本向中国学习，我们是老师。但近代明治维新后，我们向西方学习，很多时候都是从"东洋"中学"西洋"，日本成为我们的老师。只是这个老师后来野心过大，妄想从"老师"变成"家长"，武力实现这个过程，进行侵略，对中国等东亚各国造成了极大的伤害。在这一点上，日本应该深刻反省的。

近些年，我对近代日本在中国的调查踏察过程做过一点研究，深感近代日本在明治维新后对中国乃至东亚的战略企图之明显，用心之精细，调查之深入，至今仍然值得我们警惕。但同时，我感觉近代日本从一个落后的岛国发展成为世界的经济强国，却有许多值得我们去效仿和思考的。我想，现代日本至少有四点是值得我们学习的。

对传统文化的珍视。到过日本的朋友都应该知道，日本有高度发达的现代文明，但其对传统文化的珍视却不同一般。日本的女性和服很有汉唐深衣袍服之风，虽然比较繁冗，但在生活中明显比我们的传统服饰更普及。日本的寺庙多有唐风遗韵，坡顶厚重宽大，且多保存甚好。今天，日本对麻将兴趣也很大，仍然称麻将为"麻雀"。日本人席地而坐的就餐方式也有中国唐以前就餐方式的影子。日本人喝的清酒——实际上早在秦汉时，我们重庆的名酒就叫清酒，只是这个作为资源的品牌我们早忘记了。中国古代称温泉为温汤，后日本人沿用，现仍称温泉为温汤，反而是国内有人以为"温汤"之称是日本人的发明了。日本的茶道在唐代从中国传入后，由于一直在寺观

日本朋友更为热情接待

与小武海樱子合影

日本的传统建筑风貌

中流传，保存相对原始，仍然有中国唐宋风韵。记得许多年前在南昌召开农史会议，会议安排了一个日本茶道表演，日本教授在台上认为日本的茶道是最地道的，陈文华教授忙上台称日本的茶道源于中国，博得场下同胞阵阵掌声。但在掌声后面却是我们面临现代化还没全完成而传统文化丧失甚多的苦涩与尴尬。所以，怎样处理好现代化与传统文化之间的关系仍然是我们需要学习的。

工作的认真精细。日本人对工作的细心，我最初是在与来访日本学者的接触中感受到的，如日本学者对中国史的研究的精细程度，可能很多国内学者也是做不到的。记得当年筑波大学的妹尾达彦教授对唐代长安城的研究，针对每一坊的研究可谓精细万分。到日本后发现，日本人生活生产中都是如此。在日本连最低级的旅馆卫生间的装修也是细精万分，可谓处处轻丝暗缝，更不要说星级宾馆。所以，国人对日本的汽车、家用电器、办公器材、摄像器材质量的信任完全是有道理的。这次到日本后，我从东京到天理图书馆查资料，又从大阪飞回国，仅仅三天时间，为此陪同的放生阿育先生专门

日本人的和服在生活中使用较多　　　　　　日本的麻将馆招牌

十多年前日本小旅馆的智能马桶

做了一个近二十页图文并茂的陪同计划书带在身上。想想如果是我派一个研究生去陪同外籍学者在国内两三天，他可能会做这样的计划书吗？

　　服务的开放真诚。以前我们对日本人的印象是不断点头哈腰，连声"哈依、哈依"。以为仅仅是在民生服务行业比较明显，没想到我们在日本查阅图书资料时，日本的图书馆、档案馆的工作人员对我们也是这样热情万分。

日本的地方史志

记得我到东洋文库，一进门，服务人员马上点头问好。资料全方位开放，想查就查，只要不是残破得不能复制了，他们都同意代为复制，一会儿就送了上来。有几次我填索书单，填得不好，服务人员还主动帮我填好。最后还特许我们到书库直接找书。到日本公文书馆查地图时，一个国家档案馆机构，老旧地图准许我们自己翻拍。东洋文库作为世界东方文化宝库，十分开放，诸多珍本也允许查阅复制，连20世纪50年代日本间谍绘制的中国秘密的军事目标地图也允许查看复制。想想我国图书馆、档案馆大多将资料看成自己发财、立身的宝物，这不准看，那不准查，这不准复制，那不许拍照，而且服务人员全成了老爷，需要的是我们不断点头哈腰，看着他的脸色。有的图书馆的珍本、善本本来已经数字化了，但仍然不准复制一页，要我们全手抄。有的则限制复制数量，生怕全拿去了他们没有饭吃。我们的一些图书馆、档案馆忘记了服务社会、传播文化是他们的天职。

发展的精明务实。以前就听说过日本人的英语并不怎样。后来到日本开国际学术会议，发现我的英语听说很差，可日本人好像更差。后来听说日本人并没有全民学英语的风尚，他们认为外语只是一种交流工具，完全可以通过专业化来完成的。所以，他们的大学生不会像我们的大学生一样在大学将大量的精力花在学外语，也不会各行各业升级、考核、评职都考外语。他们聪明之处是将翻译的工作让给少数专业人士，而更多人的精力花在怎样进行发明创造、技术革新上。所以，日本人不仅有像欧美那样多的高科技和纯理论发明，获得了许多诺贝尔科学奖，同时精明务实的态度使日本学会利用时间，学会理论与技术的结合，使他们的汽车摩托、拍摄像、空调、电视、打印复印机等在世界有领先的地位。

对于个人来说，重要的是承认自己的弱点，向别人学习强处超越别人，使自己不断发展进步。对于一个国家来说，怎样"师夷长技以制夷"，使我们国家从一个世界大国变成世界强国，才能真正根本上使日本放弃其对侵略历史的错误认知和改变对现实中国的错误战略。

由"温汤"名字归属引发的思考

多年前，朋友黄总让我为十里温泉城的大众游泳健身活动中心取一个名，虽然工作较忙，但盛情难却，只有答应下来。不久我提出几个参考方案。朋友帮忙，本也不在乎是否采用，不过不久，从黄总那里得知，某领导对我的方案中用"温汤"一词颇有微词，认为"温汤"是日本的用词，不妥！我听说后，真是哭笑不得哟！可能这位领导确实到过日本考察过日本的温泉产业，亲身体验了日本的温泉业，居然还知道日本用的词是"温汤"，真是有学问！可是，这位领导不知，"温汤"一词哪是日本的用词哟，这本是正宗中国原产用词，早在晋代《三国志》中就有"温汤"称法，唐代《十道志》中也有"温汤"的记载，以后宋元明清直到今天，温汤、温塘指温泉并不是何新闻，在今天的地名中仍多有温汤、温塘

《水经注》关于"温汤"的记载

的，如我们重庆就有温汤峡的地名。其实，日本人用"温汤"一词，那是唐代以来日本人从中国学去的。

难为这位领导了，因为我们许多传统文化中的精粹现在反而只能到我们邻国的日本、韩国那里寻根了。茶道、食道、端午风俗如此，麻雀、温汤名称如此。值得反思的是一百多年来我们对传统文化的认同轨迹。五四运动以来的新文化运动，对传统封建文化否定的积极意义不容置疑，但新文化运动中对传统的东西的完全否定的态度却需要反思。中华人民共和国成立后的"文化大革命"，使我们的传统文化更是受到极大摧残。记得20世纪90年代，在江西开个学术会议，一个日本茶道表演队在台上表演，日本领队讲解说茶道是日本的国粹，我国的陈文华教授马上上台说明日本茶道应该是从中国学习去的，引来台下中国学者的一片掌声。其实在这种掌声中，我们也感到一种苦涩无奈。近代中国已经从煮茶演变到沏茶，到今天的茶饮料，茶道尽失，反而是日本人将其较原始地保留下来。也仅是在我们周边的少数民族中还偶有中古茶文化的遗留，如我们的白族三道茶、土家族的擂茶（打油茶）中仍有古代汉族茶道的影子。前不久，我们的古川菜馆的汉代主题包房用的是分餐席地进餐形式，有的年轻人居然认为我们是学习日本的，不知我们唐代以前都是分餐席地而进餐的，唐宋以后才出现围桌共餐制。所以，这次大疫之后我们提倡分餐公筷制，实际上是一种传统回归而已，并不是一种引进或创新。虽然近代日本对我国不友好，但日本人值得我们学习的东西太多。日本人非常善于学习，明治维新以来很快地汲取了西方现代工业文明，但对传统文化的珍视一点不减。在处理文化的"承学"关系方面，我们应该好好向日本人学习。深厚的传统文明与先进的现代文明的高度有机结合，是中国发展的正确道路，也应是人类文明发展的必由之路。

为何长江流域出美女？

谁都愿生在花丛中，以美女为伴。可是除了个别地方外，不是所有地方都是美女如云。对于一般百姓来说，找一个美女更多的地区安居立业，倒是实现这一奢望近捷的方式之一。这样，找到美女为妻的概率大得多。即使不能让美女伴随终身，也可一饱眼福，求得身心平正。

中国的美女在何方？现在看来，长江正是养育美女的母亲河。

长江中游出美女，宋玉《登徒子好色赋》称"天下之佳人，莫若楚国"，说得十分明确了。至于高唐神女的云雨巫山更是唤起古今中外多少游客神往，汉代王昭君的美色世人皆知，至今的湘女多情更是惹得人们向往"玫瑰之约"。

长江下游也自古出美女。春秋时期，越王勾践十年生聚，十年教训，在今诸暨县进行了中国第一次选美，选出了千古美女西施和郑旦，西施成为中国古代的第一美女。唐代有"扬一益二"之称，表明了扬州华丽艳色的气息。难怪唐代诗人李白留有"故人西辞黄鹤楼，烟花三月下扬州"的向往，而诗人王建则有"夜市千灯照碧云，高楼红袖客纷纷"的回忆。到了明清时期，则流传"扬州出美人"的说法。明代王士性《广志绎》中对扬州美人有详细的记载，有所谓"天下不少美妇人，而必于广陵者"的说法。沈德符则称："今人买妾大抵广陵居多。"扬州美女成为当时上层社会纳妾、买婢的对象，有所谓"要娶小，扬州讨"民谣，惹得天下多情的秀才们留有"骑鹤下扬州"的艳情典故。当然，明清中国最出名的花柳之地当为京陵南京秦淮河畔，粉黛婉约，烟花飞绕，脂艳扑面，惹得多少墨客骚人咏唱神往。今天，我们熟知的苏杭二州出美女，也是令外地游客神往江南的缘由。

长江上游则最初是以出才女著称，汉代的卓文君，唐代的武则天、杨贵妃、薛涛，五代的张窈窕、花蕊夫人都是才貌双全。卓文君琴棋相兼，诗文出众；武则天则"素多智计，兼涉文史"；杨贵妃也是能歌能舞，精通乐器，有"智算警颖"之称；女校书薛涛更是才艺过人，诗名远播；五代的张窈窕也是"下笔成章"；至于两位花蕊夫人也都是才气逼人。难怪《鉴诚录》中称"蜀出才妇"。近代以来川渝两地出美女，在中国已经不是新闻。特别是重庆和泸州这两个江城，更是美女云聚，名声在外。在这两地，常见一些"歪瓜裂枣"的男士与美女相依为伴，惹得华北和华南的俊男们心理不平衡，发出"到了重庆才知结婚太早"的感叹！

为何历史上长江流域出美女呢？

可能主要是环境区位的影响。中国人人种以蒙古利亚人种东亚型为主体，以骨骼适中、面肌柔美、肤色白皙最为典型，而长江流域的水土正是这种类型的最佳生长地区；同时，长江流域南来北往，东西杂交，生物遗传杂交优势又使这种典型更为优化，自然长江流域成为中国人认同的美女的故乡。只有这样，我们才理解中国四大美人中的西施、王昭君、杨贵妃为何都生长在长江边。而历史上的貂蝉不过是一个传说中的人物，始见于元代，籍贯何方不明。

民国时期的江南美女

民国时期的重庆美女

清代徐震的《美人谱》记载了二十六位中国古代美人，从可考籍贯来看，大都是出生在长江流域。所以，不难发现，长江流域的一些穷乡僻壤往往却是美女集中的地方。据记载，清代贵州毕节一带女人"水色极佳"，四川的许多富商和官员"欲求佳丽作姬妾者"，都要到其地选择。而四川长宁县双河镇一带据说以前也是一个美女窝子。

不过，何谓美女，从古到今众说纷纭。从审美观来看，从古到今都存在肉感美派与骨感美派之别，即或曰"肉感"为美，强调丰满，或曰"骨感"是真，重视苗条。

在原始传统社会里，丰乳肥臀、强壮硕大最能体现女人的美，这段时期追求女人的美为肉感美。这种传统在中国先秦时代仍有保留，如《诗经·卫风·硕人》反映的卫庄夫人庄姜就是高大壮硕，皮肤白嫩，长有酒窝。在宋以前的中国，对美女的评判一直是丰满与纤弱两派并存。《楚辞·大招》描绘的舞女就是"丰肉微骨""朱唇皓齿"，宋玉的《高唐神女》中神女则是"貌丰盈"，司马相如《美人赋》中描述的美人是"弱骨丰肌"。这种崇尚

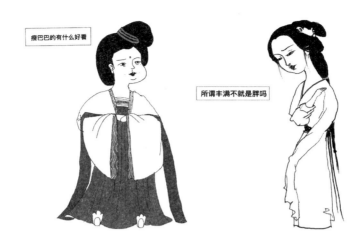

瘦巴巴的有什么好看

所谓丰满不就是胖吗

丰满，以丰腴肥硕为美的潮流在气势强盛的唐代演绎得最典型，代表人物就是杨玉环。历史上记载杨贵妃"姿色丰艳""素有肉体，至夏苦热"。

五代两宋以来，那种吸引人们的外部感性受到了抑制，美女开始以纤柔病弱为美，美多强调"骨感"。宋人眼中的美人是樱桃小口，杏腮桃脸，杨柳细腰，三寸小脚，身轻似燕，体柔如絮。到了明清时期，封建礼教更加严密，妇道贞节反映在女性美上，更以美女纤瘦、弱不禁风为尚。五代以来的缠脚之风在明清发展到登峰造极，"牌坊要大，金莲要小"，缠脚之风深入到穷乡僻壤，万户千家。在北方地区不断出现了"赛脚会"，大比谁的脚小，形成了一种畸形的审美。在女性身材方面则更以纤瘦为美，著名的扬州美女就有"瘦马"之称。清人徐震的《美人谱》也以杨柳细腰步步莲为至美。民间则有"美女无肩"之称，讲求柔弱病态，《红楼梦》中的弱不禁风的林黛玉便是代表。在中国历史上，丰胸并不被社会看重，甚至还有束胸的风俗，故有以"胸平满"为美的习俗。不过女性臀部以丰润为美一直为传统中国社会所推崇。

明清国家重大工程与地方官民的爱恨情仇

　　在有些朝代，每当下层官民得了国家重大工程项目，往往就是得到一种名利双收的好差事，皇恩浩荡，天赐财源，即使不会欢天喜地庆贺一番，也会暗中窃喜一阵子。可是我们发现，明清两朝一些得到国家重大工程的官民却完全不是这样的境遇和心态，让人相当吃惊。

　　按理说，明清皇木采办本来是维系首都、皇室的国家形象的重大工程，而清代滇铜黔铅京运，更是维系大清经济运行命脉的重大工程，这本就像秦修长城、隋开运河一样的重大而光荣的工程，谁能分得其中一个小项目来做一做，本应是名利双收的大好事，可是明清时期那些不识好歹的官民却一副极不情愿又无可奈何的样子。

　　仔细研究一番历史后发现，这些差事也确实不是一个好差事。

　　先说皇木采办。北京故宫、颐和园、天坛、地坛等宫殿的巨大的立柱，往往都是南方直径超过一米以上的大楠木（桢楠）、杉木（冷杉、云杉），据说有的巨木横卧可遮挡住一骑马将士，可见巨木之大。可这些大木往往深藏于西南高山峻岭的密林中，在古代交通和砍伐工具的背景下要将其砍伐后转运到北京，真不是一件容易之事。皇木采办一般分成勘察、采伐、拽运和泄运、运解交收、储备几个过程，可谓样样都不是一个好差事。如勘察过程中，上至"正部级"总督、巡抚，下至"正处级"的县官，官员往往要带队亲自勘察，

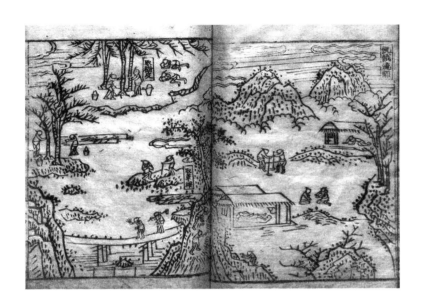

《西槎汇草》中的采木图之一

《西槎汇草》中的采木图之二

当然不可能是仅到现场现身作秀而已。如清康熙年间马湖府知府何源浚，一个"正厅级"领导干部，亲自带上一千多人深入大山中寻找大木，用一个月时间在大山中走了一千多里路，最后一群人全是衣衫褴褛，连带的干粮都吃完了，"地厅级"领导也只有与吏卒一起"采野蒿为食"才渡过危机。

至于采伐运输中更是艰难难万分，饥寒劳累、毒蛇猛兽、失滑沉溺、瘴气病变，随处可遇，所以，当时人们谈到采办皇木时总是摇着头说"入山一千，出山五百"啊。采木之人要死亡一半虽然有夸张，但死亡率高并不虚言，所以采木中上至工部侍郎，下至千户小吏，都多有死于大山之中，这哪是承担美差一样的国家重大工程哟，分明是承包一场酷烈的战争。明代往往直接委派中央大员下来采办，还算尽心尽力，有的北京的官员干脆住在西南大山中的采木场"播种为食"，专司采木，二十多年后才回到北京，已经是一个黢黑干瘦的农民形象了——可真是一位好干部。后来，采办量越来越大，合适的大木越来越难采，往往在"官不给价，只给脚钱"背景下，不仅没有任何利润，连成本都捞不回来，更要命的是会使成千上万的人进山就

皇木采办残余圆木

没有出山的可能，地方官员和百姓就越来越认为采木并不是一项光荣的美差了。所以，后来在采木的地区百姓一听到要采木的风声，往往"闻风私逃"，而官员们往往"托疾规避"，以种种理由跑回家待着。因此，当时"楚蜀之人，谈及采木，莫不哽咽"，这哪有一种对光荣伟大的国家重大工程的一种国家情怀哟！不过还好，那时总有一些不识时务的大臣，冒死上疏直谏，要求罢减采木，只不过不是被当庭杖刑，就是被罢官永不录用，或下狱受刑，但他们至少也让皇帝知道还是有不同声音的，也是牺牲自己、有利社会的好事。后来有一个聪明的下级官员巧妙地绘制了十五幅《采木图》呈给皇帝，让皇帝在欣赏绘画时不知不觉中深知采木过程之艰辛，这位官员也才没有遭遇前面上疏直谏的后果。

至于滇铜黔铅的京运工程要将大量铜铅碇运往北京铸造钱币，这在今天一定是在武警押运下转运的头号国家工程，当然想象起来也是光荣伟大而名利双收的美差。可那时也还真不是一个美差，而更是一个危途苦差。

当时实行的是运员选拔承包制，由中央政府主要在地方县级官员中选拔运员，根据运送的数量发给经费包干使用，包括船只打造、铜铅折损、人员费用在内。由于一次转运船只有时多达几十只，往往不仅需要运员一家人全部动员，还要另招募运夫八九百人，可谓兴师动众。

要将云贵高原大山深处的铜铅通过长江支流、长江、大运河转运到北京，路程遥远，一运往往就是一年多的时间。特别是川江河段滩险众多，一般木船航行事故率都在百分之十左右，重载的铜铅船更是危险万分。关键是当时实行领银包干制，如果出现沉船导致铜铅沉溺，不仅运员自己要被追责，且人员和经济损失往往也要自己承担。即使在规定的重要险滩失事有一定的打捞费，运员也往往要派亲信或家人在荒野搭棚看守监管打捞，称为守滩，历经寒暑几个月到一年都是常事，许多官员守滩感风寒而病故，或出现经济上入不敷出，就会赔进大量家产。至于遇到船毁人亡，有时一船淹溺运夫二十多人，连知县级别的运员都有因此葬身江中，尸身不获，而逃上岸的运夫往往也逃匿无踪，运员家属只有在江边荒野悲天哭地了。所以，如果运

《万历版画集》中的采木图

《万历版画集》中的运木图

《金沙江全图》中的"滚干箱""吊神船"

《金沙江全图》中的驮运与铜店

输途中出现船毁人亡事故，水脚银根本不够，往往就会有家破人亡的后果，故有的官员被逼只有盗卖铜碇，事情败露反而受刑入狱，用重庆话说就是"输到了唐家沱而完全洗白"。而且很多运夫大都是社会上一些地痞混混才来承担这些冒险转运差事，往往在中途不断盗卖铜铅，有的甚至是船上二十多个运夫一起作案，有的则是与专门打捞铜铅的水摸内外勾结有意将铜船沉没再偷铜。所以，在运解过程中，方方面面的问题使运员的精神压力超大，多处于忧郁之中。有一位叫方健的运员，也算一个"正处级"领导，在运解过程因精神压力过大，睡梦中梦游发疯失常，走失野外。

在这种情形下，当时的地方官员往往视承运滇铜黔铅为畏途危差，尽量回避，少有主动承担者。为此，上级官员不得不以抽签的方式来选拔运员来完成这个众人回避的差遣。这样喜剧的场景就出现了，往往抽到承运的地方官员，本来肩负了国家重大工程的光荣任务，反而只有暗中懊恼不已，一副垂头丧气的样子。随后只有将家中老幼先送回原籍，安排好后事，自己带上

娜姑铜运古道

精壮的部分家人和招来的运夫悲壮地出征。所以，道光年间，运员黎恂在出发时发出"挥手自兹去，泪盈声勿吞"的伤感，家人还在力劝他放弃危差，宁可回家种红薯。而没有抽到签的地方官员往往暗中窃喜而庆幸万分，当然不能露于言表，估计只是回家会暗中喝上几杯庆贺的了。

华南虎事件与历史学者的责任

此文写于2008年6月24日，随后寄上海《文汇报》专栏，因当时华南虎真相没有大白而没能面世。现作为博客的第一篇小文，回味一下作为一位历史学工作者在当时对华南虎事件忧虑的心境。

沸沸扬扬的华南虎事件已经演义了五个多月，很有意思的是湖南平江石牛寨又出现疑似华南虎录相。野生华南虎真的还有生存，作为一位历史地理学研究者，特别是专门研究过华南虎历史的我自然倍感欣慰！

但是，作为学者也正是有对历史上自然环境变迁的研究经历，使我对现代中国野生华南虎的出现的各种信息有更多的谨慎。其实，陕西镇坪华南虎照片出现之时，从自己长期的田野考察和华南虎的历史文献记载的研究体验来看（我曾发表《历史时期西南虎分布变迁研究》《清代四川虎患与环境复原问题》《历史时期中国野生犀象分布的再探索》《历史时期野生印度犀分布变迁研究》等论文），我就怀疑万分。历史上野生猛兽的自然属性十分明显，皮毛显然不可能如此华丽。一般而言，华南虎不会仅因饥饿攻击人，也会因对人的惊异攻击人。历史上，中国曾出现许多次华南虎众多的虎患时期，那时虎多虎不惊，虎对人相对不敏感，而往往是在虎少人多的背景下，

画虎　　　　　　　　　　　　　　　周正龙拍的虎

虎对人是特别敏感的！如果今天陕西镇坪真有野生的华南虎，那对人应是相当敏感的，自然不会让周正龙如此拍照而没有大的反应。当然，年画虎出现后，稍有常识的人都会做出华南虎为假的正确判断。不过，陕西省林业厅的鉴定要求十分荒唐！要重现虎照拍摄现场，这等于要求被抄袭者完全复原抄袭者的具体抄袭工具、时间、地点才能承认抄袭。如此，可能世界上将无法处理任何一个抄袭者了。

其实作为历史地理学者，可能更担心的是历史被后人误读，而遗害后人。以前研究历史的人往往都认为正史比野史信度更高，但正史往往是被官方认可或本身就是由官方组织编修的。我就曾研究过历史时期中国华南虎的分布变迁问题，资料很多就是从历代官修史书中来。陕西一位人士提出不必探究华南虎照片真假的个别事例，因为这是一种普遍现象。对此，我不敢苟同。仅从历史学者角度来看，如果过了许多年后，我们的后代历史地理学者在研究我们这个时期的历史自然地理时，虽然也能看到不少民间的质疑，但一旦官方认可了这些结论并写入年鉴、志书成为正史，自然会得出21世纪初陕西大巴山地区已经出现华南虎的结论。同样，湖南平江的华南虎也得到官方认可，同样也可以认同连中国中部丘陵地区也出现华南虎的结论。由此，后代对我们这个时代生态环境的认识将产生极大的误差。

不错，近十多年来，由于我们的环境政策、人口城市化、燃料换代等因素，自然环境已经大大好于20世纪60至80年代初，但研究历史自然地理的过程中我们发现，同样的森林覆盖率，由于植被自然属性的不同，森林封闭性、动物食物链的差异，生态环境在许多方面并不与以前相同。华南虎寿命一般不会超过二十年，而从六七十年代以来，我们的野生华南虎生存的自然条件空间已经失去了三十年左右，以这个间断的近三十年时间推断，已经可以肯定地说中国野生华南虎完全灭绝。同时，历史时期一只华南虎基本生存空间为二三十平方公里的森林，而现在许多地方森林覆盖率已经上去了，但多是次生林，特别是次生幼林，华南虎的下层食物链并不完整，数量也有限，所以现代一只野生华南虎依赖的森林面积可能应更大。正因此，在南方生态环境转好的时代背景下野猪变多的食物链与历史上有相当大的区别。可以肯定地说，像湖南平江县石牛寨风景区这样仅十多平方公里且周边多为人类开发较深入的丘陵地区，从历史上生态背景来看有野生华南虎生存的可能性是十分小的。所以，即使湖南平江摄像中的是真实的华南虎，也不可能是野生的华南虎。从历史自然地理学角度来看，中国野生华南虎已经完全灭绝，国家林业局完全没有必要将精力放在寻找野生华南虎上，而应将精力更多放于华南虎的野生驯化和放养上。

作为历史学工作者，我们知道在中国历史上有许多伪文献，许多真文献也有大量假史实，会对后世历史学工作者探索历史增加不少疑惑和困难，进而让后人误读了许多历史。前段时间就有人感叹在目前经济体制的利益诱导下，如果周老虎不及时得到处理，难免会有王老虎、李老虎再出现，可能做假的水平更高，这种推测完全可能被不幸言中。一个民族的现实社会缺乏诚信可能会影响一时的发展，但我更担心如果这些为利益而编造的虚假信息被众多官定的历史文献认定，我们自己的历史建立在这众多的虚假的事件之上，不仅是我们历史学者的悲哀，也是我们民族的悲哀！如果一个民族缺乏对历史的诚信，可能对全民族的影响都是深远的，因为一个对自己的历史都不负责的民族是没有希望的！

几百年后史马此
会峰镇评有等雨
虎写入正史中

　　此文写于2008年6月24日上午，下午打开网络发现湖南平江华南虎系造假的新闻，又不幸被我言中了！

　　近几个月来，我经常给我的研究生讲，如果没有网络，可能镇坪县在21世纪初仍有华南虎会被大书特书写入县志、市志、省志和国家林业志而成为官修正史的，看来我们的正史二十五史还有许多虚假的历史信息需要我们去甄别啊！正史不是完全可信，而野史也非完全不可信。

2009年3月2日上传前题记

仅一人懂的"绝学"是怎样的学问？

记得我读中学时，历史老师给我们讲当时中国只有郭沫若一个懂甲骨文（实际上后来我知道当时并不只有郭老，还有徐中舒、于省吾等），当时就在想，仅一人懂的学问可称得上绝学，可谁来鉴别这个学问的高深对错呢？这种学问怎样成为学术的天下公器呢？

学术乃天下之公器，这决定了学术研究有广泛验证的必要，而广泛的验证则首先需要让更多的人读懂，如果某人的学问只有自己一个人懂或几个人懂，这对这个人的学问的科学性和学术道德都是一个极大的考验啊！

现在历史学界冷门绝学的研究价值陡然上升，研究冷门绝学成为时尚，如果从研究内容"冷"，研究人员的"少"来看，让研究冷门绝学成为时尚是必要的。但是历史学界曾经有一股崇尚研究内容古僻、语言表述晦涩的风气，仿佛研究的内容越远离尘世烟火，时代越是远古、研究的语言表述越晦涩难懂，就学问越高深。有的学者著述语言晦涩难懂，不仅一般读者无法阅读，就是同行阅读后都不能理解许多字词的高深含意。有的学者深究于一些远古而似是而非的问题之中，如研究《山海经》的地理，将古人自己都迷乱不清的地域认知在当下一定要来一个地点确考。有的虽多涉及近代史的内容，但语言表述故意不中不西、不古不近而晦涩聱牙，让人不知所云，自称高深莫测。

"哈哈，只有我们两个懂的绝学，随便朗个说都是大学问啊！"

"就是，就是。"

    历史研究内容的古僻及晦涩表述真的学问更大吗？在我的学术研究中，也曾经涉及一些纷乱的古代地理考证，切身的体会是研究内容越远离红尘，关注的人越少，反而是越可以大胆认知，研究之中有一种可以纸上走马的畅快感，通俗讲就是乱说也是没有人知道的，特别是外行一看高深难懂可能对你更佩服有加，也许马上就成为你的粉丝了。历史研究往往就是这样的，上古时代的事可以乱说，近古的事可以夸张，当下的事只能实说。同时，在历史研究中，形而上的东西可以臆说，形而中的东西只能概说，形而下的东西只有明说。所以，在许多人的潜意识中，历史研究中思想文化形而上的学问最大，而研究社会生活的形而下较容易，其实，仅仅是因为前者让研究者的想象空间更大而已，此所谓"画鬼容易画人难"矣！

    历史研究中表述晦涩的原因相当复杂，但我想任何文章，如果只是为了自娱自乐，研究者怎样让自己的论著表述晦涩难懂都是可以的。在历史研究中，可能真有因为研究对象内容繁杂多变、当下的语言文字范式难以表述的可能。即使如此，作为天下之公器的学术研究，也首先要考虑让同行能读懂，这才有学术最基本的互动检验后认同完善的可能。所以，这种论文需要作者多加以解释。何况，不排除有一些缺乏学术道德的人故意卖弄高深，用晦涩的语言来故弄玄虚。我看过的一些语言晦涩难懂的论文，讲的学术道理并不复杂，只是一种将简单的问题弄复杂的学问。

三十多年的学术生涯，使我越来越深切地感觉到真正难做的学问，是面向大众而接受广泛验证的学问，即将复杂的问题讲简单的学问。我经常给学生讲，如果世界上只有一个人登上过珠穆朗玛峰，可能对这个人学术道德是一个极大的考验，因为他可以说山上的任何情况你都无法有力反辩，而我们要说缙云山、青城山的任何情况你都需要三思，因为登上这些山的人太多太多。

在学术研究上，我们应该鼓励研究一些更接地气的内容，让我们的历史研究能为社会直接提供更多的反思。不过，千万不要以为这样的历史研究一定比研究远离尘世的历史学问题更好做，因为这样的学问接受的社会检验更广泛。在我的著述中，高校教材《中国历史地理》和专著《中国川菜史》是我出版作品中发行量最大的两部，也是出版后我收到意见最多的著作，这更让我诚惶诚恐而战战兢兢。所以，后来曾有前辈推荐我做川教版中学历史教材的实际主编，我只有婉拒了，不仅仅是因为工作太忙，而是因为编一个让几千万上亿人精读的文本是不能有半点疏忽和臆想的。反而是研究内容越生僻高冷的，你可以有太多臆想走马的空间而无人监管你。

同样，在历史研究上，我们应该提倡用简单易懂的文字去表达深奥的学术思想。大道至简，真正的大学问是应该

九霄真君大丹歌中的
"大道至简"

将复杂的问题弄简单，因为真正将问题弄简单了说明你是读懂了复杂，而将简单的问题说复杂，一可能是读懂了简单而得其深妙，一可能是没有读懂简单而越搞越复杂。一个人将一句话写成一本书自然是大学问，但如果将一本书概括成一句话可能更为困难而学问更大，当然，也更容易受到广泛的检验。

在我看来，历史学研究更需要用简单而思辨的话语表达，历史学学术研究的高深更在于求实与思辨，即一在于有田野支撑个案与统计定量结合的求实，一在于对历史本体研究方法、现实关怀的逻辑思辨和话语提炼。

中国古代的历史逻辑与逻辑学误区

　　逻辑学，即我们的普遍逻辑，也称形式逻辑，大家并不陌生。形式逻辑学的基本的概念、判断、推理（归纳推理与演绎推理）应该是我们人类的基本思维工具，是我们日常思维的上限和下限，但是这个基本的思维工具在我们国家历史上却相当缺位。对于中国古代是否存在逻辑学的问题，学术界有争论，但我认同中国古代有逻辑思想而无现代意义的逻辑学这种观点。中

很无逻辑的分类却流传几百年

"历史都讲逻辑了，现实就会很受伤！"

国古代的春秋战国时期，出现了邓析、惠施、公孙龙、墨子、荀况等有逻辑思想的学者，出现"两可论""南方无穷而有穷""白马非马""杀盗非杀人"等逻辑话语，但不可否认的是秦汉以后中国逻辑思想式微。正是因为这样，中国社会中逻辑学的地位直到今天都是相当低的。现在，大学中逻辑学课程大多只在哲学、法律等专业中有开设，作为基本知识阶层培养的大学本科教育中，逻辑学缺失的严重社会后果明显有两个，一是社会中社会现象认知的无序，一是社会中基本行文章法的紊乱。

以我熟悉的历史学研究来看，历史上逻辑学的缺位对我们的历史认知的影响可谓巨大。

先谈概念问题。在逻辑学中概念属性是否科学、概念内涵口径是否一致、概念的外延是否周延都是我们进行判断的先决条件。如果处理不好就会出现因逻辑学的概念交叉关系而形成的"概念不当并列"，就会出现矛盾重重、因果不分的现象。在中国古代，基本没有概念口径一致的学术语境，以我们熟悉的古代文献的四类分法来看，经、史、子、集在学人眼中已经习以为常而被完全认同了，但我们知道经、史是按哲学、历史学的学科分类的，而子、集是按文献载体性质的专题研究、总体集成分类的，将口径完全不一致的两类概念并列在一起，就形成了分类的杂乱，概念外延上形成不周延。同样以往我在研究川江木船的分类、植物名实分类时发现，中国古代对事物的命名、分类相当率性、随意，往往按个人对事物的表象去命名和分类。如川江木船分类中人们将外在形象、行驶地域、造船原料、内在结构、实用功能五种口径并列在一起，结果使我们对川江木船的名实与分类认知一头雾水。如中国古代对植物、动物的名实和分类中，并不是按动植物的内在生理结构和属性划分，而是按动植物表象特征来划分，这便使中国古代难以产生科学的动植物分类体系。至今我们对许多古代植物动物的科学归属难以确定，如我们研究川菜史时，面对历史上的蒟酱、诸葛菜、鳇鱼、黄鱼为今天何种植物动物而争论不休。

当我们确定概念后，概念的多层次显现的逻辑思维层次相当重要，因为

这是进行判断、归纳推理的基础。以前历史学界在分析中国古代经济重心南移的原因时，往往将终极原因、中层原因、发展特征并列在一起分析，一方面没有从"天地生"角度分析近五千年来东亚大陆的环境发展大势的终极原因，一方面将北方战乱、水利失修，南方勤劳耕作，技术移民南迁，南方生产技术发展等中层原因与发展和衰退的表征并列在一起。这种将原因与表象混杂在一起的错误在逻辑学上称为"倒置因果"。

现在中国的许多历史观往往是受传统旧史家的固定认知传承下来的，许多历史观并没有一个完整的逻辑认知体系，而受传统中国各种政治话语的影响深刻。具体地讲，在历史评价中许多逻辑学上的大前提判断本身是错误的，所以在更具体的历史评价中又出现了逻辑学的一些自相矛盾、偷换概念、转移论题等问题。

从科学的历史观来看，评价历史事物的标准只有是否有利于社会生产力的发展、是否使民众物质更丰富和精神更自由，而政权是否正统、个人成败得失、传统与现代并不是历史评价的核心主体。但中国古代社会中，历史评价中深受三种传统观的影响，即传统正统观（皇室正统观、汉民族正统观）、成王败寇观、前朝负面观的影响，而这三个历史观在具体的评价中又随社会气候在不断变化而自相矛盾。

其中影响最大的就是两个正统观：皇室正统观、汉民族正统观。在这两个正统观的逻辑之下，任何有悖于两个"正统"的观念都是不正确的，甚至是大逆不道的。所以，王莽、公孙述、三国曹吴、金辽西夏、元、清等都在非正统、非主流之列。在旧史家构建的这种历史认知语境下，历代农民起义当然起初也自然是被视为流寇、叛贼，这样认定并不主要是由于这些起义的战争对社会生产力的破坏和人类生灵的杀戮，而主要是这些起义都是反"正统"的、非主流的。所以，在传统旧史家的话语中，王莽篡位、公孙述篡位仿佛无可争议是作为负面事件的。但是从整个中国古代史来看，王莽的改制中有许多明显是有进步意义的，只是因非刘氏江山而备受指责。对此，葛承雍先生《王莽新政》一书中对王莽的评价是较为中肯的。三国中的曹魏、孙吴虽然经济发展很好，曹魏的屯田、水利兴修突出，建安文学影响较大，孙吴农桑业较发达，航运业进步大，但仅仅因非刘氏而在旧史家中备受诋毁，曹氏在明清戏剧中成了白脸。而蜀汉的经济发展较为平庸，但在旧史家眼中能力平庸的刘备成为贤主，诸葛亮也被完全神化，罗贯中《三国演义》更是将这种褒汉贬曹发展到极致，只是因为蜀汉是刘氏后人的江山。严格讲，在现代国家建构出现之前，传统中国只是一个文化中国的概念，所以我们今天将金、辽、西夏、元、清认同为历史上的中国是十分正确的。在这个中国文化认同之下，这些民族建立的政权、国家都应该是中国历史上的一个朝代。实际上，元代、清代正好是中国历史上疆域广大的两个朝代。但明明是元明王朝更替的诉求也要冠上驱逐蒙鞑的口号，而本来是制度革命的辛亥革命也要以恢复中华为口号。现代国家建构的中国与历史上文化概念的中国完全不是一样的概念。同样，民族、国家、朝代、政权也完全是不同的概念，在逻辑学的语境中我们一定要在概念一致的背景下讨论问题。有的学者认为中国历史实际上是二十多个国家，实际上将传统国家、朝代、政权与文化中国完全对立了起来。而认为清王朝不是中国历史上王朝的新清史，实际上也是将文化中国与现代国家概念的中国概念混在一起，有偷换概念之嫌。成王败寇，在中国古代史上是一种客观历史过程，也是一种流行的历史认知。从宋代以来，社会上就流行"成则为王，败则亡""成则为王，败则为寇（虏）"的说法，极大地影响着人们的历史认知。对于中国古代史上的农民起义评价的转变，很有意思。传统时代在两个正统观的影响下，农民起义大多被人认为是流寇、叛贼，但跟随或利用起义而成功了的刘邦、朱元璋却成了功德无量的高祖、太祖，这是典型的成王败寇观念。值得注意的是在中国古代成王败寇观和汉族正统观交相影响，使我们许多历史认知在逻辑上明显概念不周延、前提不正确而自相矛盾。如后来人们遵循传统政权（封建社会）都是反动、负面的大前提，将中国古代一切身份低下的反传统政权的斗争全都视为进步的，以此将以往旧史家视为流寇、叛贼的农民战争全部华丽转身为农民起义，所以出现对王莽改制"王田私属"具体反土地兼并政策评价不高，但农民起义的反土地兼并口号却是正能量满满的矛盾，明显有违逻辑学上的矛盾律。

高校生男女比例变迁与中国教育体制改革

高校女生比例越来越大，这是有目共睹的事实。

据网上披露的消息来看，1957年到1980年间，我国高校学生的女生比例一直在23%左右波动，但到2018年，全国高校毕业生中女生占了52%，男生只占48%，特别是硕士研究生中女生比例高达54%。

以我的母校西南师范学院来看，作为师范院校女生比例在同时期相对较

高，但1965年女生占47.81%，1975年女生占43.7%，总体上仍是男多女少。具体讲，1975年，西南师范学院文科的汉语言文学、历史学、政治教育、美术和理科的数学、生物、地理都是男多女少，只有外国语言文学、物理、化学、音乐女多男少，并没有出现明显的文科女生多、理科男生多的现象。改革开放恢复高考第一年的1977年，在新的高考制度下，女生的比例一度大减，如1977年高校女生比例仅占30.6%，连英语专业都是男多女少。历史专业男生83人，女生仅29人。到1978年，女生比例仅占28.6%，全校除外语专业女生多男生3人（共129人）外，均是男多女少，连音乐专业都是男多女少。1979年，西南师范学院在校学生中女生只占32.3%。

　　1980年以后，学生中的女生比例开始逐渐增加，1983年，西南师范学院的女生比例上升到40.12%，但也只有外语和音乐专业女生比例大于男生，其他专业都是男多女少。1984年，女生比例在39.15%，1985年女生比例为38.1%。

　　到20世纪90年代后期，高校扩招以后，女生的比例大增。到2005年，西南师范大学统计在校学生数，女生比例高达57.68%，已经超过男生，其中，只有经济、物理、计算机、材料、体育专业男生比例高一些，其中传统男生多的文史哲学科中，文学女生占73%以上，历史为66.9%，政治占60%以上。到2008年，与西南农业大学合并为西南大学时，原西南师范大学女生比例为62.2%，西南农业大学为43.4%，合在一起女生比例为53.1%。到2009年，西南大学全校女生比例为52.7%，但原来的师范专业的一些学科女生比例仍很高，如文学为76.2%，历史学与民族学为60%，政治与公共管理学为64.3%、教育学为74%，新闻传媒为68.8%，外语专业则高达83.2%。

　　近些年来，高校女生比例越来越大，西南大学历史学专业本科女生比例在70%左右了，而且这种趋势扩展到硕士研究生和博士研究生，现在硕士生也明显出现女多男少现象，有一些地方高校出现硕士生招生中"一男难求"的现状。应该看到，虽然综合性大学、理工类大学的男生比例相对较高，但动态地看近四十年的发展也出现女生比例逐渐增高的趋势。

造成目前中国高校女生比例大增的原因是多元的，第一是男女平等社会意识的不断增强，女性在社会中的地位明显上升，妇女进入社会主观意识大增。第二是现行的中国初等教育和高考制度在制度设计上更有利于女生的特长发扬。现行的应试教育和考试制度下，记忆功能、时间堆积、专一细心是应试教育的关键素质，而这种素质往往女生更具备。男生易受网络游戏引诱、同年龄段心智不够成熟、成熟后社会意识分心的影响相对较大，使这种劣势更加明显，故大多数男生往往在初高中阶段就处于被动地位，所以，很多男生在初高中的起跑线上就处于劣势而被淘汰，这自然形成了高考中女生的优势，为高校女生比例高创造了条件。而在本科阶段，由于女生就业相对男生更困难的社会制约以及女生在校内考试和考研中同样处于优势，许多高校推免的研究生中女生比例高，呈现高校硕士研究生中女生比例有的甚至比本科比例更高的现状。

　　应该看到，中国高校女生比例大大增高这本身是一种社会现象，显现了中国20世纪以来妇女解放运动后中国人对女性社会角色的重新认同，无疑是一种社会进步的现象。但是，也应该科学而理性地看到，上天造物，各有所求，由于不可改变的生理因素及社会角色的适应性，女性有其特殊的优势和劣势，社会就应该理性地顺应自然，不能有违基本的自然规律和社会分工的原则，而必须深刻认识到对妇女的尊重应该是在人格上，而不是在社会分工上的绝对平等。

　　令人忧虑的是，目前这种高校女生比例大增的现象正在引发深刻的社会问题，反过来对女生就业、婚姻本身造成极大的侵扰，也对社会风尚和社会创新带来一定的负面因素，而这目前还没有引起社会和政府足够的重视。

　　第一，目前高校女生就业难问题越来越严重。因为就整个社会来看，受教育二十多年的高学历女生之高比例，已经形成中高层社会女性比例高的现状，许多机关、新闻单位、学校、医院女性比例高于男性，人才市场对男性人才的渴求强烈，许多用人单位公开或潜意识地优先招收男性人才，女性人才就业比男性困难得多。

第二，长期的中高层社会女性从业人员多的现状，使整个社会中的阴盛阳衰风尚过于明显，特别是在教育、文化领域，会使整个社会价值观念产生过多的阴柔之气，故娱乐界、中小学领域的阴盛阳衰之势更令人担忧。

第三，应该承认，男女生理差异因素决定男女有各自的社会意识、社会角色，男性在思维上相对理性，长于思辨，故社会需要更多的男性进入创新层面，为社会的创新提供更多的可能。而现实社会中由于现行的考试选拔制度，又使大量有创新思维但相对缺乏应试能力的人才处于竞争的劣势，而难以进入社会的创新层面。

第四，长期以来，传统婚姻制度形成了男强女弱的家庭范式，这种范式不能说是正确的，但现阶段却是客观存在的现实。由于社会中这种男强女弱范式，现行婚姻组合模式下形成大量优秀知识女性的相对过剩，特别是形成城市中的大量大龄高学历优秀"剩女"，而农村出现大量低学历、低收入"剩男"，出现男女不能匹配的错位的局面。

目前，中国的教育制度处于一种两难的境地，高考应试制度在当下的社会环境下仍然是较为公平合理的考试制度，而应试教育带来的对社会创新的抑制又会同时存在。这些年，社会上对应试教育的批评较多，素质教育的呼声很高，我认为在不改变高考制度的背景下也是可以有许多改革的路径可选择的。

首先，我们应该在当下高考制度背景下加大中等教育的改革力度。以前对于中等教育的改革，多集中在教学方法、考试方法、素质教育上。其实，我认为最重要的教育改革应该是中等教育内容的"大瘦身"。令人可笑的是，我们强调中等教育是一种公民的义务教育，而我们的教学内容中，作为一个公民基本的素质教育的内容占的比例却是很小的！要知道，即使是在今天的网络信息社会中，作为一个普通的社会公民，中学的数学、化学、物理等学科的教学内容中真正是公民必备的内容的比例也很小。其他不必说，作为一个普通公民，在生活和工作中会用到多少高中复杂的代数、几何？全民学习英语又浪费我们多少创新思维和社会空间？从这个意义上讲，现行中学课标的内容设计是对社会资源和青少年青春的一种极大浪费。所以，我认为我们高中的许多课程内容完全应该放在大学去学习，使初高中教育有更多时间去培养学生思辨意识和创新意识、逻辑分析能力和语文写作能力，相应我们的高考内容和大学教育也应该将思辨能力、创新思维、逻辑分析、写作能力放在第一位。我认为，让大学教育中的大学生远比初中等教育中的中学生更紧张，而大学的淘汰率远远高于高中教育才是合理。也许只有这样，现在中国这种男女生比例失常的现象才能根本扭转，引发的有关社会问题也才能从根本上解决。

其次，中国的妇女解放运动已经有一百多年的历史，针对传统时代的男尊女卑社会观念，这种运动无疑是相当必要的。但是，辩证地分析问题，任何事物都是应该有一个度的。在女权运动的背景下，一些极端的男女平等思想，出现了根本不考虑男女的自然生理差异和社会角色差异的女权主义，不知道男女平等应该主要体现在人格上，而不是在社会角色和社会分工上。所以，我们应该鼓励女性主动地选择能够充分发挥女性优势的道路，使女生就业难问题得到根本解决。

我的教育梦："精准学习"下
中等教育的"大瘦身"

今年是我从教三十周年的日子，现在培养的博士、硕士研究生已经有一百多人，学生中已经有教授10人、博士生导师3人。作为老师，这可能是一生中最值得欣慰和自豪的。

三十多年过去了，中国教育的成绩可谓斐然可赞，不过，我们心中仍不断有阵阵忧虑，特别是各类学校的学生规模在不断扩大，但高校中写作能力和创新能力强的学生感觉却越来越少了，相对适应应试教育的女生比例在不断提高，整个社会的技术和文化创新氛围还有待强化。看来，我们的教育制度仍然有需要不断完善的地方，特别是进行必要的改革。

不可否认，目前中国的教育制度处于一种两难的境地，高考应试制度在当前社会环境下仍然是较为公平合理的考试制度，但应试教育带来的对社会上创新机制的抑制又时时存在。但是在不颠覆现行高考制度下的教育改革可谓步履艰难。在不从根本上改变高考制度的背景下，我们进行教育改革的路径何在？

"我们很认真地计算经济学上的投入产出比，却很少计算我们教学内容与实际使用的投入产出比，这是对我们一代人生命价值的极大浪费。"

被复习资料包围了的高中学习场景

（一）"精准学习"：中等教育教学内容（含义务教育）的"大瘦身"是中国教育改革的关键。

首先，我们应该在当下高考制度不变背景下加大中等教育的改革力度。以前对于中等教育的改革，多集中在教学方法、考试方法、素质教育上。其实，我认为最重要的教育改革应该是中等教育教学内容的"大瘦身"——开展"精准学习"。这个"精准学习"不仅是针对个人的选择，而且是针对整个社会的教育内容的精准选择。我们一方面强调中等教育主要是一种公民的基本素质教育，但教学内容中作为一个公民基本的素质教育内容所占的比例是很小的！在这个知识爆炸的信息时代，每个人能学的东西只能越学越精。所以，对于整个社会来说中学阶段的"精准学习"相当重要。这样节约的社会资源和青少年珍贵的光阴，足可以成为推进整个社会的新资源。从这个意义上讲，现行中学课标的内容设计是对整个社会资源的极大浪费，同时也是对广大青少年青春的一种极大摧残。所以，我认为高中的许多课程内容完全应该放在大学去学习，使初高中教育有更多时间去培养学生思辨意识和创新意识、逻辑分析能力和语文写作能力。让初中、高中学生完全在培养创新思维、写作能力中愉快地学习，才是我理想中的健康中等教育。也许会有人站出来反对我的观点，会说复杂的数学、物理、化学推理等也能培养学生的思维能力，全民学习外语是走向世界的基本需要。但我认为，如果将数学、物理的推理案例放在形式逻辑这门课中，也许才会有事半功倍的效果，而加大专业外语人才的培养来精准服务社会，也更节约整个社会资源。也许有人会说，世界许多发达国家的教学内容也是如此。然而这时，才是真正需要中国原创、中国特色的自信的时候。我们60后这批人在中学时期并没有系统学习高难度的数理化，也没有全民学习外语，但这并不影响我们这代人成为时代的中坚，并且我们这代人利用更多的时间在实践中学习的音体美，使我们的人生和专业受惠不少。

（二）从"紧张中学"向"宽松中学"过渡，再从"宽松大学"向"紧张大学"过渡为当务之急。

我认为，我们的大学生本应该远比初高中学生学习更紧张，大学的淘汰率应该远远高于高中教育才合理，但现状并非如此。"紧张中学"我想不必仔细述说，"地狱""集中营"等话语已经透露出人们对中国中等教育现状的认知。不论当下如何强调不能随意补课、不排名，强调增加考试思辨内容，讲求素质教育，但由于教学内容的庞大繁杂、高考制度设计的记忆主导，中学教育中的学生永远处于一种魔鬼般的应试学习之中。很有意思的是，现行的教育制度下，中学生中大量有创新潜质而不适宜应试教育的男生已经被淘汰牺牲在起跑后的几步之中。在高校中，相对擅于应试的女生比例也是越来越大，这更是中学应试教育造成的结果。但是到了大学阶段却呈现出"宽松大学"的另一番景观，特别是大学本科教育中，学生们的学习完全处于一种松散的状态之中，有大量的时间参加各种社团活动，即使考试挂科，大多数都可以通过补考通过。但正是在这种学习模式下，社团活动和非专业课挤占了大量学习时间，大学的专业学习时间并不太多，专业学习中培养专业实践和写作能力的时间更是稀少，大量本科毕业论文都是复制粘贴的一堆废纸，毕业论文过程往往只是体现了一种形式感。在这种背景下，学生的专业原创精神明显不足，这对整个社会的科学原创产生较大的负面影响。我想，在身体和心智成长时期的中学生们处于一种宽松的学习环境中，这对于他们的身心都是有益的，而让身体和心智成熟的大学生们处于一种紧张的学习之中，这对于青年群体的科学化择道、专业创新的早期塑造都是有积极意义的。

（三）全民学习外语是对中国社会资源的极大浪费。

在中国教育中以英语为核心的外语教学，在中学大学中占据了学生精力的一大半，现在中国公民普遍都有九年的外语学习经历，叠加上大学一年以上的外语学习，可以说对自己国语的学习也没有花费这样多的时间。全民外语学习源于20世纪80年代的改革开放，从感性上看，出现这种向西方全面学习的浪潮放在改革开放的背景下，是很正常的。但是，从理性来看，外国语言在任何社会都只应该是个别人的一种工作和生活的工具，并不应该成为一个社会所有公民的必备素质。外语学习的主体只能是相关专业人员和相关社会人员，前者包括专业翻译人员和较多需要外语辅助的相关专业人员，后者主要是生活上有需要的相关人员，如出国定居者、经商者。严格地讲外语学习本身应是一种时间记忆和实践感受的学习，当下这种学习模式不仅不能对人类创新思维带来新的推进，而且重复背诵的范式反而会制约、固化人类的创新思维。我真心希望我们的高中、大学、研究生们有更多的时间来学习自己的专业，特别是有更多时间来思考科学和生活创新，这是需要大量学习和实践时间来保障的。我们的邻邦日本也是一种应试教育，但是由于整个社会并没有对外语有太多的要求，所以日本社会对外语的学习并不太认真，但不可否认的是日本整个社会翻译资源极丰富，大多人有更多的时间去思考发明、创新。我们在日本的电器商店中会发现大量意想不到的各种原创小家电，总体上日本的汽车、摄录设备、家用电器、计算机的创新能力世界一流，这是需要在教育上有更多的创新时间、创新意识保障的。日本社会的英语水平不高，但并不妨碍日本成为科技和经济强国。据说日本22位物化生诺贝尔奖得主，有20位都是本土出品并且多数人英语并不是很好的。当然，可能会有英语专业的从业人员出来批评我，但我要说的是，做好专业外语的空间很大，不要因为本位意识影响中国整体的发展。在当今知识增量如云如海的世界，芸芸众生人生苦短，社会资源有限。专业化才是我们创新的正确途径。让我们将翻译的事交给专业人，把更多的时间留给思考创新者！

（四）"形式逻辑"和"写作实践"培养应成为中国教育的重中之重。

当下，我们教学课程中最缺乏、最重要的课程是啥？可能每一个学科都有代言人会站出来说自己的学科如何重要，但我绝不会说学习历史如何重要。因为如果没有科学的认知思辨方法，学习历史不仅不会"明智"，反而会带来一些负能量，此所谓适得其反。从我几十年教学经验和社会阅历来看，可能我们最需要的课程是形式逻辑和写作实践。形式逻辑是科学认知世界最基本的认知方法学科，是正确认知世界任何学科的基础。在社会科学领域，形式逻辑是正确认知历史和现实社会的方法论。在自然科学领域，形式逻辑是正确进行数理推理的基础。在当今社会，对于现实社会的认知尖锐对立，社会认知分裂，这往往是缺乏形式逻辑和辩证逻辑基本常识的结果。但是从中学到大学，除了有的哲学、法学专业外，我们形式逻辑的课一直是空白的。写作实践能力培养这些年来一直是我们中小学直到大学最薄弱的环节，许多本科生、研究生的文字写作能力相当差，极大地影响了学生的论文撰写，也影响学生们工作后的社会实践能力。文章写作是一个逻辑、文字、情感功能一体的技能，文字的逻辑在某种程度上讲，比数学逻辑更为复杂。一篇论文的总体谋篇布局、自然段落之间、自然段落内前后话语之间的逻辑关系更考验人们的思维。所以，我认为中学、大学都应该将形式逻辑设为公共必修课。

我理想中的中国教育范式是：中学的核心专业课程应该只有四门就足够

了，形式逻辑、阅读与写作、科技与自然常识、历史文化，只能将外国语列为选修课，只为考大学的学生选修。在大学本科阶段，外国语也只能为继续考硕士、博士研究生们选修。同样应该坚决制止整个社会的职称评定、职位上升中考试外语，除非学习和工作专业本身需要。这样，我们的学生和社会就会有更多的时间放在人类社会文明的原创上来。同时，以写作实践为核心的大学语文课也应该成为大学的公共必修课。

历史上，中华民族是一个十分勤劳的民族，只要给他们一个相对和平的环境，他们就能创造出极大的社会财富。改革开放以来的四十年，仅仅四十年的安定、和平，中国就成为世界第二大经济体，中国的社会发展令世界瞩目。不过，如果中国的经济总量以人口平均下来，我们与发达国家的差距还相当大，特别是中国内部地区和城乡间的差异也还巨大，尤其是近几百年的时间内，我们科学技术原创还是存在极大的遗憾。所以，我真心希望我们的教育改革能大刀阔斧，做前人和外人没有做过的教育改革，助推我们国家有一天能够从世界大国真正走向世界强国。

"我们这代人很幸运，既见到旧三峡，又见到新三峡。"

第三辑

学海泛舟

留住悠悠千古三峡的岁月

——《长江三峡历史地图集》序

世界上的大峡谷十分多，但是世界上没有其他任何河流拥有长江三峡这样一个长400多公里而有7000多年深厚文明沉淀的大峡谷，更没有哪一个如此大的峡谷在这样短的时间内发生如此天翻地覆的突变，数千年承载三峡文明的主要地区将消失在水面下，数百万人在如此短的时间内迁移。千万年的沧海桑田凝聚在如此短的时刻，使我们历史地理学者不得不去关注和研究这个地区的时空发展。

其实，古人对长江三峡早就倾注了不尽的关怀。早在汉晋时期可能便有了"三峡"之称，其中主要便是指今天的长江三峡。袁山松《宜都山川记》、盛宏之《荆州记》、郦道元《水经注》对长江三峡的描述脍炙人口，北魏"巴东三峡巫峡长，猿鸣三声泪沾裳"的诗句使我们徒增伤感，却也使我们更加记住了三峡。

唐宋时期，几乎所有的文化名人都到过四川，而且都到过三峡。钟灵毓秀，"江山之助"，三峡造就了唐宋许多诗人；人杰地灵，文韵生彩，墨客骚人们同样也为三峡增辉了，故三峡有"诗峡"之称。唐代的杨炯、陈子昂、李白、白居易、杜甫、王维、张九龄、郑谷、孟浩然、刘禹锡、萧遘、张祜、李频、窦巩、张锐、孟郊、岑参等，宋代的范成大、陆游、赵抃、欧

"我们这代人很幸运，既见到旧三峡，又见到新三峡。"

阳修、苏洵、苏辙、苏轼、王十朋、黄庭坚、寇准等，乃至明代的王士性，清代的张问陶、王士禛都到过三峡，有些还在三峡的州县为官，为雄壮幽深的自然三峡赋予了千古人文重彩。也许现在许多人还没有到过三峡，但对李白"两岸猿声啼不住，轻舟已过万重山"和杜甫"无边落木萧萧下，不尽长江滚滚来"的诗句却记忆犹新。

历代以三峡为背景作画的人也十分多。唐代吴道子曾绘有《三峡图》，但早已经失传。宋代的《蜀川胜概图》对于三峡地区描绘得最为详细和写实。宋代何霸绘有《三峡放舟图》，同样失传。唐宋元明时期，出现了多幅《长江万里图》，多有对三峡的描绘，如巨然《长江万里图》中对长江三峡段多有描绘。有记载宋代范宽绘的《长江万里图》就有大量三峡的图绘和地名，夏圭的《长江万里图》（也称《巴船出峡图》），对三峡的气势描绘得突出而得体。以后历代以巫山、三出峡为题作画的人更是众多。明清以来以长江为背景作画和作图的人对三峡也是倾注了无限的关怀。

唐宋时期有位史地学者也写了一本《三峡记》，不过早已佚失，也不知道这位作者的大名。明清时期关于三峡的记载文献开始多了起来，如明代万历年间吴守忠编了一本《三峡通志》，是至今保存最早的专门记载三峡历史地理的书。其他如清代陈明申的《夔行记程》、洪良品的《巴船纪程》、严如熤的《三省边防备览》等，都是关于三峡的重要史料。三峡的航运十分重要，故历代对于三峡航运的记载相对更多。早在唐代便有王周的《峡船具诗序》，清代谢鸣篁的《川船记》、唐炯的《沿江滩规》、贺笏臣的《峡江救生船志》，国璋的《峡江图考》，民国初期史锡永、彭聚星的《峡江滩险志》、盛先良的《川江水道与航行》等也体现了人们对三峡的关注。

19世纪末以来，西方人开始关注长江三峡，英国人约翰·立德（Archibald John Little）、H.R.戴维斯、乔治·沃尼斯特·莫里循（George Ernest Morrison）和德国人多伦勃·魏斯等在清末都曾考察了三峡，留有记载和摄影照片。19世纪60年代，英国人布莱基斯顿（Blakiston）绘制了《杨子江汉口屏山段》航道图，对三峡地区有较多涉及。19世纪80年代，德国地质学家李希霍芬（von Richthofen）的《峡江地图》（尺寸比较大）成为最早的三峡地质地图。19世纪90年代，法国人考察后绘制《上江图》，对三峡的描绘较多。美国地质学家张伯林（Chamberlin, Thomas Chrowder）于20世纪初考察三峡地区，深入巴蜀拍摄了大量长江三峡照片。20世纪20年代英国航运专家蒲兰田（Cornell Plant）曾作《川江航行指南》和《峡江一瞥》之书。日本人也较早关注三峡，竹添进一郎《栈云峡雨日记》一书记录了其1876年顺流经过三峡的历程。1909年出版的山川早水的《巴蜀》一书中便有大量的考察三峡的文字和图片资料。20世纪初，日本海军水路部门所作《扬子江水路志》中对三峡也多有记载。后来米内山庸夫《云南四川踏查记》中野孤山《游蜀杂俎》《支那省别全志》第五卷和《四川省综览》中也有许多关于三峡的文字和图片资料。

人们关心三峡不是没有缘由的。四川古称四塞，肥沃的成都平原和富饶的盆地丘陵，养育了一批批勤劳的四川人，四川盆地分明是一个隐藏在高山中的世上乐土。这个有天府称号的乐土四周有幽深的青城、秀丽的峨眉、险峻的剑门、雄伟的夔门为伴。不过，那夔门和剑门本是一个出入古代四川的大通道。古代出入四川不外乎两条大道，一条是从川北翻大巴山经过剑门的金牛道，一条是沿长江三峡经过夔门的三峡通道。三峡通道本是一条幽深高耸的绿色大峡谷："自三峡七百里中，两岸连山，略无阙处，重岩叠嶂，隐天蔽日，自非亭午夜分，不见曦月……春冬之时，则素湍绿潭，回清倒影，绝巘多生怪柏，悬泉瀑布，飞漱其间，清荣峻茂，良多趣味。每至晴初霜旦，林寒涧肃，常有高猿长啸，属引凄异，空谷传响，哀转久绝。"也许岁月早已经改变了三峡的自然原始状态，五代瞿塘峡巴蛇食象的故事永远不会再有，千人咏唱的峡猿长鸣在明末已经不复令人断肠。不过，就是在十多年前出川入川经过三峡，我想都会有一种经过世外自然空谷又到另一个世俗红尘之境的感受。那是博大的自然幽谷对我们世俗风尘的洗礼。

可能对世人来说，三峡的人文色彩更令人驻足。从204万年前的巫山猿人到大溪文化，从屈原到王昭君，从唐宋诗峡到竹枝词，从白帝城到丰都鬼城，从张飞庙到白鹤梁，不能不说三峡更应是一个人文的三峡。十多年前为三峡工程进行的三峡地下文物抢救性发掘，使我们面对满地的汉砖唐瓦宋瓷，为三峡先民所创造的文化所震撼。

不过长江三峡地区一直是十分落后的地区。早在宋代，夔州城有"郡城深僻处，车马罕经过"之称，万州号"峡中天下最穷处"，忠州"最号穷陋"，归州"最为硗瘠"，而峡州有"地僻而贫"的说法。直到20世纪80年代，长江三峡地区仍有汉民族地区中最落后地区之一的称号。不过古代三峡地区的居民生活虽然落后，却十分乐观，虽然大多无法吃到稻谷，但"未尝苦饥"，过得十分怡然自得。三峡经济落后，但沿江转输业却地位显著，沿江经商风气盛于许多传统经济发达区。三峡历史上虽被称为穷山恶水，但却名人辈出，从屈原到王昭君，从巴蔓子到甘宁，从卢作孚到何芳川等，更不说三峡造就唐宋中国许多大诗人。看来，这是一个十分特殊的人文与自然地区，本身值得我们去研究和关注。

不过，如果没有三峡工程，可能三峡只是一个中国的三峡，自从有了三峡工程后，三峡就成了世界的三峡了。近二十年来，随着三峡工程的上马和发电，三峡有了更大的知名度；也因为三峡工程，如此大的江山突变，如此大的三峡大移民，更需我们对三峡的历史人地关系与现实问题更为关怀。

近二十年来，我们西南大学一大批学者围绕三峡历史地理方面诸多问题进行了大量研究实践，做了大量田野工作，发表了大量学术论著。我们先后主持了国家教委人文社会科学项目《历史时期长江三峡经济开发研究》、国家社会科学基金项目《长江三峡历史地理综合研究》《古代巴人分布变迁研究》等项目，出版了《深谷回音——三峡经济开发的历史反思》。1999年，我与他人合作的《中国三峡文化》出版后又陆续出版《长江三峡历史地理》《千古三峡》等著作，同时在《中国史研究》《中国历史地理论丛》《中国农史》《文献》《历史地理》《重庆师院学报》等刊物上发表了数篇关于三峡历史地理的论文。

这些年来，国内其他学者也在进行许多研究，如杨铭的《三峡史话》、郑敬东的《中国三峡文化概论》、程地宇的《三峡工程与移民》、陈可畏等《长江三峡历史地理研究》等著作出版，辛德勇、华林甫、杜喻等也撰文研究三峡历史地理，特别是刘豫川、黄晓东、邹后曦、杨华等关于三峡考古方面的研究，为三峡历史文化的研究提供了更好的条件。

以上的研究，大大深化了我们对长江三峡地区历史文化和现实的认知，也使我们更加感受到自己肩上的一种责任。我以前一直认为历史学的研究应是多层次的，一部分学者应该在有较深入基础研究的基础上主动地关注现实，将现实放在历史的长河中去认识。我与四川大学郭声波教授早在20世纪90年代前期就提出了三峡移民应外迁，实践证明我们的提议是正确的。坚持这样的观点主要是我们对三峡地区历史时期的结构性贫困形成过程有较多研究的结果。研究表明，影响三峡地区结构性贫困的最主要因素是人地比率，人地比率造成资源与产业的不协调，这样，从外迁人口以调整人地比率来看就尤为重要。后来，我又提出现在三峡地区的移民外迁实际是回到三百多年前他们祖先的迁出地，这是一个三百多年的轮回，但应是在更高层次的一种理性回归，是对三峡地区结构性调整的战略的贡献。对于"安土重迁"的三峡移民们来说，这是真正的回故乡之路；对于迁入地来说，他们是在迎接离开自己家乡三百多年的乡亲父老。这样我们在移民宣传中就不应局限于三峡移民仅是舍小家顾大家的举动，而是有利于三峡地区结构性调整可持续发展的举动，也有利于三峡移民宣传中克服移民"安土重迁"传统思想的负面影响。针对三峡地区自然的一体和历史文化的共性，结合现实三峡坝区和库区经济利益和社会发展的潜在矛盾，我们提出了三峡地区应建立一个以重庆为龙头，包括宜昌的三峡特别行政区的建议。后来，我们通过对三峡移民更深层次人地关系的思考，提出了亚热带山地移民进行结构性调整的思路，这样的理论为后来的重庆地区"一圈两翼"战略提供了坚实的理论基础。

不过，我们认为做了这一些工作还远远不够。我一直认为长江三峡地区如果没有三峡工程应该是世界的一个罕见的双遗产景区，即世界文化遗产和世界自然遗产双遗产。在当今世界，保护自然环境、传承传统文化与区域的可持续发展一直是一对矛盾问题，解决这个大问题是需要人类的大智慧、远前瞻和宏胆识。二十年前国家就三峡工程是否上马的大决断，对整个民族都应该是一个大的考验。三峡工程上马了，三峡工程发电了，三峡移民完成了，三峡库区发展了，但这并不说明我们二十年前的决断没有一点遗憾的地方。

民族的文化是需要一脉传承的，国家的发展是需要从历史中借鉴的，人类的环境是需要自然平衡的。所以，如此大的峡谷在这样短的时间内发生天翻地覆的变化，肯定会有许许多多的遗憾。

今天我们看到的三峡与过去的三峡是完全不同的。现在，岁月早已经改变了三峡的自然原生状态，五代瞿塘峡"巴蛇食象"的故事永远不会再有，千人咏唱的三峡猿鸣在明末已经不会令人掉泪断肠。枯水季节退出的河滩上曾留下神秘千古的八阵图，留下人日踏碛的欢愉与陶醉，留下了纤夫与船工的绝唱，留下了三峡人儿时的断线风筝。而那三峡中的一个个绿色的江心洲，是上天留给三峡人的一个个小粮仓，千百年来不知养育了多少代三峡人。不过，这一切随着三峡的蓄水而沉入水中，成为永远的记忆。唐宋时期大多数文化名人都到过三峡，是这样一条幽深高耸的绿色生态大峡谷感染了他们，可以说是钟灵毓秀，让他们诗情迸发。也许今天我们不能咏出那样的千古绝句，很大程度上是我们已经感受不到那样一个原始自然而神秘无边的三峡了。古代三峡高山峡谷，滩多水急，一叶木舟，一跌一掀，常遇触礁而颠覆翻船，有所谓"舟从地窟行"，可见行舟之难。历史上的三峡航行，九死一生，不知多少妻儿望穿双眼，不知留下多少生离死别的泪水，也见证着我们先民消除空间阻隔与自然抗争的历史。

我一直认为，一个伟大的民族应该是能在最大限度地传承传统文化和保护自然环境的基础上来实现现代化。所以，作为一个历史学者，我深深地感到，为了留住历史的记忆，为现代社会可持续发展，需要用地图和影像来留住我们的千古三峡景观。所以，我们开始行动起来，在2004年决定编绘长江三峡历史地图集。2005年，《长江三峡历史地图编绘》被列为重庆市哲学社会科学重点项目，2007年《长江三峡历史地图再现研究》被列为教育部哲学社会科学重大攻关项目。我们又开始为再现长江三峡历史景观奋斗起来。

近二十年来，为了长江三峡历史地理研究和历史地图编绘，我们走过了无数坎坷，经历无数曲折。我们跑遍了三峡地区的宜昌市、宜昌县、秭归县、兴山县、巴东县、巫山县、巫溪县、奉节县、云阳县、万州区、石柱县、忠县、丰都县、涪陵区、长寿区、梁平区、垫江县、开县等地，栉风沐雨，历尽艰险。1992年在巫溪县指导重庆电视台、重庆市公用局拍摄《三峡神韵》风光片时，与当地百姓发生了冲突，面对一大群手持锄头扁担的老乡，我们的保安甚至拿出了手枪。2001年我与研究生租小船夜航巫峡，险些失事。2002年在云阳县故陵镇考察时，我们被故陵镇政府无故扣压近三个小时，并拟立案审查我们，收缴我们的胶卷。当然，多年来我们在三峡考察，更多是感受到乡民的淳朴和贫穷，感受到三峡地区历史人文沉淀的深厚和自然风光的博大，这更促使我们去探索长江三峡历史时期人与自然互动轨迹，在历史发展中破解三峡贫困落后的病因，去寻求使三峡地区脱贫致富的途径，去探索三峡地区可持续发展的新道路。十多年来，我们早已经熟知了奉节白帝城、永安宫、丰都名山鬼城、云阳张飞庙、忠县石宝寨、秭归屈原故里、兴山昭君故里、梁平双桂堂、宜昌南津关与三游洞、黄陵庙等名胜，也踏察了宜昌小寨悬棺、奉节风箱峡悬棺、巫溪荆竹坝悬棺和土法造纸厂、巫山高唐观、巴东秋风亭、忠县白公祠、云阳下岩、万州天生城等要地，领略了巫山大昌镇、碚石镇、大溪镇，万州武陵镇、长滩镇，秭归香溪镇，巴东楠木镇、奉节安坪镇，云阳云安镇、固陵镇、双江镇、高阳镇，忠县干井古镇，巫溪宁厂镇、白鹿镇，开县温泉镇，石柱西沱镇，渝北鱼嘴镇、硌碛镇、巴南木洞镇、涪陵李渡镇、高镇等古镇的古风。为三峡工程所进行的抢救性发掘，发现了大量珍贵的历史文化遗址和历史文物，也为我们历史地理研究提供了许多宝贵的资料。为此，我们先后考察了丰都汇南汉墓，忠县瓷井中坝遗址，云阳李家坝、明月坝唐城遗址、巴阳镇遗址、旧县坪朐忍汉城，奉节下关宋城、安坪遗址，巴东旧县坪宋城遗址等。面对被淹没水底的遍地汉砖宋瓦，面对一个个残垣断壁的古镇，我们深为三峡大峡谷深厚的历史文化所震撼！更使我们油然而生留住三峡历史文化景观的责任感。

我们先后到北京国家图书馆、四川省图书馆、四川大学图书馆、重庆市图书馆、北碚图书馆、上海图书馆和三峡沿途各地方志办、政协文史办、档案馆、文化局收集了大量文字和图片资料，也到美国、日本、俄罗斯的图书馆及相关大学资料室查阅了许多资料，为全方位地复原三峡地区的历史地理景观奠定了基础。同时，为更好再现长江三峡的壮丽风景和特色鲜明的传统地域文化，我们通过各种途径收集了大量有关三峡的老照片和旧图画，将地图与老照片结合起来，使我们的再现更具直观性，更能寄托我们这一代见证过千古三峡的情感，也更能将这种情感传承给我们的下一代。

目前出版的《长江三峡历史地图集》是西南大学历史地理学科师生十多年来共同努力奋斗的结果，可以说今天的成果凝聚着我们师生十多年的艰辛和智慧。如果从我们开始研究三峡算起，一共磨了二十年，如果从由《长江三峡历史地理》中绘出三峡历史地图算起，我们磨了十多年，真正的"十年磨一剑"。十多年来，通过这个地图集的编绘，我们的队伍真正得到了锻炼。

我们这代人很幸运，既感受到千古三峡的遗韵，也体验到新三峡的风貌，但是我们的后人却只能体验后者了。所以，将千古三峡通过历史地图的形式留给后人，能够在传承文化上有一点添砖增瓦的贡献，为以后社会发展中三峡景观有案可稽带来一些方便，我想我们这十多年的努力就没有白费了。

区域历史的别样表述

——《重庆历史地图集》序

十多年前，我们启动《长江三峡历史地图集》时，就有编绘《重庆历史地图集》的想法，可是怎样编好一部以政区为空间的区域历史地图集，十多年来我们在个案研究和地图编绘实践中，一直在思考问题的解决路径。

一、中国古代地学文献曾有一个"图经时代"，南北朝唐宋时期，许多地学文献往往是以"图"为主体，"经"只是作为说明图的附属。我们知道，图像具有传情达意、佐证文字、直观愉悦的三大功能，所以宋代就有"左图右史""左图右书"的话语，特别是郑樵认为"图谱之学不传，由实学尽化为虚文矣"，由是感叹"益知图谱之学，学术之大者"。宋以来中国文献中文字的气场越来越大，图像的重要性相对削弱，主要是图像要表达虚无的义理之学多受限制，而印刷术的发展中技术与实用的脱节也使图像流传较为困难。近现代来，文字的绝对主导地位越来越明显，图像（这里的图像特指非地图的图片）往往只能作为插图、附图存在于学术著作之中，图书中稍多——点图像在人们潜意识中就会被认为是低级的读本。即使在今天所谓"读图时代"，在学术话语的范围内，图像还是往往被认知为低级的、大众的、通俗的、幼稚的，只能是一种帮腔、伴唱。所以，我们的学术著作中往往是选题内容越生僻怪异，文字语言越深奥晦涩就越显学问的高深。学术著

"学术表达的多样化也是科学进步的标志，历史学领域的三分式表达、过程式表达就是我们的一种探索。"

作真的应该是这样的面孔吗？

　　历史地图集可分成要素历史地图集和读史历史地图集两大类。要素历史地图集的释文学术化很强，但一般人们都不愿附在地图集中出版，而单独出版的可能又小，所以绝大多数要素历史地图集的文字只是一个简单介绍；而读史历史地图集，不论是历史上有名的《钱伯斯世界历史地图》还是《泰晤士世界历史地图集》的释文，往往也是一个简单的介绍。所以，我们看到的严肃的学术著作大多是以生僻晦涩的文字、机械枯燥的引文注释为标志，很难找到一本图像为主体的学术著作。我们面临的选择好像只有两个，一类是文字为主体的学术著作，一类是图像为主体的通俗著述。难道学术著作不能有一个新的表述方式吗？现在呈现给大家的这部《重庆历史地图集》是我们尝试用一种新的表述方式来展现严肃学术的探索，我们简单称其为"三分式表达"，即严格引文注释的研究文字、与文字相关的老旧场景和现代遗址照片、与文字相关的历史地图，各占三分之一的表述形式。当然，客观地说，怎样将三部分内容有机地融为一体，这是一个需要大家以后一起不断探索的过程，故我们的探索还有许多需要改进的地方。但是，《重庆历史地图集》的出版为我们历史学术著述的表现形式的多样化提供了一个新样本，即区域历史研究表达的"三分式表达"。当然，我们更希望能有其他类似的表述方法以著述中国通史、专门史。

二、区域历史的研究往往受整体中国历史研究的大范式、大观念影响。应该看到，在历史研究前沿，一些大的传统的观念已经受到挑战。但毋庸讳言，区域史研究中还存在两大观念性问题急需解决，一是乡土情感下对本区域历史评价的失态，一是传统大范式、大观念下的观念趋同化套用。

对于前者，我们应该看到，每个区域的历史都有其自身的发展特点，饱含乡土情感去书写家乡的历史没有错，但绝不能陷入夜郎自大的自我陶醉之中。对于重庆的历史我们也应该有一个清醒的认知，重庆的古代历史确实没有太多值得我们去诉说的东西，我们不要指望有天可能在重庆的范围内发掘出与三星堆、金沙遗址一样的文明遗址，我们也不可能将唐宋的重庆城描绘得像成都一样繁华。当然，对于开埠以后的重庆历史地位我们也要有中肯的评定，要充分认识到重庆开埠后近代化过程对于重庆历史发展的重要性。从某种程度上讲，历史上重庆开埠的重要性远远超过作为抗战陪都的重要性，因为重庆能成为陪都很大程度上源于重庆开埠的历史影响。当然，一个落后的民族或地区要接受先进地区的发达文明，总是伴随着政治的屈辱和主权的丧失，这不仅是中国近代史的特殊耻辱现象，也是世界落后文明与先进文明交流中出现的普遍现象。

对于后者，应该看到，现在我们历史观的大范式、大观念基本上都是在以前特殊的政治背景下形成的。当然，一切历史都是当代史，今天来看，一个国家内部安稳祥和、国际上和平共处是其社会发展的基本要求，所以我们希望任何政治经济文化的诉求都通过民主、和平的方式来获取，这是我们国家的现实需要，也是现代文明的基本要求。

在历史上，中国古代历史研究中有不少很奇怪的历史观误区。

一是传统的家族王朝正统观对我们的历史评价影响很大，王莽、公孙述仅仅因为不是刘家正统而在政治主张上备受挑剔，蜀汉在三国中虽然建树平庸但因是刘家正统而备受青睐。在我看来，历史评价中王朝、政权是否正统并不重要，重要的是你能否真正推动社会生产力的发展。所以，《重庆历史地图集》中对王莽、公孙述、蜀汉的评价较为平实，不受刘氏正统观的影响去左右历史。

二是在强调抗金、抗蒙、抗清的汉民族气节同时，又要面对现代中国民族大家庭中蒙古族、满族共处的现实。近些年新清史的观点对中国史学界影响很大，很大程度上讲海外学者更多只将中原汉民族政权视为历史上的中国。但历史上的"中国"概念认知本身较为复杂，多数情况下"中国"是一个文化范围概念，并不是现代国家概念。而现在中国的现实是一个多民族的大家庭，承认上下五千年东亚大陆1300万平方千米的陆上疆域内的民族共同融入中华文明的历史事实，不仅是一种科学的认知，也是一种现实的需要。

三是对于中国古代的战争往往不论战争的实际目的、起因、结果怎样，都习惯标以起义，强调斗争，给予正能量。我们急需要有一个客观、科学、务实的观念去审视中国古代历史上的战争。因为我们深刻认识到从两汉到清朝，战争无数，死人无数，但中国传统生产力并没有本质性的提高。我们不是历史虚无主义者，我们没有必要也不可能改变中国古代史上的战争事实，但我们可以通过历史学的当代史角度去认知以及希冀未来的和平。所以，我们对重庆历史上的李蓝事件、白莲教、反洋教都是以中性评价为主，都以战争、运动相称。相对而言，《重庆历史地图集》中更关注几千年来重庆生产力的发展轨迹，特别是对重庆开埠以来重庆社会生产力的发展尤为关注。因为在任何社会中，只有社会生产力真正提高而经济发展了，老百姓才能真正得到好处和实惠。

中国古代史研究的历史观的改变，也有一个过程，自然不能希望区域史研究在历史观上超前，但如果能通过区域史的个案研究引发对中国古代史研究历史观的反思，从区域历史可以这样表达到中国古代史可以这样表达，这也是一个正常的学术史轨迹。这部《重庆历史地图集》的完成是我们研究所师生共同努力的结果，是继《长江三峡历史地图集》《重庆古旧地图研究》《西三角历史发展溯源》《稀见重庆地方文献汇点》《中华大典·地学典·自然地理分典》《历史典籍中的重庆史料选辑》后我们研究所集体攻关的又一项新成果，感谢大家的共同努力。

江湖很热闹，但也混乱无序

——《巴蜀江湖菜历史调查报告》序

江、湖二字的本意是指自然意义上的江河和湖泊，但在中国历史上江湖很早就被赋予了另一层含义，就是泛指社会、乡野、民间等。王弼注《老子·道德经》称"鱼相忘于江湖之道，则相濡之德生也"，郭象注《庄子·南华真经》也称"失于江湖乃思濡沫"，这里的江湖还是指自然之水面。其实早在汉代扬雄的《方言》中就有"荆扬江湖之间"的话语，晋代晋灼也称"江湖间谓小儿多诈狡猾为无赖"。以上的"江湖"是指一个特定的地域名词还是泛指社会民间就不太确定了。但《史记》卷六六称"江湖之间，其人轻心"，《汉书》卷三四称吴芮"甚得江湖间民心"，卷九〇称"江湖中多盗贼"，卷九九称"江湖有盗，自称樊王"，则已经有泛指社会上之意思了。至于晋代谢灵运《会吟行》诗"范蠡出江湖，梅福入城市"之"出江湖"，却明显将江湖与城市相对应，已经明显有泛指社会、乡野、民间之意了。显然，社会相对于政治，乡野相对于城市，民间相对于官府，但对于"江湖菜"来说，又是怎样的话语处境呢？

在川菜的语境中，江湖菜的词义出现较晚，应该不过是近二十年左右的事情，主要是将这种菜系与传统家庭菜、传统餐馆菜相对应而言。不过，对于江湖菜的具体定义不论是在理论界，还是在厨艺界，都一直没有一个具体

"江湖菜很江湖！"

并被认同的解释，以至于现在许多人将许多新派川菜也归之于江湖菜之中，将江湖菜泛化起来。所以，这里我们首先应该对江湖菜作一个基本界定。

严格讲江湖菜具有宏观社会定义和微观菜品定义两重含义。

对于宏观社会定义而言，所谓江湖的意义，本主要是指与正规、传统、主流相对立，正规指菜品原是规定动作，往往是被主流餐饮力量认同的，如传统教材、食谱中认同了的，或大中型餐饮企业、著名厨师发明或认同的传统做法，或在传统家庭中长期流行着的。在民间、在社会、在乡野、非主流往往就不够正规，不拘一格，变化较大，流动性强。江湖菜也正是如此，兴于民间，传于民间，不拘传统，兴衰无常。具体地讲就是在社会属性上呈知名度、流行性、时效性三大基本特征，往往流行于本区域，散布于全国，有的在全国有一定的知名度，但大多数兴起快，衰亡也快。

对于微观菜品定义而言，可能不同地区或不同时期江湖菜定义有较大差异，当下巴蜀江湖菜可能有以下四个基本特征：

第一，江湖菜在餐具外观上往往以大盘大格（大盛器，一份量大）为特征，在桌席上往往一器居中而成为主菜，如重庆火锅、水煮鱼、鲜锅兔、黔江鸡杂等。所以江湖菜从菜品的外在特征来看显现了简约粗野豪放之气，这正是与江湖菜多流行于民性相对强悍的地区有关，如中国东北地区、重庆地区、西北地区正是江湖菜的发源地和流行地。

第二，江湖菜在主料和调料上特色鲜明。在主料选取上多以猪、鱼、鸡

璧山来凤鱼麻辣味
（拍摄于鱼味源正宗来凤鱼店）

球溪鲶鱼麻辣味
（拍摄于张妈鲶鱼庄）

三类内陆性荤料为主，刀工切取上随意而大块，不需要精工切剁，如巴蜀江湖菜中的鸡鱼类江湖菜都是在切取上大块粗放。在调料使用上用料生猛，如巴蜀江湖菜在味型口感上大麻大辣大热（用海椒、花椒、胡椒、生姜等调料生猛），即使是清汤也用香料众多，多用油与香料配合增香，更体现传统川菜复合重油的特征。

第三，江湖菜在主食材的选取上往往杂烩多料，将诸多食材汇烹一锅，烹饪方式多元，如重庆火锅实际上是最典型的这类江湖菜。即使以一种主菜为核心的江湖菜往往也要同配烹饪其他多种菜品，配菜的选择随意性相当强，显现了江湖菜的任性随意。如烧鸡公、碓窝鸡、羊肉汤锅等往往配菜众多，再如毛血旺、跷脚牛肉等也是将血旺、牛肉与众菜同煮。

第四，江湖菜在推出方式上往往多是单独一菜鼎立（独门冲），可以单独立桌席，也可以单独立门面开店。因为传统川菜中某一道菜只是作为中餐中的一道盘菜，大多数不能独立立桌，更不能独立为面门。在这种背景下，江湖菜显现明显的地理标识功能，如来凤鱼、黔江鸡杂、太安鱼、重庆火锅、巫溪烤鱼等已经显现了固定的地理识别符号，这样开一个江湖菜馆往往就是一个区域菜品的广告牌，就是一个地区的饮食文化宣传栏。

严格讲，巴蜀江湖菜也是一种新派川菜，一种流行于民间的新派川菜，

大足邮亭鲫鱼
（拍摄于刘三姐鲫鱼店）

黔江青菜牛肉
（拍摄于国庆鸡杂店）

因为江湖菜从内容到名称大多数都兴起于近几十年的时间内。但总的来说，近四十年来主流厨界新派川菜的发展远远不如江湖菜的发展成功，这主要是因为江湖菜始终没有放弃传统川菜的基本特征和基本根脉。

从食材上来看，江湖菜主要是以鱼、鸡、兔三类菜品为主体，鸭子、牛肉、猪肉类的江湖菜相对并不多。其中鱼类主要有璧山来凤鱼、渝北翠云水煮鱼、北碚三溪口豆腐鱼、綦江北渡鱼、潼南太安鱼、大足邮亭鲫鱼、江津酸菜鱼、巫溪烤鱼、万州烤鱼、资中球溪河鲶鱼、成都谭鱼头、新津黄腊丁、南溪黄沙鱼等。鸡类主要有歌乐山辣子鸡、南山泉水鸡、李子坝梁山鸡、璧山烧鸡公、黔江李氏鸡杂、奉节竹园紫阳鸡、南川方竹笋烧鸡、南川碓窝鸡、古蔺麻辣鸡等。兔类主要有自贡鲜锅兔、自贡冷吃兔、双流兔头等。其他杂类主要有磁器口毛血旺、白市驿辣子田螺、武陵山珍、黔江青菜牛肉、彭州九尺鹅肠、简阳羊肉汤锅、荣昌羊肉汤锅、荣昌卤鹅、乐山跷脚牛肉、成都老妈蹄花、乐山甜皮鸭、梁平张鸭子、四大豆腐宴等。

在漫长的历史上，江湖菜这个概念虽然并不存在，但可能在历史上都会出现这种多是源于民间而广泛流传于民间的菜品，只是没有人提出这个话语或概念出来，巴蜀地区也不例外。这里我们研究的巴蜀江湖菜主要是流行于近几十年时间内的菜品，每道菜在烹饪方式、味型口感上都可以在历史中找到一定的影子，但又有明显的创新和发展。

应该看到，巴蜀江湖菜的流行有几个特征可以总结：

一、巴蜀江湖菜主要以鱼、鸡食材为主，而少有以猪肉、牛肉类为主，原因很多，首先在于计划经济时代猪肉是严格控制的肉食，民间不可能用来大量食用加工。记得我们家庭在那个年代，父亲只有到山野钓鱼和自己养鸡来改善生活，猪肉往往是可望而不可及的。而我们知道牛在农耕地区是不能随时宰杀的，所以巴蜀江湖菜中牛肉的比例也是较小的。这种生活现状为民间对鸡鱼类菜品的加工提供了更大的空间。其次是鱼、鸡等大小合宜，便于随时斩杀，民间餐饮点杀活鲜就更有可能，而一般而言猪牛体量太大，一般不可能随时点杀，而鱼、鸡类陈肉与鲜活之间味道差异上更明显，活鲜可能更有吸引力。最后，是在改革开放以后猪肉放开成为家常主食肉类，食用较多，吸引力已经大大减弱，而在外来饮食文化的影响和农耕耕牛地位下降的背景下，牛肉在家庭中食用也较为普遍。相对而言，鸡鱼类江湖菜更有新鲜的吸引力，烹饪相对也较为繁杂，故更容易成为餐馆中的江湖菜。

自贡鲜锅兔
（拍摄于壹窝兔·兔好吃餐馆）

潼南太安鱼
（拍摄于何鲜鱼太安鱼店）

二、很有意思的是在近几十年的时间内，巴蜀地区餐饮文化几乎同时出现两种风潮，一种是江湖菜风潮，一种是新派川菜风潮，但两者的命运却完全不同。江湖菜不断继续演绎，此消彼长，越来越火，有的已经沉淀到家庭民间，而新派川菜虽然在各大餐馆如雨后春笋般出现，目不暇接，但往往都是昙花一现，时过境迁。究其原因，巴蜀江湖菜起于民间，深得巴蜀饮食之根本，即我们古人提出的"食无定味，适口者珍"。以前我将川菜特征概括为"麻辣鲜香、复合重油"八字，这八个字在巴蜀江湖菜中体现得最为深刻，故有强大的生命力。许多巴蜀江湖菜完成了从民间菜到江湖菜再到民间家常菜的轮回，成为一种文化沉淀下来。而近几十年来，新派川菜在盘菜的创新上虽然也有不少成功的案例，也时有进入寻常百姓家中的菜品，但总体上来看，虽然新派川菜层出不穷，但很少有菜品具有强大的生命力而沉淀下来成为重要的家常菜品流传。这其中的主要原因是新派川菜的三个致命弱点，一是盲目简单汲取外来饮食味型、烹饪方法，放弃传统巴蜀饮食固有的基本特征；一是只注重在造型工艺上下力，不注重饮食味道的"适口者珍"的饮食根本；一是多在菜品名称上花费心机，近几十年流行的许多所谓新派川菜，其烹饪方式、味道味型其实早就存在，许多人仅是取一些沾点文化或者象形的名字而已。

三、巴蜀江湖菜的流行与地缘、交通、旅游、文化关系密切。就我们调查的巴蜀江湖菜而言，不论是从菜品数量还是影响力来看，巴渝地区的江湖菜明显比四川地区数量更多，影响更大。《巴蜀江湖菜历史调查报告》一书共调查了约40种江湖菜，其中70%都是在巴渝地区今天重庆的范围之内。这正如前面我们谈到的，巴渝地区居民个性特征的简约粗野豪放正好与江湖菜的简约生猛相关联。也就是从文化上来看，巴渝地区历史上社会经济文化发展相对滞后，山地农耕狩猎、峡江急流航行铸造出巴渝先民尚武豪放之风，江湖码头文化发达，折射在食俗上也崇尚大盘大格、简约生猛、大麻大辣，成为江湖菜创造和流行的人文背景。

我们又发现，巴蜀江湖菜发源地大多在交通通道沿途，交通客货流对江湖菜的影响巨大，如成渝公路上的来凤鱼、邮亭鲫鱼、球溪河鲢鱼、歌乐山辣子鸡、荣昌和简阳羊肉汤，国道上太安鱼、北渡鱼、三溪口豆腐鱼等。有些江湖菜则与旅游开发有关，如南川烧鸡公、南山泉水鸡、黔江鸡杂与青菜牛肉。实际上从这一点可以看出为何巴蜀江湖菜多出现在改革开放以来这近四十年的时间内，一在于民营饮食企业在制度上使川菜的创新空间更大，在厨师选择、市场定位、菜品创新上都比以前计划经济时代有更大的自由度；一在于改革开放以来在经济飞速发展过程中交通运输、旅游产业的发展，社会人流的增加，极大地提高了商业饮食在整个饮食中的比例，由此带来了更大的市场空间，为巴蜀江湖菜的大行其道奠定了更广泛社会市场基础。

四、从巴蜀江湖菜历史调查我们可以看出，江湖菜的历史确实很"江湖"。早在《孟子》引告子称"食色，性也"，美食和美女这个两个东西很难有一个统一的标准。江湖菜更是源于民间，流行于江湖，更是江湖得很，难以说清好与坏。有人一谈江湖菜历史总是想将其追溯得越早越好，名曰文化深厚，其实主要更关乎经营利益。有的家族的非物质文化遗产申报书中的江湖菜历史往往是与自己的家族历史一起在重新构建，有的菜品的历史则明显是在地方经济文化诉求的背景下重新编造。这可真是江湖是属于人民大众的，人民大众是历史文化的创造者。以前我提出有两种历史，一种是作为科学的历史，一种是作为文化的历史，之前我们更多是指出在先秦传说的历史中作为文化的历史，后来我在研究《西游记》的历史故事原型中发现这种作为文化的历史一直在不间断地铸造出自己的历史。这次我们进行的巴蜀江湖菜调查表明，就是近几十年的光景，这种作为文化的历史仍然被我们人民群众不断创造着。所以，江湖菜背后的历史往往是众说纷纭，莫衷一是。当然，这种作为文化的历史创造不仅受一种传统文化的推动，也被时代的政治气候、经济利益所驱动着。我们从琐碎低俗的江湖菜背后透视出如此复杂的历史景象，这也正是我们这些考察调查所诉求的。

这次江湖菜的历史调查是西南大学西南地方史研究所（历史地理研究所）师生们共同努力的结果。在对江湖菜的历史调查中，我们不仅感受到川

南山泉水鸡一鸡三吃
（拍摄于木楼泉水鸡店）

歌乐山辣子鸡
（拍摄于林中乐店）

菜历史积淀的深厚，体会到川菜江湖菜的口感味道，我们对学术人生、学术理念的认识也受到较大的冲击。

一、前面我们谈到"江湖"二字的一个很重要的特征就是变化无常，时起时落。近几十年代兴起的巴蜀江湖菜可能远非我们调查的这几十种，因为很多江湖菜从兴起到消失的时间并不是很长，江湖是一个长江后浪推前浪的英雄空间，一批江湖菜远离我们，可能一批江湖菜又重新出现。有的江湖菜可能会沉淀下来进入家庭、进入菜谱，留给后人，这才是我们张扬传统川菜文化的本质所在。江湖虽然很热闹，但更需要沉淀，更需要积累。因此，我们的学术研究需要的不仅仅是一时的热闹、暂时的风光，更需要在艰苦创新基础上的沉淀。可以说，那些能够留传下去的巴蜀江湖菜正是接着巴蜀大地的地气而又兼采天下新意的创新而来的，我们的区域历史地理研究也应该这样，不要放弃巴蜀、西南的地方性话语，不要嫌弃"豆腐""救生红船""回锅肉""收瘗""博戏"之类的生活琐碎，而是需要从全球全国观念中去提炼升华，去总结话语。

二、在中国传统社会中，史官史家往往兼有在文本上记录当时社会的职责，当下这种职责远离了学者、远离了高校、远离了研究所而被分离到地方志、年鉴部门去了，而县志年鉴中往往只记录能够进入主体叙事的大事，像江湖菜这类琐碎低俗之事往往是不可能记录的。我们这次巴蜀江湖菜的系统调查，既有对江湖菜产生历史的调查基础上的考证和梳理，也有大量是在记录当下江湖菜的现实情况。自然，如果从当下史学研究的视野来看，这些记录可能并不能马上引起学术界的重视，也可能被学界视为非学术的、低俗的，但我们相信，如果再过一百年、两百年、一千年……可能我们这种调查的意义才会真正体现出来。在我看来，如果在一个社会里一段时间内对于社会和历史缺乏充分评论的话语权，而真实地记录一个社会的情况，特别是记录那些非主体的世俗低层琐碎、制度规章外的真实潜规则，可能对于我们后人认知这个时代更有意义。所以，我们希望有更多的类似的由历史学者所作的调查报告出现，希望更多既有真实记录也有历史时间坐标的严谨的调查报告出现，我们期待着历史学者对当下社会俚语段子、茶馆发廊、世故人情、礼尚往来等有历史坐标的田野报告的出现。也许有人会说，这种调查应该由社会学者来完成。但我认为，由经过历史学训练的史学工作者来保证所调查的事情二三十年内的时空坐标的精准，对于以后的史学研究来说可能更有参考价值。所以，作为历史学工作者，这应该是我们的一个重要责任。这就是我一直在强调的历史学者的现实关怀的一种体现方式。

三、川菜的江湖很热闹，江湖川菜的江湖更为江湖。在激烈的商业竞争和地方经济利益的驱动下，江湖菜世界就是一个社会大缩影。江湖很混乱，也很无序。在川菜的江湖间，商人之间的互相诋毁、拆台司空见惯，商业竞争，古今中外，概不例外，这自然可以理解。可以说，江湖菜的这种乱只是乱了一时，乱了一方，也倒不可太在意。不过，还有一种乱可能对于后来的历史学家来说就是大问题了。中国历史上存在的两种历史，一是作为科学的历史，一是作为文化的历史，很多时候这两种历史是分不出来的。而且作为文化的历史还不时处在被当下的人们创造之中。这次巴蜀江湖菜调查，我们发现有的江湖菜为申请非物质文化遗产有意将菜品的历史与湖广填四川硬扯在一起，有的则完全有意编出菜品历史悠久的故事，甚至就编写提纲希望我们给予指导。这些"历史"有些已经写入镇志、县志、市志、省志之中，不知多少年以后，这些作为文化的历史可能日久就变成科学的历史写入正史，让后人深信不疑了。在文明程度如此之高、资讯条件如此发达的当下都是如此，许多几十年的历史都弄不清楚了，人们还不断在文本上创造着历史，那么先秦、汉唐、宋元、明清又有多少科学历史与文化历史的交结融合而不能分辨是非真假呢？可以说这种混乱更令我们历史学者揪心难眠。有时历史学者面对纷繁的历史往往是力不从心的，我们之所以强调历史研究的田野考察，也就是想最大可能地去将历史发展中作为科学的历史与作为文化的历史区分开来，面对混乱无序的历史江湖，我们最需要的可能就是"清醒"二字。

读万卷书，更行万里路

——《中国人文田野》发刊词

人与自然的关系是人类社会一个永恒的主题。古今中外，不论是历史地理学者、人类学学者，还是考古学学者，探究人与自然互动常令他们辗转反侧，冥思苦想，不能自己。

两千多年前司马迁在《报任安书》中提出撰《史记》的目的是"亦欲以究天人之际，通古今之变，成一家之言"。其中的"究天人之际"实际上蕴藏着对漫长历史的天人关系的探索追求，而司马迁将其放在第一位，可见司马迁的用心。从古到今，我们对这种人与自然关系秘诀的追求，理所当然要将历史的轨迹放在载承历史岁月的空间中来讨论。现代中国有960多万平方公里陆上疆域，历史上的中国曾有1300多万平方公里陆上疆域，在古代的交通条件下，进行这样的自然探索是充满着无数艰辛的。不过，从法显的《佛国记》、玄奘的《大唐西域记》到徐宏祖的《徐霞客游记》、王士性的《广志绎》，我们的古代旅行家大多将"读"与"行"结合得很好，所以"读万卷书，行万里路"一直是中国传统知识分子追求的理想境界。

古人何时提出"读万卷书，行万里路"呢？看来至少在宋代就有人明确这样提了。一般认为是宋代刘彝《七经中义》中就提出，但刘彝《七经中义》170卷，早已经佚失，此话在何卷何章谈及，无从考证。另一位宋人陈起《江湖小集》卷九中"不行万里路，莫读杜甫诗"，明显也有这种思想在里面了。在明代这种提法就较为普遍了，董其昌《画禅室随笔》、唐志契《绘事微言》、杨慎《丹铅续录》中都有精彩的分析，清代钱泳更是专门谈起此事。

近代科学意义上的历史地理学、考古学、人类学等学科兴起后，这种思想自然也成为这些学科最基本的专业要求。当然，我认为"读"与"行"的统一是所有人文学者都应遵循的道路。

其实我们的古人就感受到这一点。宋代陈起"不行万里路，莫读杜甫诗"，实际上是说只有"行万里路"才能感受到杜诗思想的深刻，这是做一个优秀诗人所需要的。此言做诗。董其昌《画禅室随笔》卷二："然亦有学得处，读万卷书，行万里路，胸中脱去尘浊，自然丘壑内营立成，鄞鄂随手写出，皆为山水传神矣……不行万里路，不读万卷书，欲作画祖，其可得乎？此在吾曹勉之，无望于庸史矣。"此言绘画。杨慎《丹铅续录》卷四中记载他本人"过其地见盘江与崇安江皆然，因悟古人制字之义"，发现了"牂柯"的异写错误后感叹："然则读万卷书而不行万里路者亦不能识字也，信矣。"此言识字。

当然，古人对此有时也思绪较乱。唐代杜甫《奉赠韦左丞丈二十二韵》说"读书破万卷，下笔如有神"，但宋人陈起称"不行万里路，莫读杜甫诗"，好像与杜甫自己的感受并不一样。看来，杜甫本人在自己的时代是无法感受到自己命运多舛，一生辗转流离，客观上是成就他诗名的一个重要原因。清代郑板桥从自己的人生和学术经历感受发出"读书数万卷，胸中无适主"之叹，则与杜甫的感受完全相反了。可能从这一点上来看，郑板桥比杜甫的感受更多，思考更深刻了。如果唐代的李白、杜甫等人没有多年天南海北地游历和流离，仅是闭关于宫室人际间，可能纵然其读破万卷书，也不能取得如此千古之名。杜甫存留下来的诗歌中三分之一写在三峡辗转寓居的日子，所以我们说三峡造就了半个杜甫。今天来看，唐宋大量文人千古绝唱都是写于辗转游历高山大川之中。所以清代钱泳《履园丛话》卷二三《杂记》中称："'读万卷书，行万里路'，二者不可偏废，然二者亦不能兼。每见老书生矻矻纸堆中数十年，而一出书房门，便不知东西南北者比比皆是。"这里钱泳认为"读万卷书，行万里路"两者不能兼，显然是粗俗之见，但其感受到"行万里路"的重要性，是可取的。

从人类产生以来，地球的生物圈大多受到人类活动的影响，可以说所有人类的物质文化都是基于地理环境本身，而人类的精神文化也无不建立在物质文化的基础上，受着地理环境的影响。所以，所有人文科学都是与我们所处的社会和自然环境紧密相关的，任何人文学者都应投身于社会实践和人化自然之中。不错，现代信息已经十分发达，不仅能在图书馆内放眼世界，连在家里也可以通过网络了解世界，运筹帷幄，达到书生不出户，便知天下事，远非我们的古人能够相比的。但是任何事物都是辩证的，都存在有正反的影响。应该看到，越是在信息发达的今天，走出书斋，超越网络，去寻找第一手材料，越有一般意义上的旷见闻、知世情的意义，越有提高人文科学的科学信度、增强人文科学的社会综合影响力的意义。

在今天的信息时代，科学积累丰厚，现代科学技术手段也是日新月异，不论是历史地理学、考古学，还是人类学，对田野考察的要求也越来越高。

历史地理学是历史学中与现实关系最密切的一门学问，由于受建设地理学的关怀现实功能影响，加上地理学科对计算统计的要求，区位地缘、地形地貌、气候植被、人文景观、人文风物等无不需要人们的实际考察的体验、感受和印证。如历史交通地理的研究如果仅依据历史文献的里程数在地图上按图索骥，直线定位，是十分危险的。即便今天科学技术如此发达，我们对许多高山大川间的公路里程记载都还不够准确，无论如何也不能对古代文献中的里程记载刻板信之。实际上古人的里程记载许多都是一种估算，有时以行走时间记程，有用亭、铺、塘计算里程，地形地貌不同，相差明显。同时，不同时代的实际长度也有较大差异。所以，对于历史交通地理的研究如果没有实地考察山川形势，度长短起伏，显然是不行的。严耕望先生学养深厚，尽全史料功力厚绝，但其《唐代交通图考》由于没有田野考察支撑，往往时有不尽人意之处。古今人地沧桑变迁甚大，但中国历史文献中直接记载生态变化的史料十分零散，少之又少。我研究历史时期生态环境变迁多年了，有时仍然在反问自己古今生态环境真的差异有如此之大吗？不过，田野考察不断地表明，自然环境在人化过程中的变化确实很大。在川西黄茅埂、皇木坪，海拔2000米以上的高山草甸几百年前是一片片高大的冷杉林，后来人为活动影响使它产生巨变，自然景观完全判若两地。这种变化我们在历史文献中难以发现，可能发现了也难以相信，但草甸中的孤树残木、当地口碑传说与历史文献互为印证，典型的沧海之变，就在眼前，令你不可不信。三十多年前，学者在研究历史时多数没有历史生态环境意识。不过，现代人环境意识浓厚，人们潜意识里认为生产力越发达，对自然环境的破坏越明显，生态环境就越来越差，古代的生态环境就肯定比现在好。我们仅从历史文献记载来看，更有可能得出这样的简单结论。其实不然，人地关系并不是如一条直线发展的，在人地互动过程中，生产力的发展对环境的影响是复杂的。实际上田野考察研究表明，至少清代中后期中国的城市四周的森林生态环境远比近二十年我们的大中城市差，这是一个不争的事实。

我们古代有宝物鉴赏之类的金石学，并没有现代科学意义的考古学，今天的考古学从科学意义上讲是从西方来的。现代意义的考古学的实地田野发掘工作为重中之重，所以又称为"田野发掘""田野考古"，讲的话语是"探坑""遗址""文化层"之类。今天，我们历史地理学、人类学所谈的田野工作，可能在考古学来看，是最基本的了。至于人类学，不论是现代人类学，还是历史人类学，都是直接研究现实生活或历史上的人的学问，而且主要是分析区域差异中的人，这就赋予了人类学从开始就与田野调查密不可分的学科特性。

对于大众而言，"行万里路"表面上比"读万卷书"更容易，但对于学者而言，可能"读万卷书"驾轻就熟，得心应手，而"行万里路"就往往有难言之处。特别是在现代人文研究工程化、数量化的今天，花费大量财力、人力、时间做田野考察往往得不偿失，在人文学者群中，仍然有不重视人文田野考察工作的现象。特别要指出的是，我们的人文田野考察中，也还有许多不尽人意之处。主要体现在许多人只关注"大众景观""大众遗址"的考察，往往追求到此一游的效果，考察浮光掠影，流于形式。这种考察只满足研究领域最基本的感受和体验，故在其著作中完全没有直接的考察资料作为支撑，自然难有由此而来的科学的新发现和新观点。

田野考察也应该与时俱进，跟上时代步伐。正是因为科学积累深厚，信息发达，对学者的田野考察要求就更高。现在民间的驴友徒步、自驾旅游、户外探险风尚日炽，一大批本与地理无关的杂志也热捧跟风戴上"地理"帽子，"地理"一词在旅游业的推动下成为"显词"。这一方面为我们研究工作和田野工作营造了一个良好的环境，也为我们提供了更多的生存空间，但也造成了不少的压力，对田野科学考察提出了更高的要求。显然，在这样的背景之下，我们走前人没走过的路，发前人所未发，就显得尤为重要。记得清代钱泳《履园丛话》卷二三《杂记》中称："语有云'读万卷书，行万里路'，二者不可偏废，然二者亦不能兼。……然绍兴老幕，白发长随，走遍十八省，而问其山川之形势，道里之远近，风俗之厚薄，物产之生植，而茫然如梦者，亦比比皆是也。"在我看来，这里钱泳与其是对"行万里路"而"不读万卷书"的批评，倒不如说是对当时一些一般意义的宦游、私游不深入的批评。这里要强调的是，近代西方学者、日本学者在外的田野调查的敬业吃苦精神很值得我们学习。今天，我们仍然可从身边的国外人文学者身上感受到他们对田野调查的认真态度和吃苦精神。

其实对于人文学者而言，田野考察远非学科专业的需要，而是一个人文学者感受现实、关怀现实的一种途径。感受岁月沧桑，感受天人之际，寻求通古变今的秘诀，这可能是许多学者的研究动力所在。

同时，我认为走向自然、走向田野，对于一个学者而言，更是陶冶情操，净化心灵的一种途径。现实社会红尘滚滚，利欲熏天，人世间苦斗长征往往会使学者身心疲惫，有时不论你是性情中人，还是清心寡欲与世无争的人，躲也躲不了。不过，每当我们面对古人的斑斑遗址，发着思古之幽情，感叹古今沟通梗阻而沉迷于千古之谜时，这一切疲惫都会远离自己；同样，每当我们登临高山绝顶，鸟瞰群山如丸、长河落日，感受到自然博大、天地无边、人生苦短时，更会使潜伏在心中的俗念庸思灰飞烟散，将周边人际间的尔虞我诈、勾心斗角的烦恼忘得干干净净，使脆弱心灵得到安慰。当然，每当我们身处荒野孤寂，面对崎岖羊肠，感受古人的窘迫、苦难与今人宽松、富足时，我们也会荣辱不惊、知足常乐而心境一片阳光。

不过，我们的学术界还没有一个专门为人文学者展示田野考察过程的学术刊物，这不能不说是一个遗憾！长期以来，不论是我们的前辈，还是今天几大领域的同行，已经做了大量田野考察工作，但是这些考察过程的记录往往缺失被人忘记。但我们知道，对于科学研究而言，科学发现的过程有时远远比发现结果本身更重要。所以，将几大领域学者田野考察的过程展现给同行和读者，是很有意义的。同时还应该看到，现代的学术文章往往都是一副副死面孔，清一色的文字，还限定在一万字以内，注释到了机械化的程度，许多时候往往形式决定内容，这是我们学术刊物的顽疾，更是学术研究的悲哀。所以，用一种图文并茂的形式，以通俗的语言将科学发现中的田野考察过程展示给大家是当务之急。通俗的话语、写实的照片、严肃的学术思考融合在一起，这是时代所需要的，也是我们人文学者们多年来的愿望。我们充满期待！

清代初年魏禧（叔子）曾谈到学者的一生要读书二十年，著书二十年，出游二十年才能不致于愧对"读万卷书，行万里路"。在我看来，一个人从

小学读到博士，正常也需要二十二年之久，加上著书时还边读边著，读二十年书看来不成问题。三十而立开始著书，著书到七十岁，著书二十年也不成问题。但可能出游二十年，即做田野工作的时间累计到二十年，就困难了。我们还需努力！《中国人文田野》将载着这种期待，助你我努力再努力。

封闭下的挑战与拓进

——《西南史地》（第一辑）发刊词

中国西南古为九州中梁州之域，地形地貌复杂，气候类型齐备，生物资源丰富。所以古人认为梁州分野觜参二宿，又属东井、舆鬼，五行八卦属坤位，反映了先人对西南文化神秘而多彩的认同。历史上这样的环境养育出一个个独特的民族，滋生出一批批多彩的文化，演绎出一段段沧桑的历史。显然，研究这些民族共生的环境，分析这些文化产生的土壤，探索这些历程的空间背景，是一件十分有价值的工作。

言其有价值，是因为西南地区特殊的历史进程值得研究。其实从新石器时代到青铜时代，西南地区有的文化类型并不比中原落后。宋代以前，长江上游成都平原地区的社会经济文化地位处在全国前列。但宋以后西南地区落后了，这里曾有汉民族地区最落后的地区——长江三峡地区，也有相对落后的边疆少数民族地区。不过，中国西南这块土地总体上气候湿润，植被丰茂，水资源和矿产资源丰富，生物资源

富足，本不应该这样落后的。所以历代人们总是对西南有无数美好的期望，难怪四川被称为"天府之国"，云南被人们赋予了"绿色王国"称号，而明人刘伯温也发出贵州五百年后胜江南的臆想。这其中的缘由是值得我们从历史时期的人地关系变迁角度去讨论的。

言其有价值，是因为西南的梗阻落后客观上为我们留下更多的文化样本来研究。四川盆地四面高山相隔，云贵高原更是险阻而闭塞。但历史上在中原主流文化的挤压下，大量移民移居西南，西南地区不仅保留了自己中古时期的文化，也保留了许多中原地区中古时期的文化，而区域内环境的多样性又使文化的多样性得以强化。自然的多样性是人类文化创造的基础，文化的多样性是人类创造的源泉。研究这种建立在环境多样性基础上的文化多样性，是历史文化遗产保护的需要，更是我们今天开发大西南、建设大西南的需要。

同时，由于研究区域的落后性和研究客体的复杂性，西南历史地理研究成为一件较为困难的工作。

言其较困难，首先在于研究区域的落后性。历史上西南地区在很长的时期内社会经济文化都十分落后，被中原文人视为蛮荒瘴疬之地，受到的关注相对较少，前人留下的信息载体十分有限，许多问题的研究多有无米之炊之感，特别是做唐宋以前的西南历史地理研究更是有前不见古人步伐而后不闻来者足音之痛。也正是由于落后，前人留给我们的研究基础相对于其他地区可能较为薄弱，也就增加了今天我们研究的困难。

言其较困难，更在于研究区域内的复杂性。云贵地区民族众多，语言复杂，风俗千样；川渝地区历代移民不断，特别是湖广填四川以后，川渝地区更成为移民文化的熔炉。文化元素众多，环境因素复杂，许多在中原看来成章顺理的问题在西南就显得相当紊乱无序。中原和四川平原地区的城镇功能辐射可以用施坚雅的平面六边形市场圈来推测，但西南地区大量的丘陵、山地、平坝相间，分布无序，简单施氏推测的信度就十分低。在中原地区，六十里一驿的驿制使我们可以简单地按图索骥标注，但西南地区得充分考虑山川走向和坡度系数，没有田野考察往往是难以定位的。就是做田野考察，大西南的高山险阻、急流江河，也使我们的考察困难重重，效率较低，充满风险。

20世纪以来，已经有许多学者关注西南地区的历史地理，区域内的蒙文通、邓少琴、方国瑜、尤中、朱惠荣、刘琳、胡昭曦、林超民、史继忠、于希贤、董其祥等已经做了许多工作，区域外的一些学者也多有论及，而我辈诸同人也在不断努力研究。但是，目前还没有固定的研究西南地区历史地理的阵地、平台。地近易核，许多区县的文史学者、爱好者对本区县内的历史地理应该很有话语权，但也苦于没有一个公开交流的平台。近些年来许多硕士、博士论文都以西南地区为研究的空间背景，但往往因为身份和条件的限制难以发表。同时，硕博论文往往篇幅太大，也不易被一般刊物接受。所以，这三种力量都期望有一个共同的平台。这样，《西南史地》学术辑刊就应运而生了。

《西南史地》拟向以下四个方向努力：

一、坚持学术水平这个标准，既鼓励严谨的基础考证研究，也提倡与现实关系密切的应用研究。其实，学术水平应该是多种标准的，我从来就鼓励泡在书斋里利用文献做基础考证研究，这是我们的看家本领，也是对一位合格史地学者的最基本的要求。但是我更提倡建立在扎实基础研究之上的应用研究，因为这种研究使我们的基础研究更直接接受现实的检验，促使我们提高基础研究的科学信度，也反过来体现了我们学科的现实价值。在某种程度上讲，这种研究越广泛接受检验，研究就越有学术难度。

二、坚决反对学术刊物普遍存在的形式决定内容的新八股风气，坚持宜长则长、宜短则短的方针，不对文章长度作限制。《西南史地》最长可以发表十多万字的文章，也可发表一两千字的小考论文。坚持百家争鸣，倡导严谨而宽松的学术氛围，鼓励发表不够成熟但有创新性的论文。因为我们相信，在学术发展史上，一篇虽不成熟却创新的论文，其价值往往大于一篇成熟但少有创见的论文。

三、坚持学术论文首先要有坚实的传世文献基础，更鼓励有大量田野考察材料做支撑和印证的研究。从学术层面上来看，传世文献的历史价值功不可没，特别是传世文献中的正史是我们研究历史的基础材料。但中国传统正史的记载内容有十分大的缺陷，有关下层民生、自然环境的记载十分少。同时，在中国古代传统政治背景下，官修史书也非完全信史。发掘非传世文献，如口述、民间文书、碑刻、景观资料，是我们研究历史地理的重要途径，是对传统正史的一个重要补充。这在传世文献相对缺乏的西南地区尤为重要。当然这一切都要通过田野工作来完成。不过，田野考察的目的不仅只在资料的收集功能，更在文献印证、现实关怀等功用。

四、逐步推进学术论文通俗化、图文化的发展步伐，回到历史上的"图经时代"，增加学术研究的直观性，强化学术研究的感染力。在中国文献发展史上曾有一个"图经时代"，那时，文字"经"是为说明"图"的。宋明以来，"图经时代"远离我们，我们的学术论著远离了直观的图，也远离了大众。学术论文成为千篇一律的文字、符号，甚至有人见图就视为通俗之物。其实，科学意义上的地图、照片的价值，不论从科学价值还是信息总量上看，都是一般文字不能相比的。所以，我们的辑刊在以后的工作中有责任推进学术论著的图文化工作步伐。

要践行这四个方向，我们深知路漫漫其修远兮。为了西南历史地理研究的进一步深入，为了更好地建设大西南这块热土，我们期待着国内外学者的共同努力。

搜罗古代重庆历史的载体

——《稀见重庆地方文献汇点》序

　　《稀见重庆地方文献汇点》是2006年重庆市委宣传部委托的重庆市哲学社会科学规划重大项目《历史文献中的重庆》的最终成果之一。早在2010年我们就已经完成初步的点校工作，但因人事变动、出版经费等问题，今天才得以出版面世。

　　大凡研究重庆历史的人都深知，研究重庆古代历史的史料尤为难征，所

以民国时就有人感叹："昔巴寡妇清擅丹穴炎利，富至不訾，而成都罗褒善贾，往来巴蜀，致资千余万，马、班特传于货殖，尚已。自是而后，记述缺如，岂唯年代远难征，即清代二百余年，亦都不可考。"应该承认，历史时期重庆地区的社会经济文化在传统时代发展较晚，文献资料十分有限，所以早在《华阳国志》中就称"巴有将，蜀有相"，意指重庆地方文化中主流文化的式弱，故以前我常称重庆古代文化的"儒化"不够。虽然早在《华阳国志》中就有巴志，《水经注》中也多有重庆地域的内容，但如果客观认知重庆文化发展的历史，不得不说在传统时代，重庆文化不仅远不如中原地区，也与西部的蜀文化有较大的差距。所以，《重庆通史》的详近略古与《四川通史》的详古略近，正好是与其历史发展的轨迹完全吻合的。从某种程度上讲，我们今天编《巴渝文库》与四川编《巴蜀全书》在学术意义上也是不一样的。

正是因为这一点，我感觉我们更需要对重庆古代地方文献做一些整理和研究，以期推动重庆历史的研究。所以，当2006年重庆市委宣传部委托《历史文献中的重庆》项目时，我们欣然答允。

最初，项目只要求我们从《四库全书》中将重庆地方史料辑出整理即可，后来我们发现，真正对重庆古代历史有参考价值的，可能还有明清时期的地方文献，所以，我们将项目分成两大部分，一部分是"《四库全书》中的重庆史料"，一部分为"稀见重庆地方文献整理"，即这次首先出版的《稀见重庆地方文献汇点》。

地方文献中最重要的就是各地的地方志。明清民国时期编修并流传下来的以重庆主城为核心的地方志共有八部，即明成化《重庆府志》（残本）、万历《重庆府志》（残本）、清道光《重庆府志》、乾隆《巴县志》、同治《巴县志》、光绪《巴县乡土志》、民国《重庆乡土志》《巴县志》。但是，长期以来明代的两部方志由于流传少而少有人阅读征引，对其的研究更是缺失。目前，成化《重庆府志》只藏于国家图书馆特藏部，而万历《重庆府志》只藏于上海图书馆善本部（四川省图书馆原有万历志的胶卷，2000年我们查阅后，后来再去查阅发现已经佚失）。在我们抄录这两部方志之前，整个四川、重庆地区所有图书馆和科研单位连复印本都没有。重庆地区的社会经济文化发展较晚，清代以前的历史文献资料十分稀少，所以，明代重庆地区的方志文献的价值就十分大了。

重庆历史上可知的最早的地方志当为汉代的《巴郡图经》，三国时也有《三巴记》流传。据张国淦《中国古方志考》（中华书局，1962年）考证，唐宋元时期曾编有《渝州图经》《渝州旧图经》《祥符渝州图经》《渝州志》《重庆图经》《重庆郡志》。据明代前期杨士奇在宣德四年（1429）编的《文渊阁书目》卷四记载，明代初年曾存有《重庆郡志》一册本、《重庆郡志》七册本、《重庆府图志》二册本，可能刊刻不多，流传不广，不仅至今作者不明，以致万历修《重庆府志》时，序言也只从成化江朝宗志书谈起。

成化年间巴县人江朝宗所撰《重庆府志》现只存有残卷。从残卷来看，该志是以州县为纲目修纂的，现仅存五卷，即长寿县卷、南川县卷、綦江县卷、江津县卷、永川县卷。成化《重庆府志》以每州县为纲，下系建置沿革、疆界、地名、形胜、风俗、山川、城堡、土产、户口、赋税、寺观、祠庙、公署、学校、楼阁、乡里（里镇）、邮传、坛埠、桥梁、冢墓、井泉、古迹、名宦、人物、科目、题咏、记述24个事目叙述。成化《重庆郡志》现仅存于北京国家图书馆，使用和研究都很少，很有整理出版的必要。

万历年间张文耀、周嘉谟主修，邹廷彦主纂的万历《重庆府志》是按传统方志的以事目为纲，下系州县。其具体目录为：卷1图考、目录，卷2沿革，卷3星野、疆域、形胜、风俗，卷4至卷7山川，卷8城郭、关梁，卷9公署、行署、属署，卷10学校，卷11祀典，卷12礼制、惠政，卷13赋役、户口、税粮，卷14赋役、起运存留，卷15赋税、驿递课银，卷16至卷17赋税、银力二差，卷18赋税、民灶夫马，卷19赋税、公应，卷20邮政、水利、物产、兵防，卷21宫室、坊表，卷22古迹、兵墓，卷23寺观、台司表，卷24至卷28官表，卷29至卷32选举，卷33封荫，卷34至卷42官绩，卷43流寓，卷44至卷48往哲，卷49隐德，卷50孝友，卷51忠烈，卷52烈女，卷53仙释，卷54

至卷62事纪，卷63至卷64外纪，卷65华阳国志巴志附，卷66至卷86艺文。万历《重庆府志》今收藏在上海图书馆善本部，为明万历三十四年（1606）刻本。全志一共86卷，但现仅存64卷，缺失的正好是舆地和经济方面的重要内容，相当遗憾!

从经济史的角度来看，虽然《大明一统志》《寰宇通志》中有物产纲目，其他有关经济方面的内容较少，明代几部四川省志中有关土产的记载也较简略，而《四川总志》经略志显得庞杂，重庆经略方面的并不突出，所以成化《重庆府志》和万历《重庆府志》的赋役、水利、户口等项显得十分重要，只是遗憾的是成化《重庆府志》仅存永川、江津、綦江、长寿、大足五县五卷，而万历《重庆府志》有关赋税、水利、物产部分早就佚失。从区域地理角度来看，两志关于明代重庆各县的乡里数目和名称记载尤为珍贵。《大明一统志》《寰宇通志》和明代的几部四川志均无有关县域乃至县以下乡里坊的具体记载，而明末战乱以后，明代地方文献多缺失，清代地方文献对明代乡里坊的记载往往多有缺失，使我们复原明代县以下行政区划十分困难。因此，成化《重庆府志》中的"乡里"事目和万历《重庆府志》中的疆域乃至乡里名称和分属的记载，对于我们复原明代县级以下行政区划就十分重要。同样，明代有关重庆的地图十分稀见，万历《重庆府志》前有关于重庆府各县的二十幅地图也是重要的资料，也可为我们复原重庆地区地理提供资料。万历《重庆府志》保存下来的内容中，《事纪》和《外纪》占十卷之多，为重庆地区历史的综合研究提供了大量第一手材料。如八卷《事纪》中关于南宋末年蒙古攻略重庆、合州等城资料、明代重庆地区灾异、战争的资料都十分详明珍贵，有的资料是其他文献所没有的。再如两卷《外纪》中辑录了大量历史文献中关于重庆府地区的文献资料，堪称一个历史文献中重庆史料汇编的简本，可为我们研究巴渝地区历史提供资料线索。[1]

成化《重庆府志》和万历《重庆府志》很早就引起我们重视，早在2000

---

[1]　蓝勇：《成化"重庆府志"和万历"重庆府志"考》，《中国地方史》2010年第2期。

年我就已经到当时的北京图书馆和四川省图书馆查阅了胶卷，并在《长江三峡历史地理》一书中进行了引用参考。2006年项目立项后，我们决定进行整理，但当时北京国家图书馆、上海图书馆均不准我们进行复制，故我们的学生只有在国家图书馆和上海图书馆完全靠笔进行誊抄，最后是将两书誊抄，并在图书馆进行了核对才拿回重庆的。近来，上海图书馆将万历《重庆府志》影印出版后，我们才用影印本进行了比对，但现在成化《重庆府志》仍然完全依靠誊抄本点校。

古代重庆主城以外的地方文献在历史上著录也较多，如宋代就有《夔州府志》《古涪志》《忠州图经》《南平军图经》《大宁监图经》《夔州路图经》《南平志》《开汉志》《南浦志》《合州图经》《涪州志》《涪陵志》《夔州志》《万州新志》《大宁志》等，但都佚失了。[①]而明代重庆地区的地方志见于著录的也较多，有的学者统计有二十多部，[②]仅主城明代初年就曾存有《重庆郡志》一册本、《重庆郡志》七册本、《重庆府图志》二册本，但是目前保存下来的重庆地区的完整的明代地方文献只有万历《三峡通志》、正德《夔州府志》、嘉靖《云阳县志》和万历《合州志》。

其中，万历《三峡通志》不见于明清以来的目录著录，是20世纪50年代从废纸中找回的，现收藏于上海图书馆。此志为明万历年间归州知州吴守忠经过实地考察，参考明代楚蜀地方志编辑而成。由于是自己出资刊印，故流传甚少也少见于著录。此志不仅是我国少见的以地理单元为空间的地方志书，而且开创了以名实考证、自然单元系诗文、附录分类陈述的体例，很有新意。从史料价值来看，附录中的岩洞搜奇、崩洪纪异、峡志杂录、守江集议、峡俗丛谈等内容往往是当时地方文献不记载的内容，价值较高。此书早在2003年我们出版的《长江三峡历史地理》《千古三峡》两书中就有引用参考和提及，我们较早利用此书进行研究，故2006年我们首先选择进行了点校

---

① 蓝勇：《西南历史文化地理》，重庆：西南师范大学出版社，2001年，第153页。
② 高远、聂树平：《有明一代渝地方志撰修源流疏论》，《重庆交通大学学报》2012年第3期。

工作。①

正德《夔州府志》由夔州知府吴潜主修，通判傅汝舟主纂，是保留下来不多的巴蜀地区的明代府志之一，以前仅存宁波"天一阁丛书"之中。作为重庆地区唯一完整保存下来的明代府志，也是重庆地区保留下来最早的地方志，其史料价值可以想见。正德《夔州府志》共分12卷，23细目，11万字。其卷1为沿革、郡县名、形胜、风俗；卷2为城郭、街坊、邮驿、关梁；卷3为山川、土产；卷4为户口、田地、赋税；卷5为祀典、惠政；卷6为公署、学校、书院；卷7为宫室、陵墓、古迹；卷8为名宦、职官题名、流寓；卷9为人物、科贡、荐举、孝节、义勇；卷10为武备、职官题名；卷11为诗；卷12为文制。其中有关城郭、街坊、邮驿、户口、田地，赋税等内容少见于其他文献，所附的地图也是重庆历史上方志中最早的方志地图，史料价值尤高。

清代随着社会经济文化的发展，重庆地区的地方文献越来越丰富，在如此多的地方文献中我们选取了严如熤的《三省边防备览》和道光《重庆府志》的主要考量，是两部地方文献中，一部覆盖了今天重庆主城地区周围的范围，一部包括整个重庆三峡地区的范围，而且版本相对稀见，史料丰富且价值较高。

清嘉庆年间严如熤的《三省边防备览》是作者"官山南二十余年，尝从事川楚边地于身所经历，僚友士民所博访"而成的地方文献，主要有道光二年（1822）的来鹿堂本18卷本、道咸年间（1821—1861）14卷本和光绪八年（1882）的三角书屋本。所谓"三省"主要是指今天的重庆三峡地区，四川达州、巴中、广元，湖北鄂西地区，陕南汉中、安康等地大巴山山区。应该看到《三省边防备览》的价值远远高于同时代同地区的地方志，如有关道路、水道、险要等的记载远比地方志详明而实用，而民食、山货更是地方志没有或失之过简的内容，如关于梯田、冬水田、山货、木厂、盐厂、移民风

---

① 蓝勇：《长江三峡历史地理》，成都：四川人民出版社，2003年；蓝勇：《千古三峡》，福州：福建人民出版社，2003年。

情、伐木找箱等记载，对于研究经济史、交通史、环境史、移民史价值很大。[①]后来，蒋介石在围剿川陕红军时，曾将《三省边防备览》刊印发放给蒋军下级军官在围剿中使用，可见此书的实用价值也很高。

道光《重庆府志》为道光年间重庆府知府王梦庚主修，荣昌县教谕寇宗主纂，刊刻于道光二十三年（1843），分成9卷53目，即舆地志11目，祠祀志1目，食货志10目，职官志2目，学校志2目，武备志5目，选举志5目，人物志11目，艺文志6目，是明清时期重庆地区保留下来卷帙最为浩繁的地方志。该志编修时间长达十多年之久，积聚人力甚多，故志书不论从体例、史料、考证方面都较为佳善。如舆地志中关于救生红船的记载，山川志中关于关隘、城镇、津梁的记载，食货志中关于榷政、盐法、茶法的记载，武备志中关于团练的资料都尤为珍贵，是我们全面了解清代中叶重庆地区社会经济文化军事的重要文献。

近代开埠通商以后，地区的社会经济文化地位大大提升，地方文献更为丰富，特别是海外对长江上游进行的调查研究越来越多，反映地方的文献更是汗牛充栋。但作为一个阶段性的地方文献汇编显然不可能承担如此重要的职责，所以，我主持的《历史文献中的重庆》对近代文献没有涉及。

要指出的是，虽然本项目从2006年就开始立项研究，但这些年来众多项目同步进行，点校的老师受其他干扰也较大，而点校者中的学生多已经毕业，人员变动频繁，出版经费也一时无从筹措，故虽然早在2010年就完成了基础点校，但一直没有机会正式出版。这次校正，同样面临时间紧的压力。特别是成化《重庆府志》和万历《重庆府志》最初完全是依靠学生誊抄本点校的，虽然万历《重庆府志》后来用影印本进行了比对，但限于水平等原因，其中点校错误难免。

本项目的完成是西南大学历史地理研究所师生共同努力的结果，出版过程中又得到重庆大学出版社的支持，在此表示感谢！

---

① 蓝勇：《严如熤及经世文献的价值》，《清史研究》1996年第3期。

外国人笔下的巴蜀大地

——山川早水《巴蜀旧影》中译本再版序

　　清末随着开埠通商，一大批西方人进入深处内陆的四川考察，从西方人的角度开始观察深处内陆的巴蜀社会，留下了大量游记，目前已经翻译出来的有英国人丁格尔《丁格尔步行中国游记》、立德乐《扁舟过三峡》、莫里森《中国风情》、阿绮波德·立德《穿蓝色长袍的国度》、柏格理等《在未知的中国》、布莱基斯顿《江行五月》、吉尔《金沙江》、汤姆逊《中国与中国人影像》，法国人多隆《彝藏禁区行》，美国人盖洛《扬子江上的美国人》等，

没有翻译过来的关于四川的游记还有许多。但是由于文化背景的差异，西方人对中国内陆的了解，往往并不深入和全面。

　　日本文化与中国文化渊源深厚，在地理位置上又得天独厚，往来中国较为方便，故清末以来，日本对中国内陆的了解欲望一直很强，早在元代雪村

"任何时候，他者的
眼光都是重要的！"

就到四川进行过考察，并留有记载。

但近代日本囿于明治维新前的闭关政策，对中国的考察落后于西方国家，只是在明治维新以后日本经略中国战略的影响下，才开始像西方人一样进行考察。清代最早在四川考察的日本人是竹添进一郎，他在明治九年（1876）对四川进行了一个多月的考察，写下了《栈云峡雨日记》，对清后期四川的民风民情做了较多记载。随后，明治二十五年（1892）安东不二郎的《中国漫游实记》对四川也有记载。以上的游记相对于后来的《巴蜀旧影》一书来看，考察时间较为仓促，多流于表面。总体来看当时日本人对中国，特别是对内陆地区的了解并不如西方人。不过，在明治三十八年（1905）到明治三十九年（1906），日本人山川早水在中国四川进行了一次长达一年零四个月的旅行，撰写了二十多万字并配有一百五十多幅照片的四川游记——《巴蜀旧影》，在明治四十二年（1909）由日本东京成文馆出版，将日本人对四川的了解引入高潮。现在看来，这部《巴蜀旧影》不仅是清末国外最详细的四川游记，当时在国内也是最详细的一部。遗憾的是《巴蜀旧影》一书原版在国内典藏甚少，十五年前不见流传，国内学者知之甚少，不见引用，更谈不上对它的研究。

《巴蜀旧影》作者山川早水为清末四川高等学堂日文教师。《巴蜀旧影》一书为作者在明治三十八年三月至明治三十九年七月在四川境内的考察日记。他从宜昌开始，历经三峡归州、巴东入四川的巫山、夔州、云阳、万县、梁山、大竹、顺庆、蓬溪到成都，再经眉州、嘉定府、峨眉到峨眉山，再从眉州、青神、双流到成都，再从眉州、嘉定府、犍为到叙州府，经南溪、江安、纳溪、泸州、合江、江津到重庆，最后经长寿、涪州、丰都、忠州、万州、云阳、奉节、巫山入湖北巴东、归州到宜昌。对沿途的民生状态、风情风物、历史古迹、政治制度作了十分详细的记载。另外结合当时中外游人的游记，对成都到打箭炉行程和成都经新都、德阳、罗江、绵阳、梓潼、剑州、昭化到广元的行程，及郫县、新繁、灌县、彭县、新都、自流井都做了记载。

现在看来，这部二十多万字的著述对于今天我们研究一百多年前四川社会风情有十分重要的史料价值，这主要体现在三个方面。

一、内容丰富翔实，重点突出。

清代关于长江上游地区的游记并不少，仅《小方壶斋舆地丛钞》收录的关于四川的游记就有《蜀道驿程记》《夔行纪程》《游蜀日记》（吴焘）、《康游日记》《雅州道中小记》《蜀游日记》《游蜀日记》（黄勤业）、《使蜀日记》等。这些游记从总体上来看，文字相对较少，最长的也仅万字，记载相对简略。同时，对沿途的风物和古迹的记载一般较翔实，但对当时的社会经济民生状态少有涉及。清末民初记载四川社会风情的书也十分多，如《成都通览》《丁治棠纪行四种》《芙蓉忆旧录》《蜀游闻见录》《重庆城》《自流井》《蜀海丛谈》《边州闻见录》等，大多由国内文人所撰，虽然各书体例取舍用材不尽相同，但其观察的角度和所受的限制多有相似，即多有隐讳之处。

现在看来，这本二十多万字加上一百五十多幅照片的《巴蜀旧影》一书，是目前留传至今关于清代四川最宏大的游记，也是我国民国以前几千年来部头最大的一部关于四川的游记。

其内容的翔实主要体现在：

（1）内容全面，考察深入

《巴蜀旧影》一书虽然是游记，但并不是一本简单的流水账，不像清代一般的国内游记多以记载沿途古迹名胜为主，而是在记载沿途的地理地势、风土人情、经济和物产状况、名胜古迹、社会交往等方方面面的基础上，突出对经济贸易、名胜古迹、社会交往的记载。

作者对中国历史文化十分熟悉，故游记对沿途历史名胜不仅多有记载和感怀，还有一些考证和研究。如在宜昌对荆门、虎牙历史的描述，博采古史，古今融通。作者对南宋范成大的《吴船录》和陆游的《入蜀记》十分熟悉，旅行中经常将七百多年前范成大和陆游记载的风物与当时的进行比较。如将陆游记载的黄陵庙卖茶妇人与清代的妇女进行对比，发现妇人肤色并不像陆游记载的那样白，也不见缠有青斑布头巾。有时还对一些史迹进行考证，如在归州对秭归得名及与楚文化和屈原的关系的考证，也是有一定见解的。

关于巫山十二峰，今天普遍认为是六峰在江南，六峰在江北。以前我曾据实地考察和一些文献记载指明宋代以来的十二峰均在江北，只是清末才因编《巫山县乡土志》搞乱了。《巴蜀旧影》一书在记载十二峰时也描述了十二峰"皆排列于北岸"，印证了我的考证，反过来说明了《巴蜀旧影》一书作者考察的深入。

对于瞿塘峡的栈道，以往许多学者认为由夔州府知府汪鉴在清光绪十四年（1888）开凿，但据嘉庆《四川通志》卷一一〇《职官》记载，最早应为四川参政吴彦华在明成化年间（1465—1487）修建，其间的修补情况并不清楚。据何竹君《白帝城》一书记载同治（1862—1874）至光绪（1875—1908）间多有补修，但不见同治以前的修补记载，而《巴蜀旧影》一书专门谈到在道光三年（1823）由湖北官员李木忠补修这条栈道之事，故对于我们研究这段历史提供了珍贵的史料。

《巴蜀旧影》关于经济方面的记载较多，且十分深入。如关于奉节臭盐碛生产状况，前人记载不详，游记较详细记载了开采的情况。其他如记载梁平佛耳岩开采煤窑、梁山县民间造纸、顺庆府土壤肥沃而橘柚众多、峨眉县白蜡生产过程都较为详细。同时，对当时四川民间物价亦留下了许多真实的材料，如租船价、租房价、雇工价，各种食品价（如鱼价、小吃价、米价等）、白蜡价，可与官方统计的物价材料互为印证。

书中还记载了许多近代交通与通信对四川的影响情况。如记载当时夔州府与万县已经有电话相通，峨眉县邮局的设立状况和光绪三十二年（1906）打箭炉与成都通电话的情况。书中对川汉铁路做了许多记载，如川汉铁路的重要性，认为："重庆之地，只要三峡不改造，只要川汉铁路不开通，我相信，日本商人乃至外国商人之事业进步甚难。"其对于川汉铁路的集资状况也有记载，甚至记载了石宝寨附近两艘运川汉铁路铁轨烂船的细节。

作者也十分留心观察自然状况，如锦江往时澄澈适合洗锦，金沙江和岷江泾渭分明、叙州府近山产豹而店中多挂金斑皮等。

（2）旁征博引，存留他人资料

游记不时录入相关的名胜诗词，如在奉节处录入晋到明代的诗三十多首，在成都处录入唐宋元明诗四十多首，在蜀道处录入唐至清诗四十多首。录入当时四川彭县高小日本教习秩父固太郎关于新都、新繁、灌县、郫县、彭县的记载；又如"参考群书，再加有二三本邦人之实地考察"写出了成都至广元的行程记载。在峨眉山处录入元代日本人雪村《峨眉集》中关于巴蜀风情的记载近万字。书中还转载了秩父固太郎对自流井行程的记载。秩父固太郎清末在四川彭县任教，可能对巴蜀风情也有记载，只是没有留下著述，山川早水将其考察巴蜀的行程记录下来，为我们了解自流井地区提供了更多的史料。

（3）重点突出，资料丰富

《巴蜀旧影》在重点地方深入考察记载，甚至加以考证研究。如在成都、重庆、峨眉山游历后的记载，已经不像是一个游记，而成为对成都、重庆、峨眉山的综合研究了。关于成都的记载有五万字之多，包括成都城墙、市街情况，外国商品行情、外国人状况、外国人工厂和学校，蜀人的气质，成都的报刊、书籍、碑帖、古董、古迹，顺记川汉铁路和征巴塘情况，特别对日本人在成都的情况做了较全面的记载，许多内容都是清末《成都通览》一书所没有或记载不详的，如1902年成都开始有了人力车（自行车），成都城市清洁居于全国前列，清末成都英法德美等国侨居人数统计。还特别记载了在成都的日本人的职业分布，连关于其服饰、居室、食物、交际习俗、疾病、通信条件的记载都十分详细。

关于峨眉山的记载有两万多字，旁采古诗旧文，与考察融会贯通，自成一体。

关于重庆的记载有近万字，对重庆外国人的生存状况做了较多的记载，特别是对日本商人在重庆的情况做了较多的记载，还重点对美国人和法国人在重庆开办的医院做了介绍。

二、记载反映了现实社会下层生活状态，弥补了国内游记的不足。

清末国内文人对下层社会风情十分熟悉，反而见惯不惊而疏于记载。山川早水作为日本人，著作又是在日本出版，他的观察角度往往是我们所不具有的，故能对社会下层的民生状况做一些记载而无所避讳，这就成为我们今天了解当时社会下层风情的重要史料。

游记对当时长江上游的旅店情况做了详细的记载，这是国内同类著述中十分缺乏的。如对宜昌兴隆旅店的记载，细及店内窗户、油灯、饮食、宿费。同时对万县分水岭客栈、嘉定府文昌旅店、夹江县太和旅店的记载都十分详细。

游记对坟墓和棺木的有关记载，如生前置棺无忌嫌的传统和"游在苏州，死在甘肃"的民谚，都是十分准确的。

作者记载了自己多次租船的经历，留下了当时民间租船租金的记录，弥补了同类记载的不足。在行船过程中作者将当时船夫的生活细节详细记录下来，如怎样用江中水煮饭不会有沙，还有嘉定府卖货舟、夔州府租妓船等。关于清代长江上游救生红船的资料十分分散，《巴蜀旧影》书中对红船的记载，特别是对红船可随时由商人租用并兼有保安功用的记载，对于今天研究救生红船的历史十分有用。

作者在途中有许多会友交往，如与宜昌小学校长范德明、与夔州府州府方旭的交往等对我们了解当时中上层官员的应酬礼俗亦很有意义。

游记中还首次披露了沿江民房小饭店面向过往船夫开设妓院，以满足船夫长期在外性生活方面需求之情况，总结出"在峡江沿岸不仅只是黄陵庙，据说一聚人家，其中若干必为私窝"。这是国内外唯一关于清代三峡沿江暗娟船工关系的记载。

关于长江三峡的纤夫拉纤，国内的《夔行纪程》《川船记》《游蜀后记》均有较详细的记载，而国外立德乐《扁舟过三峡》、莫理森《中国风情》等书也有记载。但山川早水的记载更为生动具体，如记载："陆地上有五六十人近乎是爬行着拉纤。船上有一个像老板模样的人，在他嘶哑的厉声命令下，所有水手全部排成一排划桨……纤夫也会一个压倒一个地摔倒，摔个鼻青脸肿……"

书中对于清末社会残破、经济凋敝而乞丐遍野的状况也多有记载，如记载大竹县"饥饿的人横于途中，有死亡者，有将要死亡者，有伸手向行人乞讨者，如此场面约有三四起"，眉州城内"女丐尸体横于路旁，口鼻生蛆，秽臭袭人"。

中国古代自来有旌表前贤的传统，从《华阳国志》的记载来看，早在汉晋时期，四川就特别盛行。对于清代流行于四川民间的《德政碑》，早在竹添进一郎《栈云峡雨日记》中就有述及，且其信之不疑。但《巴蜀旧影》云："听说此种碑实际上是前任为了统治人民而自己建造的，不知是否果真如此。"这种记载，无疑对于我们真正了解清末社会是有帮助的。

清代末年，重庆、万县等地先后开为商埠，外国商人可以开商店，但清末成都并没有开埠，外国商人的商店也十分多，其秘密何在呢？《巴蜀旧影》记载："成都乃非开港地，外商不得公开营业。前记之诸店，皆借中国人之名义。"这种现象与今天的一些经济现象又何等相似！《巴蜀》一书中还记载了成都青羊宫附近小饭店男女分棚饮食的习俗，这风俗可能在当时并不异常，国内并不见记载。

山川早水到四川的1904年，正是中国辛亥革命的前夕，山川早水记载："革命思想虽然不能说完全没有，但是尚未听到有作为首倡天下者。广东、湖南等地方无论怎样骚动，似乎尚未特别引起蜀人之波动，蜀之富饶使他们满足于他们现有的生活。蜀人的智慧告诉他们，提倡达不到目的之革命，或者附和之，皆不为当务之急。哥老会在日本人当中是作为小说之事来传播的，可是在本国却不怎么传播，官民皆置之不理，其信徒虽然在四川也是散居成都以及各个地方，但都是一些乌合之众。至于有什么野心，在思想界中亦无所谓轻重可言。"这则史料对于我们分析当时社会对革命的态度自然是十分有用的。

三、大量清代末年的长江上游社会风情照片，成为我们研究和了解当时社会景观不可多得的第一手材料。

摄影技术在清末传入中国后，多在上层社会作人像摄影用，将摄影镜头对准当时自然风光和社会风情的很少，而外国人则于此最有技术条件。《巴蜀旧影》中一百五十多幅黑白照片，印刷精良，内容丰富。如清末宜昌码头照片，以往西方人的摄影多是远景，《巴蜀旧影》所附的近景照片，为我们研究宜昌码头历史提供了直观材料（包括搬运工、船型、建筑等）。《巴蜀旧影》一书有大量川江船的照片，有一些屋船与宋代夏圭《长江万里图》中的船十分相似，而与我们近五十年看到的船型相差甚远。再如嘉陵江上的翘尾船，与近五十年的船差别也较大。《巴蜀旧影》中的救生红船照片是我国最早的救生红船照片之一，为我们直观了解当时的救生船留下了宝贵的图像资料。其他如平善坝税关、黄陵庙、三峡中死尸、上百人拉纤、臭盐碛煮盐、保宁府城门与城墙、顺庆府城墙、成都皇城和古校场、成都文殊院僧人、成都锦江生态、成都万里桥与河道、自流井盐厂、重庆朝天门门楼、英国水兵俱乐部、清代长寿县、石宝寨、三游洞等照片都十分珍贵。另其保留的和田氏的《剑门关》照片是我国最早的剑门关照片，其中广元朝天关《朝天阁》照片是国内外唯一一张朝天关照片。这两张照片都被民国时神田正雄编的《四川省综览》沿用。

山川早水所处的时代正是日本明治维新以后迅速追赶西方国家、对外侵略扩张的时期，故游记中难免不打上经济文化渗透和侵略的烙印。如在宜昌时记载："走进西洋杂货店看一看商品大部分为德、法品，英、美次之。其价格，某些种类亦比我国低廉。我国的商品有福神酱菜、卷纸、洋伞、座钟，共计不过数种。余本无资格论及商务。但看着眼前陈列的商品以西洋产品居多，对此不能不感到羞愧。来到书店，新译书之多令人吃惊，且使人高兴的是有九成属我们国家的各种科学书。此等译书大抵出自东京留学生之手笔，在上海出版。纵令有乱译误译的，但各书店亦认之。至于西洋书籍几乎只影无存，焉能心中不快。余在杂货店皱起之眉头，在这些书林面前舒展开了。"

《巴蜀旧影》一书对商业贸易的关注十分明显，如在记载成都的商务时，详细分析了外国商品的优劣，如分析德国商品在成都市场影响大的三个原因，并具体分析了德国人的精明之处，再分析了日本商人的不足，提出主要是日本人"思之不精，行之不实"。看着英法德诸国侨民有永久定居计划而有实现某种计划的趋势，他为日本人普遍屈指归期感到着急!特别是在嘉定府看到英国军船停泊其地，感叹"回顾我日本又如何?竟未能往重庆派遣一艘军船……国力之不及亦是遗憾之事"。

但同时山川早水本人对中国人的勤奋和勇敢也是十分敬佩的。如在空令峡看见悬崖上没有任何保护措施的开路民工，才只有四五百文钱工酬，感叹"中国的劳工实可敬畏"。

《巴蜀旧影》一书出版后，在日本产生了较大的影响。从此以后，日本个人游历考察四川的高潮兴起，出现了米内山庸夫《云南四川踏查记》（明治四十三年，1910）、中野狐山《中国大陆横断游蜀杂俎》（大正二年，1913）、上冢司《以扬子江为中心》（大正十四年，1925）、高山庆一《长江漫游日记》（大正十五年，1926）、神田正雄《从上海到巴蜀》（昭和十年，1935）、神田正雄《四川省综览》（昭和十一年，1936）等考察著述。其中《四川省综览》中的一些照片和绘图是从《巴蜀旧影》一书中采下的。同时，一些团体对四川的考察也大规模展开，如东亚同文书院、日本一些实业协会都组织对四川做了大量考察，留下许多当时关于四川风情的记载，如《支那省别全志（四川卷）》《上海东亚同文书院——大旅行记录》《中国开港场志》《中部中国经济调查》等。日本人从此在对四川的了解方面与西方人相比开始呈现后来居上的趋势。

从近代四川区域史的研究来看，20世纪初，国内没有一本游记能如此细致和没有顾忌地记载当时四川社会的真实风情，如关于旌表前贤的德政坊内幕、峡江民妓、官场应酬都是国内文献少有记载的，特别是许多照片，是当时国内游记完全不具备的，这些照片就成为我们感性地了解当时四川社会风情的十分宝贵的资料。从这个意义上讲，《巴蜀旧影》一书是我们研究清末民初四川社会风情的一部重要历史文献。

同时，一百多年前的巴蜀景观风情描述，特别是一百多幅十分难得的景观风情照片，对于热爱历史、热爱乡土、热爱旅游的一般读者来说也是一本难得的读物。对于今天的旅游者来说，如果能将此书带上，循着前人的步伐，感受历史的脚步，面对岁月的沧桑，不能不说是一件分愉快的事情。

《巴蜀旧影》一书是2002年我在西南师范大学图书特藏书库中偶然发现的，当时国内还没有见哪里有收藏，国内学者论著中也没有提及，故引发翻译和研究这本书的想法。有赖于我校外国语学院李密教授等对翻译此书很有热情，这本书能很快与读者见面。翻译过程中，万克民先生、蒋安敏女士对翻译工作支持很大，在此表示感谢。我对其中一些涉及历史文化、地理风物的问题做了一些校正，对一些价值不大的诗文、碑刻做了删节。

此书初版仅印了3000册，出版后已经过了十五年的时间，出版社、译者和我本人也仍不断得到读者想得到此书的诉求，故出版社决定修订重印，李密教授再次为翻译稿作了修订，故才有这个呈现给各位的《巴蜀旧影》第二版。

巴蜀荆楚共同的心灵家园

——"麻城孝感乡现象"学术研讨会论文集》序

在历史发展中，文化传播借助的载体是不一样的，现在社会网络、平面媒介、影视媒介是文化传播的主体，工业时代电话、电台、平面媒介是最重要的文化传播主体。那么在传统时代呢，由于传统文献的传播速度和能量的有限，移民和口述相传往往是文化传播最主要的载体。

巴蜀地区自古四向闭塞，文化的一体特征明显，文化的内聚力也相对较强。不过，秦汉以来，巴蜀地区的文化特征一直受到外来文化的影响，在传承自己的地域特征的同时不断受到外来文化的重新塑造，区域文化不断更新着。

先秦时期，巴蜀地区受到秦楚文化的共同影响，一方面北方的秦文化影响巴蜀深刻；一方面楚文化的博大使巴地有巴楚同风之说，可以说，在中国古

代早期巴蜀大地本土文化与秦楚文化相互交融，构成了巴蜀文化流动轨迹。秦汉南北朝以来，进入巴蜀大地的主要是来自北方秦、晋、豫等地移民，巴蜀大地文化上一片秦晋色彩，巴蜀官方流行着的普通话实际是以秦晋方言为基调。只有在三国这个短暂的时期，楚文化对巴蜀的影响较大。唐宋以来，北方移民更是大量拥入巴蜀，使巴蜀大地更显北方文化的特色。从楚国灭亡直到元明以前，长江中游不仅在中国政治经济文化的格局中地位不高，就是在整个长江流域来看，也是相对较低的。所以，这个时期荆楚文化对处在长江上游的巴蜀文化的影响相对较小。

南宋以后，在中国政治经济文化重心东移南迁的大背景下，巴蜀地区又屡遭战乱影响，社会经济受到极大摧残，后来元末明初和明末清初的两次战乱更使巴蜀社会经济根基受到致命的一击，人口大量损耗，巴蜀地区成为一个人口的真空区域，社会经济文化地位大大下降。在这个时代，北方的政治经济文化影响已经式微，而长江中下游地区社会经济文化地位大大上升，在人多地少的背景下，促使了元末明初和清代前期的两次"湖广填四川"移民运动的产生，对长江上中下游地区的社会经济文化都产生了极大影响。可以说，今天巴蜀地区的文化根基是建立在传统巴蜀地城文脉与明清荆楚文化的融合之上的，这足以显现"湖广填四川"对巴蜀文化的重要性。

在中国历史上，一直有两种历史存在，一种是作为科学的历史，一种是作为文化的历史。虽然"湖广填四川"在今天的移民迁入地的巴蜀民间，或者移出地的长江中游及相关地区的民间都有广泛的文化影响基础，但是直到今天，不仅是在民间，而且在学术界，往往将"湖广填四川"的许多科学的历史和文化的历史纠缠在一起，以致许多问题一直说不清道不明。

研究明清移民历史的学者都熟知中国移民的十大圣地，即山西洪洞大槐树、河南光州固始、湖北麻城孝感、广东南雄珠玑巷、河南滑县白马城、河北小兴洲、山东兖州枣林庄、江苏苏州周门、江西鄱阳瓦屑坝、福建宁化石壁。应该说这十大圣地在各自的移民历史中所起的作用并不完全一样。现在关键是在这些移民圣地中，有的是历史语境地中的移民集中出发地，有的是文化

湖北麻城调查中

语境中的移民后来认宗寻祖的象征地，这是两种不同的认知结果。从历史研究角度来看，中国历史上的移民除官方强制性的迁移外，许多是官府倡导鼓励的自发性移民。如果是前者，从出发地之说还有少许可能，但如果是后者，可能就并非如此。因为当时从荆楚大地到四川，都要到麻城孝感集中，根本没有必要，而当时的交通资讯背景也没有这种可能。不过，将麻城孝感乡现象作为一种文化的历史来研究，是很有意义的，需要做更多的工作。

就"湖广填四川"而言，元末明初的"湖广填四川"可能与清代前期的"湖广填四川"在意义上并不完全一样。研究表明，元末明初的更多是以军事移民的方式进入四川的，这种移民往往迁徙更集中，特别是移民的籍贯可能更统一。如元末起义军中因邹普胜等将领是麻城人，便可能大量在麻城一带招兵。所以，确实发现明代进入四川的湖广移民中麻城的特别多，占湖广籍的70%以上。所以，清代前期迁入的移民，使四川存在强势数量的明代麻城籍的"老乡土著"。正因此，由于移民文化的特殊性，清代"湖广填四川"形成了广泛"冒籍"认同的历史现象。所以，我认为"湖广填四川"中的麻城孝感乡现象更多是清代移民对明代移民形成"老乡土著"认同的现象。这种现象通过口传、家谱得以更为广泛的传播，使这种作为文化的历史逐渐演变成为貌似科学的历史。

不过，我认为就学术研究角度和文化传承以及资源保护而言，"湖广填四川"这个大移民历史无论从科学历史的角度还是文化历史的角度，都是值得我们去进一步研究和开发的。近十多年来，随着社会经济的发展，大众的寻根觅祖意识增强，文化溯源的渴求越来越明显，政府对文化资源也越来越重视。

这里要说的是，湖北麻城市人民政府、政协麻城市委员会、麻城市委宣传部十分重视麻城在"湖广填四川"方面的资源，不仅将其看成一个学术研究的资源，更将其看成现代社会联系巴蜀求共同发展、开发本土旅游资源的一个重要文化资源，这是一个很有胆识的举措。

2011年7月，在湖北省社会科学院、四川省社会科学院、武汉大学科技考古研究中心、麻城市人民政府的主办下，麻城举行了"明清移民与社会变迁——麻城孝感乡现象学术讨论会"，来自全国的近百位专家学者共聚麻城，共议几百年前的移民历史，共襄巴蜀与荆楚，特别是麻城开发文化资源的大计，最后，形成了这部近40万字的学术论文集。这些论文分别从不同的角度研究了"湖广填四川"的这段历史，特别是对麻城孝感乡在"湖广填四川"大移民事件中的地位做了深入全面的讨论。此论文集应该是目前研究"湖广填四川"中讨论最集中、最全面、最深入的一部。

现在看来，从研究资料的角度来说，传世文献中有关"湖广填四川"的记载已经不可能有大的发现，但民间存在文书、家谱、碑刻、口述的资料却十分丰富，这就需要我们通过大量的田野工作来收集。从研究方法来说，体质人类学、文化人类学、历史语言学等研究方法应该更多地运用在"湖广填四川"的研究之中。相信随着四川、重庆、湖北、湖南等省学者共同的努力，"湖广填四川"的研究将会有一个更新的天地。

历史往往是现实的缩影。2011年，重庆市湖北商会请我去为他们做了一个"湖北移民与重庆社会历史发展"的学术报告，与现代重庆湖广籍商人们共叙荆楚前辈的历史足迹，楚籍商人们受到前辈奋斗的感召而信心增强，而我也深切体会到内外共济对一个区域的发展的重要性。"湖广填四川"的

麻城孝感现象的历史疑问

研究体现了我们共同发展的历史记忆，也透露出我们共同发展的现实取向。"麻城孝感"作为"湖广填四川"移民运动中的祖籍文化符号，是作为科学的历史或是文化的历史已经不重要，重要的是我们从历史中感受到巴蜀荆楚古今同舟共济的一份兄弟情谊。

我对"湖广填四川"的研究做得不多，但这个问题对于许多现代巴蜀、荆楚乡民来说，都是一个值得追忆寄托和细嚼回味的话题，因为这是巴蜀与荆楚人民共同的心灵家园。麻城凌礼潮先生邀请我为论文集作序，盛情难却。以前，受人之托曾为多部著述作过序，但为论文集作序跋还是第一次，可能难免有挂一漏万之感，敬请原谅！

巴渝文化的活态见证

——《活在重庆的宝贝》序

　　曾经有人发问，在全球化背景下，保护文化的多样性最根本的意义何在？我想，文化多样性最重要的意义可能在于其是人类创造发明的源泉。不过，在人类发展过程中，传统往往被现代边缘化，自然往往被人类匠造，而且这种趋势是直线向下发展的，往往走向另一种极端，造成新的不平衡。

　　所以，在我看来，回归传统、回归自然是人类面对全球化、现代化趋势时所寻求平衡的一种抗争。不过，传统和自然不是想回归就能回归的，有一些传统和自然一旦失去，就是不可完全逆转和回归的。逝者已矣，失去了可能就再无法寻回，就如前不久有人将巴渝舞恢复一样，恢复出来的不过是现代人臆想中的巴渝舞而已。现在我们要做的可能是将那些还存

"文化多样性是人类文明创造的源泉，用不同方式留住源泉是我们文化人的责任！"

于民间，因被现代主流文化边缘化而面临灭绝的文化有效地保存下来。手中这本阿蛮、家骢兄的《活在重庆的宝贝》正是这项重要工作的结晶。

重庆的历史发展进程十分有特色。在传统时代重庆值得提及的东西并不多，据说曾经有领导希望重庆也能发掘出像四川成都金沙、三星堆这样的文化遗址，但相关部门对此只有无米之炊的苦涩。明清以前，重庆一直被视为蛮荒之地，唐代四川出了68个进士，今天重庆地域内仅出了1个。宋代范成大经过重庆主城，对重庆主城描述草草几笔，而时人称万州乃"峡中天下最穷处"，重庆地区当时传统经济和文化都相对落后。这种状况用现代话语来说，就是"落伍的传统"，或"儒化的淡薄"。不过，近代重庆、万州开埠后，重庆地区成为中国西部最早最系统接受西方现代文化的地区，在这样的基础之上，蜀军政府、抗战陪都、西南局、三线建设、重庆直辖一脉相承，同样用现代话语来说是"前沿的现代"，或"近代的强势"。

"落伍的传统"显现儒学的淡薄，而"前沿的现代"显现了西学的强盛。这种"落伍的传统"与"前沿的现代"的叠合使重庆在现代的博物馆、歌剧院下有被称为"棒棒""扁担"的群体，时髦的姑娘小伙时时吐出"格老子""狗日的"等话语。

事物都是辩证的，"落伍的传统"显现儒学的淡薄。在传统时代，儒学也曾是主流文化，在当时的中国也有一种如今天现代化、全球化一样的儒学化过程。在这种背景下，少受儒学文化的影响，可能也正好使区域文化、民族文化有更多保存下来的可能。所以，像重庆这样受儒学文化影响相对较晚、较弱的地区，其民间的特色文化可能更丰富，更多彩。这样，《活在重庆的宝贝》的文化意义可能就更大了。

这里要说的是"巴文化"是重庆文化的根脉所在，虽然经过"湖广填四川"后，重庆文化中原始意义上的巴文化已经消失太多，但在巴文化地域的大背景下，入乡的移民也只有随其俗，将移民文化带上地域的烙印，染上时代的特色。

《活在重庆的宝贝》推出的三十种文化遗产中，许多都有强烈的"重庆制造"色彩，如巴将军传说、巫山神女、梁平竹帘、竖楖子、摆手舞、铜梁龙舞、巴蜀尺八等。多年来，两位作者潜心收集，整理研究，许多成果都是首次通过系统研究并图文并茂地展示给我们，对重庆文化的挚爱充盈字里行间，为重庆文化遗产的保护做了十分有益的工作，可贺可喜。

当然，书中称"活态"，意为还有生命力。不过，这个生命力可能并不太强，因为在现代化、全球化的背景下，这些活态巴文化是十分脆弱的。拜读了二位的著作后，我在想，传统文化不应该只保留在博物馆内，也不应仅保留在传承人范围之内，将这种文化保存在一个民族、一个区域居民的日常生活、生产中可能才更有生命力，也更彰显文化的"文而化之"意义。《活在重庆的宝贝》正好为我们这种努力提供资讯，展示魅力，功不可没，特此为序。

边域治理的文化智慧

——《历代王朝治理广西边疆的策略研究》序

　　"地缘政治"这一术语由瑞士学者提出已经快有一百年的历史了。中国古代虽然没有这样的学术话语，但从春秋战国时代纵横家们的列国政治空间格局分析到中国古代志书中的形胜概括，或历代士人对天下形势的论述，都蕴含着今天我们所讲的地缘政治的核心内涵。

　　就今天中国学术界来看，地缘政治在国际政治研究、政治地理学领域已经有了一些成熟的成果，但是在历史学领域，很好利用政治地缘学原理来研究区域地缘关系的成果并不多，成功的案例更是罕见。

　　我十分赞同郑维宽的观点："广西位于岭南西部，处于中原王朝岭南边疆向西南边疆过渡的特殊一环，是历代王朝南部边疆的重要组成部分。对广西治理的好坏，关系着王朝南部边疆秩序的稳定与否。"其实历史上在广西有两件事不仅影响到中国南部边疆的形势，而且影响了全中国的历史发展进程，一是

唐代末年桂林的戍兵之变，故宋代宋祁认为"唐亡于黄巢而祸基于桂林"；一是广西金田洪秀全的太平天国农民起义，一度使大半个中国沦于战火之中，使清王朝几近溃亡。可以说，在中国历史上，一个省区内出现两次影响中国政治大格局的引火线、始发点，并不多见，足可以认为广西在中国地缘政治上有着特殊地位。《历代王朝治理广西边疆的策略研究》一书，正是从地缘政治视阈探索这样一个有特殊地位的广西地区的著作。

此书首先复原了广西高层政区与广西边疆的形成过程，然后厘清了历代广西地缘政治结构变动与中央王朝治边策略调整的关系，认为历史时期中原王朝治理广西边疆的策略大致经历了以下四个阶段：一是秦汉时期的"制内怀远"，二是三国至唐时期的"制内御外"，三是宋至清中期的"制内为主，御外为辅"，四是清后期的"御外保边"。最后书中系统探讨了影响历代王朝治理广西边疆的各种因素。可以说，郑维宽此书使我们对历代中国中央政府对于今广西地区的调控过程有了一个全面的认知，为我国学术界利用地缘政治学来研究区域历史地理创造了一个很好的范例，是一本很有创建的区域历史政治地理著述。

广西的地缘在历史上有一种很特殊的语境，从秦汉时期的南海、西瓯、骆越，到唐宋时期的岭南、岭外、桂海，并没有被囊括于西南夷的语境。但元明清及以后时期，广西时常会被放在大西南的区域内去讨论，这是一种怎样的政治格局变化呢？此与中国政治经济文化的大形势又有何种关系呢？

文化地理学原理中有形式文化区和功能文化区之分。严格讲，自明清以来，广西已经演变为一种功能文化区，自成一体。但我们如果从形式文化区来看，广西民族文化的背景好像又是一种半岭南、半西南的状态。所以，我们还要思考，地缘政治与地缘文化之间有何种关系呢？同时，若论地缘，与广西为缘的湖南、广东、贵州、云南乃至越南，其地缘关系异同又是何样呢？这一切都是我们应在地缘政治这个宏大视阈下进一步研究的课题。应该说，郑维宽已经为我们的历史地缘政治地理提供了一个很好的范例，我们期待着郑维宽及学界同人继续努力，不仅仅将空间放在广西，也能以这种视阈研究其他区域而成著作面世。

边域高原垦殖的历史反思

——《云贵高原的土地利用与生态变迁（1659—1912）》序

云贵高原是一个十分复杂的地理单元，这种复杂性体现为一种自然的混杂，也显现为一种人文的多元。从自然地理来看，云贵地区并不是一个简单的高原地貌，云贵高原的南部地区的黔南、黔西南、滇西南、滇南、滇东南等地区，地势、海拔和地理纬度都较低，有许多地热条件较好的平坝。而海拔较高的滇中地区高原既有平坦的高原平坝，也有许多低矮的丘陵地貌；贵州高原平坝相对较少，而滇东北、黔西北、黔东北地区垂直高差明显，滇西北地区为高寒高原。在这样的环境背景之下，人文的多元也很明显。云贵高原是一个多民族的地区，历史上曾为氐羌、百越、苗瑶、百濮系统等各民族的生息地。汉晋以来，汉民族开始进入本地并进行开发，云贵地区成为中央政府直接管控的政区，但唐五代两宋时期，又相继为南诏、大理等地方民族政权管辖。元代以来云贵地区虽然一直为中央政府设立的一级政区，但多民族的背景下使得汉民族的进入不仅无法改变地区文化多元性，反而使其更丰富多彩。但历史上记载这个地区的传世文献并不如记载中原地区的传世文献系统和丰富，而区域文化的相对落后更使我们对这个地区的前期研究不够。正是因此，我们一直认为研究西南云贵地区的社会经济的发展是个十分复杂、艰巨的工作，但同时也有十分重大的学术价值和现实意义。

云贵高原的土地利用与
生态变迁（1659—1912）

　　当然，怎样研究云贵高原地区，我们一直在探索之中。杨伟兵博士的
《云贵高原的土地利用与生态变迁（1659—1912）》一书在这方面做了一个
十分有益的探索。

　　该书首先从理论上对生态系统与区域历史地理研究的有关理论问题做了
系统的讨论，然后在上篇中对清代云贵高原的经济与社会做了具体的分析，
使我们对清代云贵高原地区的社会经济背景有了一个深入的了解。全书的核
心在于中篇。中篇首先从耕地、矿业用地、其他用地三个方面对清代云贵高
原的土地利用基本情况做了具体分析，然后以三个地理环境不同的典型经济
开发区为个案进行深入分析，使我们对云贵高原不同地区土地利用的差异有
了全面深刻的了解。全书最重要的贡献，是对区域土地利用的变化驱动因素
的研究和生态环境变化的生态响应研究。作者从自然因素和人文因素中对土
地利用变化的原因做了较系统的讨论，这种讨论对于我们分析自然和人文都
很复杂的云贵高原地区是十分有益的。作者在下篇中对由土地利用而引发的

环境变化生态响应的研究亦十分有意义。一方面，像云贵高原这样的地区，土地利用对生态环境的影响由于自然和人文背景的内外差异，可能与其他区域并不完全一样，显然不是一个简单的土地利用破坏生态环境的结论能够说清的；另一方面，探索的传统社会对这种变化的应对及其机制，意义已经不仅仅于区域历史地理研究本身，可能会使我们对传统社会的经济管理和文化传统关系有更深刻的理解。

特别要指出的是书中时时闪烁着理性分析的火花。比如中篇在讨论云贵地区册载耕地时认为："整个清代云贵地区册载耕地亩数大都反映赋税取向，或者说是赋税及其征收制度体系在时间、空间上的分布状况，尚难成为单位面积的直接数据——不过册载耕地数字的分布上变化，对于考察地区农业发展状况仍是重要的参数之一。"这种客观理性的认识对于中国古代册载耕地数和正确利用其来进行区域历史研究都有十分重要的意义。又比如在分析"矿业及旱作经济区"时不是简单沿用其他地区高产旱地农作物垦殖破坏生态环境的角度，而是充分考虑了云贵地区开发与其他地区的时间差问题，正确分析了清代云贵地区农业开发过程中玉米、马铃薯对农业结构和生态环境影响的过程，而且考虑到清代云贵地区矿业开发地区劳动力分散对农业开发的影响。再如，书中在讨论影响土地利用的驱动因素时有许多有益的探索，这在讨论技术影响方面特别明显。作者在讨论清代高产旱作农作物时认为，清代并没有在云贵高原地区马上产生"革命性"的结构影响，指出了云贵地区开发在自然环境和开发过程上的特殊性。同时作者也考虑到山地粒籽种植业由于水利小型化和田土分散化而产生局限性，从而对清代云贵地区山地垦殖粒籽种植业的意义产生怀疑。这些研究是一种学术上的进步。在下篇中作者对于环境变化的社会应对及其机制的讨论很有意义，因为就传统社会来看，对于人类活动与环境变化的认识走过的理解过程是一个从现实的感性到科学的理性的发展过程，但由于区域文化背景等因素的影响，可能在不同的地区、不同的民族，这种过程是不完全一样的。所以，作者对于水利应对与管理、植林及山林保护的文献发掘和讨论虽然是初步的，却是十分有意义的。这种讨论不仅对云贵地区而言具有开创意义，对于整个中国的区域历史地理研究都有参考价值。

总之，本书是一部在西南历史地理研究领域特色鲜明而具有开创价值的著作。

应该看到，从总体上来看，由于西南地区历史发展过程的复杂和文献记载的缺乏等因素，我们对西南地区历史地理的研究还较为薄弱，全国的学界同仁都在不断努力，力争在西南区域的历史地理研究上有新的气象。《云贵高原的土地利用与生态变迁（1659—1912）》是伟兵在博士论文基础上的深入，博士毕业这些年间，伟兵继续在研究云贵地区历史地理。相信他在不久的将来，通过在历史人类学方法上的新突破，新的论著又会给大家带来更新的气象，为研究西南地区历史地理做出更大的贡献。

地域的异动与传统的传承

——《四川客家"崇文重教"的历史重构》序

在中国的传统时代，学校教育更多承载文化背景的教育功能，当然这种文化背景对进入上层社会而言，也可以说成是一种技能、资格。近代进入工业化时代后，学校教育更多承载了真正进入社会的技能教育的功能，而文化背景教育在学校教育中往往处于相对弱势，但文化背景教育更显多元的格局，其中社会（社区）教育、家庭教育中的文化教育功能更是重要。所以，我们研究中国教育可能更多要研究社会教育、家庭教育。

以往我们较多关注少数民族的社会教育和家庭教育的研究，对不同区域汉族民系的社会教育和家庭教育差异的关注较少，如以前较少有人关注汉族屯堡人的教育和客家人的教育，这些年才有人开始关注起来，但研究还浮于表面，很少有学者从人类学角

度系统研究这些民系的教育历史。

严奇岩从人类学的角度选择客家这个特殊的汉族民系或族群来研究他们的教育与文化传承，是有较大学术价值的。一般认为中国客家人是中原汉族在唐宋时期迁居到闽、粤、赣地区与当地土著融合形成的一个文化相对独立的汉族民系。由于这样的文化背景，客家人是明清时期保留中古中原儒家文化较深厚的一个民系，这可能是客家人"崇文重教""耕读传家"明显的历史根源。但这样的人群在清代迁到四川这个移民汪洋大海后，文化特征会发生怎样的变化，其原因为何，都值得我们思考。所以，严奇岩以四川客家为研究对象有其学术价值。

严奇岩在书中认为四川客家有"崇文重教""耕读传家"的传统，教育中有充分挖掘民间丰富教育资源，教育内容上强调文化认同教育，教育多集中于家族教育、家庭教育、社区教育等特色，并认为"鲶鱼效应"是形成这种传统和特色的原因，这种新的角度是很有创意的。特别是赞同客家教育发达的"环境说"，并从"鲶鱼效应"角度来思考，都是值得肯定的。

我们发现很多汉族民系能够将传统文化较好保存下来，往往是与受中原正统文化信念支撑的正统观有关。屯堡人的文化能很好传承下来，显然与屯堡人由明代汉族的正统观而来的自信有关。在这种文化背景下，任何文化符号都是先进、正统的显现。同样，客家人由于来源于中原，本身受儒学文化的影响深厚，骨子里本身有一种"崇文重教""耕读传家"的传统，唐宋中原汉族的正统潜意识更使这种传统得以放大。

四川盆地一方面被丘陵切割，农业生产组织的限制使分居有一定的必要；一方面土地肥沃，物产丰富，这使得分家而居成为可能。所以《隋书·地理志》中称巴蜀"小人薄于情礼，父子率多异居"，这种传统使四川传统家族、宗祠在中古时期相对并不发达。"湖广填四川"以后，大量外省移民进入四川，尤其是大量宗族举族迁入，使四川的家族观念有所改变。特别是客家人，由于受传统中原家族观念的影响深，迁入四川后，为了维护本民系的利益，家族观念更得到强化，"宁卖祖宗田，不忘祖宗言"，文化认同强化的需要使得客家人的社会教育和家庭教育都相对较为发达。

严奇岩出身贫寒，在硕士阶段学习十分刻苦，博士学习期间更是学有所得，成果较丰。《四川客家"崇文重教"的历史重构》是在他的博士论文基础上修订而成，作为导师我曾与他多次讨论其中的一些问题，深感如果将一个汉族民系从学术层面提炼特色和发现原因，还有许多工作可做。比如"崇文重教""耕读传家"，对于传统社会的汉民族而言，在各个地区可能仅是一个程度上差异的问题，这种差异必须有科学计量上的分析可能才更有说服力，但历史文献中供我们这样研究的样本并不系统。同样，对于"湖广填四川"而言，"鲶鱼效应"可能还显现在客家人与湖广人、非湖广人、土著等之间的冲突问题。如果将其他汉民族特殊民系如屯堡人的教育发展进行比较研究，可能还会有新的认识。

严奇岩年轻有为，学术感悟十分敏锐，热爱大西南这块热土，但又耐得住学术寂寞和清贫，这是学术成功的关键。相信他在将来的学术研究道路上会取得更大的成绩。

一部中国世俗石刻的编年史

——《大足石刻编年史》序

重庆大足石刻艺术博物馆的方珂将其多年积累撰写的《大足石刻编年史》送来，粗阅之后，感到资料丰富翔实，为我们对整体认识大足石刻的发展历史提供了一个很好的蓝本。

其实对于佛道之学和石刻艺术来说，我是一个外行。只是几十年的中国历史文化地理研究历程，使我对中国的一些佛道艺术遗址多有考察。另在编写《西南历史文化地理》过程中，对一些佛道文化的空间演变有一点点探索，写过一两篇关于佛教地理的论文，所以有

一点接触也只能说仅触及皮毛。近三十年来，就佛道石刻造像遗址来看，我先后考察过大足石刻群（只到过北山、宝顶、南山、石门、石篆山）、安岳石刻群（只到过大佛庙、千佛寨）、合川钓鱼山大佛、龙多山石刻、荣县大

"看遍了现代婚姻的悲欢离合，也许我们会从纳西族婚姻形态的多元并存中依稀看到人类社会未来婚姻形态的正确发展路径。"

大足石刻

佛、南部大佛、阆中大佛寺、广元千佛岩和皇泽寺石刻、巴中石刻群（只到过南龛、西龛）、仁寿大佛、乐山大佛、夹江千佛岩、泸州玉蟾山、丹棱龙鹄山等地，可能对巴蜀大地的古代石刻造像的整体状况略知一二，也深深地为巴蜀大地的石刻造像艺术丰富所折服。在以上这众多的石刻造像中，大足石刻不论是从造像数量还是艺术影响上来看都是最具不可替代地位的。在全国话语里有"北有敦煌，南有大足"，在巴蜀话语中则有"上朝峨眉，下朝宝顶"，这些都足以证明大足石刻在中国佛教文化中的地位和影响。

众所周知，佛教传入中国后经过了一个中国化的过程，所以学术界对于历史上儒佛道文化的整合过程研究甚多，同时佛道的地域流派方面的研究也很多，但可能从地域文化角度研究佛道文化的地域差异的工作做得就相对较少了。中国敦煌、云冈、龙门、麦积山、大足几大石刻造像中，大足石刻是最为世俗化的，但原因何在？由于区位环境和文化传统的关系，在某种程度上巴蜀文化本身天然具有一种务实的世俗化氛围。我们讲巴蜀文化地理时，不时谈到蜀人尚滋味、喜宴游、好意钱，好文畏兵，世俗而务实。所以，在这样的文化气氛下，再高深庄严的说教也可能演变成身边娓娓道来的亲情告谕，再严肃高尚的情怀都可以用诙谐风趣的巴蜀言子抒发。所以，我常常感觉到大足石刻中不仅有天上本土的神仙，远方佛教的菩萨，更多有那个时代身边活着的圣贤。可能也正是因此，我们研究历史的学者可以从大足石刻中很容易直接找到反映唐宋时期的社会风情的资料，而不仅只限于研究佛教艺术。

作为一位本土的历史学者，一直想为大足石刻做点事情。记得大约是1999年，在西南师范大学召开唐史学术的一次会议，来了一位陕西省宝鸡市博物馆的老先生，见示我他收藏的民国时期一批学者考察大足石刻等巴蜀石刻的照片集。我仔细一看，照片大多是考察大足石刻造像的老照片，包括北山多宝塔的照片，大都相当珍贵。当时老先生本拟送给我们学院，因为他感觉这本画集只有留在巴蜀的研究机构才更有意义。可会下有一位先生不知出于何种动机建议老先生留着更有价值，老先生也就放弃了赠送的念头。现在想起来，相当遗憾！后来，大约是2008年，我考察经过宝鸡市博物馆，了解到先生已经仙逝，而照片集已经下落不明了，大为伤感！当时曾在博物馆要了先生后人的电话，但先生后人不在宝鸡居住，由于时间关系，至今再没有联系上，也不知这批照片去向何方。现在看来，这批照片可能是民国三十四年（1945）杨家骆的大足石刻考察团所留的照片（照片两百幅为黑白明片镶在照片集上，远比杨家骆《大足石刻图征初编》收录照片多，且更清晰），尤为珍贵。本想为大足做点事情却没有做到，不能不深感愧疚！记得方珂毕业时，是我向大足石刻艺术博物馆推荐的，没有想到，遗失大足照片的愧疚从我培养的研究生所撰的《大足石刻编年史》中得到稍许安慰。

方珂在读研究生时，学习一直认真刻苦。当年由于经济困难，我就让他住在研究所资料室中。他平时喜欢喝点小酒外，并无啥子其他爱好。在学问上做得踏踏实实，所写的硕士论文《明代四川省急递铺的地理研究》资料丰富，考证精严，显现了他较好的考证功底。可能正是因为有这样的基础爱好，加上在工作中受到郭相颖、陈明光、黎方银等大足石刻专家的教诲，目前呈现在大家面前的这一部《大足石刻编年史》中仍有以前的研究的一些风格，同时在研究分析上又更为成熟了。作为第一部大足石刻的编年史，此书填补空白的价值不可替代。稍有一点遗憾的是，书中有个别铭文没有断句，一定程度上影响了一般读者的阅读。而作为老师，我希望每一位学生能在不同的岗位上做到最好。就做学问来说，不一定非得在重点高校，也不一定非要在大城市的研究所，因为学术成果本身质量是不受单位、身份制约的。只要成果的原创性强，一定会传承下去，影响后世。方珂做到了这一点，我感到十分欣慰，所以十分高兴为之作序。

民族历史文化的现代性思考

——《明至民国时期纳西族文化地理研究》序

历史文化地理近些年逐渐成为历史地理研究中的重要分支，总体上，目前的历史文化地理研究成果基本上可分成三大类，一是区域综合文化地理，一是专题历史文化地理，一类是断代综合文化地理。但是从现在的区域历史文化地理研究来看，基本上都是以行政区划为研究空间的，主要在一种功能文化区的概念下的研究，很少用其他自然区、民族区、文化区进行文化地理研究。在形式文化区这个意义上的历史地理研究往往只是区域专题研究，如岭南服饰地理、西南彝族服饰地理的研究，而以荆楚、巴蜀、吴越等为空间背景的文化研究还不是严格意义上的历史文化地理研究。目前专题的历史文化地理研究往往是从文化现象的文化背景研究入手，周振鹤先生的研究尤为突出，其他学者的研究

论文也很多。有关断代文化地理的研究较多，如汉晋文化地理、秦汉区域文化研究、宋代地域文化的研究。应该看到，以一个少数民族聚居区小区域为空间进行综合历史文化地理研究的著作还很少，所以，杨林军博士以川滇纳西族聚居区为研究空间，全方位展现这个区域的重要文化要素的时空演变，分析其变化的原因，仅从选题的空间选择和内容的全面意义来看，都是值得称道的。

中国许多少数民族，由于地缘和历史发展进程的因素，至今保存的中古历史痕迹和中古历史记忆远远比汉族更丰富，许多中古时期各民族共有的文化，发展到今天，由于汉族受到一统儒学和西方现代化的明显影响，特征大多消失殆尽，但往往在少数民族中得以保存下来，成为中古文化的活化石。纳西族是中国古代氐羌系统民族的一个重要分支，其聚居的环境和区位的特殊性使其保留了大量上古中古时期的社会文化特征，特别是纳西象形文字、洞经音乐、特殊的婚姻制度等尤为明显。

我注意到杨林军本身是纳西族学者，长期生活在金沙江边的那片热土，熟悉民族语和文字，所以，研究除运用了大量汉文文献，也运用了许多纳西族东巴文、碑刻和地方考古材料，使我们能更全面地了解纳西族的地域文化特征。

在历史文化地理的研究中，文化区的划分十分重要，也有较大的难度，杨林军在前人的研究基础上对纳西族地区丽江、中甸白地、永宁三大文化亚区的历史发展进程做了深入的分析，特别是深入分析了亚区形成的自然环境、区域地缘、文化政治等原因，有较大的学术价值。

历史文化地理研究应该具有较强的现实意义，故杨林军的论文至少可以引发我们两个方面的反思。

第一是历史发展进程中怎样处理好传统与现代关系的问题。传统思维中有一种相当可怕的现象，就是对历史上的事物往往采取彻底打倒、彻底否定后完全重新建立的思维。任何文化的发展都应该是哲学意义上的"扬弃"的发展，但近代中国现代化的过程中，我们对传统文化从非物质的思想到物质的景观都往往是彻底打倒，将现代化与传统文化完全对立起来，这使我们许多民族地区出现"双重丧失"，即传统文化丧失与真正现代化缺乏的"双重丧失"。应该看到纳西族地区也面临这种状况。所以，怎样才能做到既能很好保存纳西族的文化，又能很快完成现代化，这是我们急需解决的问题。在这方面，日本近代明治维新以来处理传统与现代化的关系是值得我们学习的。

第二是历史文化的多元化问题。其实历史发展中社会进步的一个很重要因素就是社会文化的多元共存，不同群体价值观的和谐共存，人类身心空间的尽可能释放。在中国历史上不同民族间各种文化制度共存。以婚姻制度为例，纳西族在历史发展中，单偶制（一夫一妻制）、多偶制（一夫多妻、一妻多夫、多夫多妻制）、对偶制（走婚制）一度共存，具体就如杨林军总结的以丽江为中心的一夫一妻制，以泸沽湖为中心的走婚制，以俄亚为中心的安达婚与共妻共夫制。在历史上这三种婚姻适应于不同的社会自然环境，相安共存，内部平安和谐。其实，我们不要简单认为有些婚姻制度是落后的，反而在面对现代婚姻制度带来的种种社会问题时，我们是否应该对现代一统婚姻制度产生反思，能从传统婚姻制度中汲取一些合理的东西呢？从长远来看，婚姻制度的多元化是否也应该是人类社会文明进步的标志之一呢？

应该看到，区域历史文化地理的研究空间还很大，许多区域都亟待研究，在研究方式手段上也还需要创新，杨林军在这方面为我们做了一个很好的尝试。整体上来看，历史文化地理研究怎样将量化研究与感性研究结合、怎样处理好历史文献记载与田野考察材料关系、怎样将现代化技术融入、怎样从历史文化地理中汲取现实所需的营养，这是我们要注意的四大问题，需要我们共同努力。

生态文明的个案反思

——《生态文明的历史借鉴：以长江上游鱼类资源的分布变迁为中心的考察》序

鱼，在人类生活中地位的重要性不言而喻。孟子曰："鱼，我所欲也，熊掌，亦我所欲也。"而人们将"鲜"字用鱼作偏旁，更是将烹饪话语中鱼的地位显现出来。记得20世纪70年代，我们的生活中肉食资源十分贫乏，每人每月一斤猪肉显然难以满足我们的基本需求，好在长江上游的三线建设厂区深处大山中，河流和堰塘中的野生鱼类成为我们补充蛋白质的首选食物。

刘静博士论文的确定可能本身与我自己对鱼的这种特殊感情有

关，也与刘静博士本身是鱼米之乡的湖北荆州人有关，可能对刘静来说，鱼类在她幼小的生活中就相当熟悉了。如果从历史自然地理角度来看，鱼类作

为资源性动物不仅与人类生产活动的关系密切，也是自然生态关系中相当重要的一员。从鱼看水，从水看地，从地看天，可以说从鱼的兴衰，可以看透历史上水文的清浊，见证历史上山川的起伏，自然也就可折射人地互动的过往。所以，刘静博士的《生态文明的历史借鉴》一书，正是承担这种究天人之际的历史责任。

整体上看此书应该是一部以实证为主的历史自然地理著作，首先对明清民国以来长江上游鱼类资源名实进行考证，然后分析了人类对鱼类资源的认知从直观感觉到科学调查的过程，接着又分析了长江上游各个时期、各个河段鱼类资源分布及开发利用，研究了明清以来珍稀鱼类资源的变迁。最后，书中从环境史的角度分析了长江上游鱼类资源变迁与人类活动的关系，提出从历史的发展过程中借鉴生态文明的话语，所以，也可以将其看成一部区域环境史的著作。

其实，对于一位女博士从事这样的课题，作为导师，开始我也多存有担心的。因为这并不是一个太好做的题目。首先，以前我的多篇论文已经指出，中国古代传统科学本身存在科学类分混乱的特性，连我们熟悉的"经史子集"分类都是将学科类别分类与文本载体分类放在一起，但我们却还习以为常。以鱼类分类来看，可以用四个字来形容："杂乱无序"。如书中就谈到有以形态命名的，有以产地命名的，有以鱼纹命名，有以局部器官命名，有以习性命名，有以类属命名，有以语音之讹命名，关键是这些分类往往是同时混杂在一起，有的鱼类同时存在多种命名，有的同名而类异，有同类而名异，古今名实之间的比对分歧巨大。如今古代黄鱼在不同的文献中所指并不一样，所以我们对杜甫的"家家养乌鬼，顿顿食黄鱼"的黄鱼相当于今天何种鱼争论不休。所以，此书考证起来的难度相当大，不仅要求作者对中国传统科学的名实有认知，而且还必须有现代鱼类分类的基本知识。不过，刘静以女性特有的坚韧和细心，对长江游域所有鱼类资源名实和分布的考证可谓资料丰富全面，厘清了以前我们学术界在鱼类资源名实问题上的许多困惑。应该说刘静博士这部《生态文明的历史借鉴》是我们认识长江上游历史上鱼类名实和资源分布利用的开创性的著作，也应该是一部有关历史时期长江上游鱼类资源的集大成的研究著作，可能以后我们在研究整个长江流域鱼类资源变化时，这部书自然是不可回避的著作。

从鱼类资源的利用看人类活动的影响，这也是一个较为新的视角。人类很早就利用鱼类资源为蛋白食物，在传统时代因自然水面鱼类丰富而获取相对容易，所以，人类早期与鱼类的关系更为密切。以长江上游为例，早期的巴人中有一支鱼凫巴人，以鱼为图腾，至今巴蜀许多地方还有鱼凫的地名留下。在汉晋时期，巴蜀出现一种特殊的自然灾害"鱼害"，这可能是其他地区少有的现象。在后来川菜烹饪中淡水鱼的利用可谓广泛，所以，我们川菜中有独有的"鱼香"味型，而江湖菜中水煮鱼、酸菜鱼、来凤鱼、太安鱼等声名远大。我们曾提出历史时期资源、环境的"干涉限度差异"问题，其实最初也就是从鱼类资源与其他动物资源的差异性引发出来的，即野猪、野鸡从口感上并不适合人类，但野生的鱼类却是完全适宜人类的，所以人类很早便驯养了猪和鸡。但是，当我们用饲料和激素将猪的饲养周期缩短到四五个月，将鸡的饲养周期缩短在四十天时，猪和鸡的口感品质也大大下降，体现了一种人类干涉过度。所以，在野生动物中有的动物需要有限干涉，有一些需要完全干涉，有的则需要完全禁止干涉，这本身显示了人类、人类社会与环境、资源关系的复杂性。而且这种干涉在历史时期不同的科学技术背景下，可能格局又会发生较大的变化。所以，研究不同技术背景下的人与自然关系视阈相当重要。因为这种研究往往不仅有相当强的学理价值，而且还体现着强烈的现实关怀，这就是此书蕴含着的生态文明借鉴的现实诉求。

中国生态环境史的研究的空间还很大，特别是近百年来，人类活动与资源环境的关系更加密切。如近代中国工业化与环境的关系、三年自然灾害的科学性问题、三线建设与西部环境和资源、大跃进大炼钢铁与生态环境问题、燃料换代与环境和资源、有机污染向无机污染的转变等问题，都是有较大学术意义和现实研究价值的。就是刘静博士研究的鱼类资源变迁问题，还可以从近代水文变化与鱼类资源的关系再作进一步的研究。

刘静的这篇博士论文从选题确定到完成出版这些年的时光，正好是她从一位历史地理学初学者向一位有一定思想的青年女学者蜕变的过程。所以，看着这篇论文的出版，仿佛见证了一位怀着学术理想追求的少女逐渐成为一位成熟女学者的轨迹，作为老师为她感到由衷的高兴。相信她在以后的学术道路上会走得更高更远。

僰道向西

——《发现天宫山》序

　　从来研究宜宾的历史文化，人们更多在地带上较为关注北面通过岷江河谷与成都平原的联系，或向东关注与长江历史文化的勾连，当然也较为关注向南与云南高原的关系。其实，早在古代，从《元和郡县志》《元丰九域志》《太平寰宇记》中有关的记载就可以看出，唐宋人们对宜宾的地域联系概念就只有西北到嘉州、西南到南诏，北至荣州，东北至泸州的具体方位和里程概念，但向西的界线却只记载有本州西界一百里，或西界马湖蛮界、开边县西羁縻州界。《图经》在记载叙州形势时便只称"东距泸水，西连大峨，南通六诏，北接三荣"，并没有当时西界马湖蛮的形势概括。

　　历史文献中对于唐代的戎州、宋代的叙州以西的山川形胜记载和认知本身就较乱，如唐宋本区驯州、殷州、浪川州、骋州等的地理位置仍然不够清楚具体，其西界的黄鱼（泉）山、大小黎（梁）山（大小漏天）、亡起山是何地至今仍有不少争论。

　　不过，我们要说的是唐宋时期宜宾以西一带的少数民族对宜宾本土文化影响相当大，唐宋时期宜宾的"夷汉杂处，蓬户茅檐，鬓髻诡服，顿首拊掌而歌"现象可能很大程度上就是受西部马湖蛮民族的影响，而受南面石门部落民族影响的可能相对更小，所以唐宋宜宾岷江边的锁江关隘，从区位地形来看主要也是为了控扼以西的这些民族。正是因此，元代开始在这些地方设立马湖府来管控叙西地区。

明清以来，改土归流后，在汉族移民不断迁入的影响下，宜宾西部一带地区逐渐被汉化了，所以，今天从宜宾西到屏山中都镇一带，汉族已经成为当地主体民族，今天的天宫山一带看到的多是受中原文化影响而烙印上深厚的汉族文化记号的景象。但同时，这个地区处于四川盆地汉族地区与小凉山彝族地区的交接过渡带上，清末民国时期称为"雷马屏峨"地区，成为了四川盆地西与小凉山彝族地区的经济文化交流的一个重要通道，也构成了一个夷汉相交的叙西历史文化带。不过，叙西历史文化带的历史地位在今天的巴蜀历史学界得到的重视程度并不太高。

宜宾文化学者李秉仁先生生在天宫山一带，从小深受天宫山水土的浸

天宫山远眺

天宫山汉族民居

润，出于对家乡的热爱，潜心收集了有关天宫山的各类历史文化资料，形成这几部有关天宫山的历史文化、民风民情的系列研究著作，为我们研究叙西历史文化带提供了一个鲜活的范本。

天宫山我只去过一次，但印象极为深刻。其中李秉仁先生书中谈到的茶马古道（蕨商古道）、挡箭碑（指路碑）文化、银子万万五传说、诸葛亮传说、黄举人的传说、二郎神的传说等都显现这个地区已经深受汉族文化传统的影响，但同时一定程度上也受彝族文化的影响。我也注意到天宫山地区的茶叶、蓝靛生产，这是传统巴蜀地区的两个重要产业，其中茶叶生产在近现代仍然影响较大，黄山茶场曾是宜宾的重要企业，至今屏山炒青仍是物美价廉的好茶。

我从小生活在宜宾县一带，对家乡的乡土也较为熟悉，工作后也曾经考察过叙西地区许多地方，除金沙江、马湖、黄茅埂等地理景观外，对中都（夷都村）、蛮津口（水富、开边县治）、马湖故城（绥江南岸镇）、绥江县（副官村）、新市镇（什葛村、蛮夷司）、屏山县（泥溪村、马湖府）、新安镇（平夷村）、天宫山、楼东、龙华、商州、福延、蕨溪（宣化）、赖因（马边）、利店、荣丁、沐川等历史文化地域印象深刻，但也不断存有诸多疑问。以前在研究皇木采办时，我从中都镇的夷、夏、悦三姓的变化中看出了叙西汉夷交界处历史文化变化的特殊轨迹。其他，地图中的马湖现象、历史上雪坡与黄茅埂关系、金沙江的罗东道、滇铜京运、金沙江航道整治、宋代叙西军镇（如马边四寨）、元代以来叙西土司、开边县旧址、马湖府治地变迁、宋代沐川源道、明清叙西交通等，都是值得我们继续深入研究的内容。

可以说，叙西历史文化带的研究刚刚开始，李秉仁先生为我们开了一个很好的头，我感到由衷的高兴。同时，我高兴地看到，随着地方经济文化的发展，越来越多的地方历史文化学者对家乡的研究也越来越深入，特别是关注一些完全不被历史主体叙事注意的历史碎片，李秉仁先生的天宫山有关研究就是对这类地方历史文化个案的深入研究之作，故我很高兴为此作序。

蒲兰田：一位值得我们纪念的西方人
——《〈峡江一瞥〉译补图注》序

在我的学术生涯中，巴蜀交通是重要研究内容。巴蜀盆地四面险阻，古代先民为了消除空间阻隔，可谓费尽移山心力。我们的先民虽然尽其所能不断抗争与创造，发明了不少在世界交通史上都可大书特书的交通施设，构建了相当完备的交通制度，但在现代交通施设出现之前，先民行旅的艰辛可能是一般人想象不到的。我在研究巴蜀交通的历次田野考察中，徒步翻越了无数大山，师生空手行之也常常达到生理极限，可古人们却多是长时间负重前行，其中的艰辛酸苦

谁能认得？在我们的田野考察中，有时我们在山下遥望直入云霄的高山，只有不断感伤古人的窘迫和困苦，发出难怪古人短命的感叹！同时，在研究川江水运时，我们发现传统川江木船的失事率高达10%，所以清代滇铜京运的

承办官员们对此国家工程往往视若畏途。

改变中国传统交通的关键当然是现代机械动力。我们要感谢托马斯·纽科门、詹姆斯·瓦特、帕森斯C.A、弗里特立奇·本茨等在机械动力方面做出重大贡献的西方科学家和发明家。没有他们的发明，我们可能仍与古人一样艰难地甩大脚翻大山，划桨桡涉江河。有路要有车，有河要有船。河流亘古存在，但许多原生态的河流并不适宜现代相对高速而宽大的机动船，所以，传统时代那种在大石上刻"对我来""示我周行"等古老的方法失效了，而完全存在滩师、驾长大脑中的滩险危流经验和经验写意的引航图也不能适宜机动船航行。可近代中国内忧外患下，官员多只有对权力利益的考量，个别明智的官员也只有"师夷之长技以制夷"的军事战略，民生极苦下的黎黎百姓更多只有对现代交通冲击生计的忧虑，而根本对现代航运一无所知，甚至还将其妖魔化。这样，纵然西方的"利川"号来了，我们自己的"蜀通"号来了，现代航行的制度体系和助航设施我们却一无所有，川江航道仍乃危途！

航道路图的现代表达是航运现代化的重要前提之一。除英国人蒲兰田之外，英国人布莱基斯顿、法国人薛华立、法国水师都绘有现代技术背景下的川江滩险图，而蒲兰田不仅绘制了有关的川江航道图，更是第一个驾驶浅水明轮"肇通"号机动船航行于川江的驾长。更重要的是其在担任海关长江上游巡工司之职时，在川江上设置了大量现代航行的助航岸标、浮标；编印了《川江航行指南》，制定了《川江航行章程》；培养了第一批现代川江轮船的领江。民国后期及中华人民共国建立以来的许多航道图和现代航运技术，都是借鉴或源于蒲兰田的开创。可以说，蒲兰田是中国川江现代航运技术之父。遗憾的是他在启程回国途中病

蒲兰田

逝，年仅55岁。

《峡江一瞥》是蒲兰田有关峡江航行纪录的一本游记性质的文本。其实国人有关川江的记录并不算少，不过，那个时代国人的注意力和认知多在于人情交往、山川感怀上，对沿途自然风物、社会百态的记录并不详细，故史料价值多有局限。近代西方和日本人的游记中，如立得乐、吉尔、丁格尔、莫理循、伊莎贝拉·伯德、威尔逊、陶维斯、竹添进一郎、山川早水、盖洛、甘博等，不仅有对自然的观察，也有对社会底层百态的记录，而且往往借现代摄影技术而图文并茂。蒲氏这本小册子，由于他航行家的特殊身份，游记中对航行中船只、险滩、水流的记载尤为详细，这不仅是国人游记中少有的，也是其他外国人游记中缺少的。所以，仅就这一点看，就较为珍贵。同时，蒲氏书中照片与线描图使用较多，使我们对川江航运的认知相当形象具体。

张铭博士长期对川江航运、巴蜀历史感兴趣，早在硕士阶段就开始翻译此书，部分曾发表于《中国人文田野》，现在又对其做了许多有益的补注，使我们对蒲兰田的认知更为全面，也使我们能通过游记本身和注文一并更全面地认知近代川江历史文化，这是一件有益于学术研究和社会文化的事，故为之序，并一抒心中感慨。

近代中国的历史是一段十分苦涩的历史，由于落于人后，在近代化现代文明融入与国家主权维护之间我们处境窘迫，当然心态也相当复杂怪异。所以，我们以前往往以一种"动机论"去评价西方文明的进入，一部分人一方面享受着近代西方文明的恩惠，同时又批评近代西方文明和西方人。诚然，对于近代中国，西方国家肯定有许多政治、经济、军事的诉求，特别是川江上外国军舰的大量进入，说明我们的主权大大丧失，令人痛心疾首，但这种痛与通过现代工业文明改善芸芸众生的基本生活的迫切诉求相互交织，真是考验国人的智慧和胆识。仅以交通而论，从以现代交通方式解放千百年来劳苦负重的行旅者的角度来认知蒲兰田的贡献，不失为一种诚实善良的态度！作为一位身居巴蜀的学者，我得感谢蒲兰田这位西方人。当然，感谢背后，自然也有对近代我国这段辛酸历史的伤感和无奈！

三百多年前西南风土的琐碎记录与现代诠释

——《边州闻见录校补图注》序

赵永康先生的新作《边州闻见录校补图注》，是三百年前西南风土琐碎记录的现代诠释和扩展。

曾有学者对历史研究中的碎片化忧心忡忡，大呼人们要更多关注整体、宏观的历史话语。但在我看来，现实是历史留下的碎片还远不够多，从而使我们对整体历史缺乏深入入微的了解，反而是诸多整体历史认知往往受制于历史碎片的不够而陷入虚无缥缈，主体叙事研究受制度文本中理想境界的"忽悠"和强大社会背景的限制而力不从心。所以，退而求其次，从事一些看似碎片的研究，从中发现真实的社会场景，一点点地去窥视整体的历史，也不失为当下一个重要的史学路径。

其实，我们的老祖宗们也更多关注整体宏大的历史场景，有关历史碎

片的记录并不像我们想象的那样细致入微、面面俱到。以巴蜀地区的历史来看，唐以前就只有一部《华阳国志》还算接地气，其他往往只留书名，不见全貌。唐宋元有关巴蜀地区的地方文献也不多，有的多有涉及巴蜀风物，但往往不是专谈；有专谈巴蜀的，如宋代宋祁《益部方物略记》、元代费著《岁华纪丽谱》，却往往只专记某一方面，或是失之过简。

明代，首先要提到曹学佺的《蜀中广记》。曹氏可谓用心之人，通过辑录文献，对巴蜀风物的有关记载多有搜集，成洋洋巨作，但严格讲其中亲身经历或访闻并不多。何宇度的《益部谈资》对巴蜀风物多有记载，涉及较为全面，只是多是中观方面的描述，少有细致入微的史料和亲历见闻。至于明代陆深的《蜀都杂抄》更只是杂录旧事，辑录旧文。另外，王士性《广志绎》及《五岳游草》蜀游部分的内容也谈及巴蜀风物，但多止于一般风土记录和辑旧。其他如明代李实的《蜀语》虽然是专论方言之书，但对蜀中风尚多有记录，较为珍贵。

清初记述蜀中明清之际战争动荡的文献较多，如刘石溪《蜀龟鉴》、欧阳直《蜀乱》、费密《荒书》、彭遵泗《蜀碧》、杨鸿基《蜀难纪实》、吴伟业《绥寇纪略》、傅迪吉《五马先生纪年》等，也偶有涉及蜀中风物。康熙以后，有关巴蜀风物的专门文献多了起来，如康熙年间陈祥裔《蜀都碎事》杂引诸书，兼及访闻，间附以考证。彭遵泗等的《蜀故》更是搜集蜀中历史、风物甚为丰富。嘉庆年间的张邦伸《锦里新编》搜集清代蜀中人物和史事，也多有价值。嘉庆年间张澍《蜀典》对蜀中往事典故记录较为全面，但其中仍多是搜集旧闻，亲历闻见极少。乾嘉年间李调元《雨村诗话》、道光年间王培荀《听雨楼随笔》虽然多记诗文逸事，但有较多亲历的巴蜀见闻，也值得一读。同时，清中叶严如熤《三省边防备览》《三省山内风土杂识》中也有关于巴蜀北部地区风土的记述。

留传至今最早的巴蜀方志是《永乐大典》中收录的宋代《江阳谱》。明代除留下四部省志外，另有嘉靖《潼川志》、万历《潼川州志》、成化《重庆府志》（残卷）、万历《重庆府志》（残卷）、嘉靖《保宁府志》、正德

《夔州府志》、天启《成都府志》、万历《嘉定州志》、嘉靖《云阳县志》、万历《合州志》等。清代的方志更是繁多，但地方志对地方风物的记述在内容上普遍较为刻版，往往只记述的节令、物产、祭俗等，而且较为简约。

清末民初以来有关巴蜀风物的文献越来越多，如徐心余《蜀游闻见录》、周询《蜀海丛谈》《芙蓉话旧录》、丁治棠《丁治棠纪行四种》、傅崇矩《成都通览》《重庆城》《自流井》等等。清末民初有关城市的指南中也有不少蜀中风物的记载。

从宋代范成大《吴船录》、陆游《入蜀记》开始，大量游记中也有关于巴蜀风物的记载，明清时期更是繁多，除我们熟悉的曹烨《星轺书》、王士祯《蜀道驿程记》、张邦伸《云栈纪程》等外，还有乾隆孟超然《使蜀日记》、嘉庆李德淦《蜀道纪游》、道光时郭尚先《使蜀日记》等等。近代日本人和西方人的一些游记、调查报告中也偶有涉及蜀中风物，如《栈云峡雨日记》《支那省别全志（四川卷）》《巴蜀旧影》《丁格尔步行中国游记》《四川省综览》等等。

其他如清末余鸿观《蜀燹述略》、汪堃《逆党祸蜀纪》，主要记蜀中咸同战事，但对风物也偶有记载，清代张慎仪《蜀方言》、民国唐枢《蜀籁》虽然是方言之书，但亦多涉及风物。唐宋以来的蜀中历史著述也多涉及巴蜀风土，如郭允蹈《蜀鉴》、张唐英《蜀梼杌》之类。

不过，在这些著述之中，康熙年间陈聂恒的《边州闻见录》并没有引起足够的重视，以前我在《西南历史文化地理》一书中也没有征引此书，学界对此书的了解确实较少。这主要是由于陈氏《边州闻见录》最初刊本已经散佚，历代书目文献更是缺乏记载，目前只有国家图书馆馆藏的一个抄本，是为孤本。不久前这个孤本曾出版点校本，但注文甚少，总共还不足一千字，使我们对这部文献的使用价值缺乏更多了解。

康熙年间陈聂恒在蜀南长宁、珙县、兴文为官一方，又曾在成都任四川乡试分校官，对蜀中风土多有见闻，这为他撰写《边州闻见录》提供了较好背景。《边州闻见录》共十一卷，前八卷专述巴蜀及周边各州殊风异俗，后三卷则专述川滇黔风土、南明旧事、张献忠遗事等。在我来看，此文献有两个明显的特点，第一是涉及面广泛且许多是都是作者亲身经历或听闻，并不见于其他文献记录，如放神排、救军粮、罪罚、睡寨、军睡、过钣、蓬子、花板、茅酒、巴县油井、矿盗、夜郎金饼、小南京、小荆州等内容是其他文献少有记录的，即使其他文献有记载的内容，陈氏的记载也更为独特或详明，如对韩娥、棺木岩、都掌蛮、余甘树、豆腐、建板、青冈木、黎州风、背子（萝）、梦黎州、火麻布、咂酒、简猫、鬼豆腐、苦笋、香猪、幺儿子、叶子戏、秋舡、火米、种小春等的记载。第二是有关巴蜀边区民间奇幻传闻的记载较多，如虎化人、尸异、无头篾工、苗虎、无血干刀、白衣少妇、荐枕变色等，其中多未见于前人记载，而是亲自搜集于民间，虽然多荒诞不经，但真实地反映了清代巴蜀社会的科学认知水平。其中许多记载对于我们研究清代巴蜀地区社会生活史和环境史有较大价值，如"俗不讳淫"的高低蓬子风俗、建板与花板的区别、放神排与船舡、重庆府茅酒、巴县油井、建昌"妇女多秀色"、矿场与矿盗、张献忠屠蜀、斗米七十金、蜀中气候、三峡多猿等。另书中对总督樊一蘅、布政尹伸、总兵曹武、副将杨展的记载也可与其他文献互证。最后，陈氏之书虽然记载主体为巴蜀，但也多涉及云南、贵州、湖北、陕西之事，偶也有涉及交趾、西藏的内容。

　　赵永康先生现为西南大学历史地理研究所兼职教授，几十年致力于巴蜀历史文化研究，积淀深厚，著述颇丰，现热心于对《边州闻见录》的整理和研究，做了一件功德无量的好事。《边州闻见录》本身字数不足10万，但赵永康先生的校注之文多达62万多字，可见其学术积淀之丰厚和用力之专重，其中有关洧江源流的考证、南广河流域的自然与人文历史、长宁治所的历史沿变、泸州和宜宾历史沿革等内容用功甚巨，多有创见。其他对于每一种方物、人物、历史沿革等，赵永康先生都旁征博引，订讹正谬，考证源流，对于我们深入了解或利用《边州闻见录》都是多有裨益的。在点校中，一些动植物名实的考证很见功夫，特别是运用了大量现代生物技术的术语、生物照片来注释古代文献中的动植物，为我们开创了一条校注古代文献中的生物名实的新路。特别要提到的是，以往的古籍整理或文献校注往往只是文字的诠释和增补，在现代影像技术条件下，赵永康先生虽然年事已高，但也能与时俱进，大量征引老旧照片和新摄景观照片互证，对于传统的古籍整理可谓一种创新之举，值得为之点赞喝彩。

我在近四十年的史学田野考察中发现，许多地方文献深藏于民间，往往有一个发现、整理、研究、运用的过程，如徐心余《蜀游闻见录》、丁治棠《丁治棠纪行四种》都有一个从发现到整理研究出版的过程，此次《边州闻见录》的发现、整理出版过程又是一个典型案例。在我看来，诸如此类还有《重庆城》《自流井》《沿江滩规》《逆党祸蜀纪》《平蛮录》等地方文献亟需整理和研究，而民间深藏的地方文献还更多。另外我手中大量近代西方人和日本人所作有关巴蜀的文献也需要翻译、研究。所以，期待更多年轻人向赵永康先生学习，潜心于巴蜀之土，梳理过往，功德后人。

最后要说的是，赵先生是怀着一种深厚的乡土情感来研究巴蜀历史的，当谈到张献忠滥杀的江口沉银案例时，他感叹道："无论什么人怎样为之辩护，都永远不能开脱！"对此我想要说的是，面对大量碎片似的张献忠屠蜀文献记载的研究、大量相关文物的发现，一些虚无傲慢而宏大的主体历史叙事自然渐渐就不重要了，这就应是历史碎片的力量，也是当下我辈史家的责任。

看多了制度史、思想史、科技史的东西，多希望有一部《中国社会生产力史》面世啊！

第四辑

品读经典

从地理环境·生产力·生产关系看中国经济史研究的倒置与回归

——兼评李伯重《发展与制约——明清江南生产力研究》

马克思主义认为，生产力决定生产关系，生产关系反过来影响生产力的发展，这是我们再熟悉不过的理论。以此理论研究中国经济史，本应先将中国经济史的研究重心放在生产力的研究上，而由于近几十年中国特殊的政治氛围，

生产关系决定论一直左右着我们的理论研究，故中国经济史的研究一直以生产关系研究为主，有关生产力的研究十分薄弱。近十多年来，区域经济开发的研究成果较多，多少涉及一些生产力的要素，但这种区域经济开发研究多停留于简单的数据统计和经济现象罗列，就一个地区从生产力角度全面分析的著述并不多见。近读李伯重先生的《发展与制约——明清江南生产力研究》一书（台湾联经出版事业股份有限公司，2002年），体会到作者的良苦用心，感受到中国经济史研究领域中的一种

新气象，也引发我的一些思考。

正如该书前言所称，"采用了当代经济学常用的一些理论与方法，例如供求关系分析、投入产出方法、数量研究、生产要素的相互替代理论等"，全书的分析研究正是在这样的背景下展开的。

该书首先重点对明清江南的生产力发展水平做了评价。李先生认为："明清江南生产工具的制造业，在生产技术与产品种类等方面并没有多大进步，甚至还比不上前代国内某些地区曾经达到过的水平。"这个论断十分中肯，也十分必要。其实，我认为不仅仅是明清时期的江南，中国传统社会从秦汉开始，农业生产技术一直到20世纪50年代并无本质的变化。直到今天，许多山地丘陵地区的农业技术，除了化肥、农药、良种投入等的变化外，生产工具与两千多年前无本质区别。这里，我们所关心的是造成中国几千年来农业技术无本质突破的原因，是何种力量制约了中国传统社会农业技术革新？这方面我们的成果太少，有说服力的成果更少。

该书最出彩的是对江南经济与同时期欧洲国家经济的比较研究，对于我们的历史反思价值很大。如将江南与英国比较研究，明清江南的工具制造业明显落后。又比如，16世纪英国建筑普遍使用砖石，砖瓦逐渐取代木材，但江南地区由于受砖瓦石等条件局限，还主要是用木材作为建材。再与英国同时期比较显现，明清江南由于没有强大的基础工业（煤铁工业），这成为从农业社会向工业社会转变的一个重要的制约因素。这些比较都是十分中肯而重要的。这里运用地理环境中的物产来谈对生产力的制约，这在以往中国经济史论述中是不多的，却十分必要。

该书肯定明清江南农业生产发展主要表现为劣地改良，而不在于农业田地数量的扩大，而明清江南水稻种植集约化程度提高，不是通过每亩稻田上的劳动投入实现，也非表现在耕牛、农具、农药、种子等方面，而是主要通过肥料投入来实现。明清时期江南水稻生产的劳动投入与前代相比保持大致稳定，集约化程度提高。清中叶以来，肥料投入已经达到一定水平，再投入只能使边际产量下降，而棉花肥料投入在明代增加，清代小幅度提高，不过明清桑蚕业中肥料与劳动的投入都明显显示集约化程度提高。棉花、桑蚕种植规模扩大，显现了集约化向高附加值部门转移，推动了整个农业生产集约化的提高。以上这些明清江南经济重要特征的分析都是十分精辟的。

该书还谈到，明清江南农业经济的发展并不以扩大耕地外延的方式，而是在已有耕地上的内涵式发展，这是明清江南地区经济发展的一个特点。我认为这个特点正好是与明清长江中上游地区以扩大耕地来外延式发展的区别，也是江南农业经济优于长江中上游的一个重要方面。问题在于，这种内涵式的发展本应是形成技术诱发机制的重要条件，为何农业技术在江南地区又并无本质突破呢？在我看来，生产投入包括劳动力投入、技术投入和资本投入三种形式，明清江南地区农业的生产投入主要是简单增加肥料的资本投入，劳动力投入到了边际递减的程度，技术投入为何没有突破呢？是不是有农业从水稻向桑蚕、棉花等高附加值农业转移的负面影响呢？

该书专门谈到资源利用合理化问题，这是一个十分重要的问题。书中以斯波义信研究人类水稻种植等先是在河流上游盆地，然后是中游河谷与丘陵，最后才是下游三角洲的模式为基础，提出江南地区的水稻种植也是先从浙西山地、宁镇丘陵开始，大运河以西平原种植扩大在其后。但后来，江南地区平原开发，浙西山地、宁镇丘陵地区地位下降。我认为，不管这个结论是否正确，这个问题的讨论意义十分重大，其本质是讨论人类生产力与环境之间的关系。我们在讨论中国古代经济重心东移南迁时就涉及到这个问题，早期发达的农业文明产生于黄河流域，是在于黄河流域的地理环境适合以青铜文化为背景的生产力水平，而当时长江流域没有适应这种生产力的环境背景，但当生产力发展到一定程度后，长江流域的环境更与之适应了。同时，环境变化本身也左右着中国经济重心的东移南迁，中国历史上的周期性气候变化趋势对中国经济重心的东移南迁影响明显。[1]李先生在区域经济史研究中利用这种角度来分析历史，是值得我们赞赏的。

---

① 蓝勇：《中国历史地理学》，高等教育出版社2002年版，第40—58页、216—222页。

该书认为明清江南动力使用，人力占了绝大多数，牛力次之，英国同时期畜力、水力比例大，尤其是后期越来越大，就为蒸汽动力发展奠定了基础。但明清江南除浙西山区外，没有更多的水力资源。同时明清江南马少、牛少，牛的价值昂贵，而英国畜牧业向来很发达。蒸汽动力主要还在于江南没有充足的煤、铁供应，而明清江南人力方面则大大优于英国。江南燃料缺乏，稻草多用于燃烧，没有利用为饲料，畜牧业不发达。进而提出能源问题是江南生产力发展的主要制约因素，是影响农业社会向工业社会转变的一个重要原因。

该书同时认为：明清江南地区与英国相比，铁和其他金属短缺、木材供应不足是一个重要的不利影响。书中总结认为："由此而言，江南通过输入煤、铁来建立一个为轻工业服务的体质，应是可能的。"因轻工业机械所需金属和能源十分有限。但煤、铁资源匮乏，使江南没能够形成一个较深厚的工业基础，这是明清江南地区经济近代化不能实现的一个重要原因。

该书认为：明清江南农业经济的发展，主要通过提高生产的集约化程度和资源合理利用的水平来实现，而不是利用农业技术的提升，故发展受到局限，而工业发展所需要的大量原料和食物不能从本地获得。同时江南不可能建立强大的重工业，走上工业化道路，故工业以轻工业为主导。轻纺工业技术简单、运输方便，适合于传统社会的发展。书中最后总结认为："由此而言，生产关系的变革（表现为初期资本主义雇佣劳动某些经济部门的出现）并不能导致经济近代化。只有当生产力发生重大变革（表现为技术、能源、材料等方面的革命）时，生产关系的变革才可能导致重大后果，经济近代化才可能发生和发展。"可以说这是本书核心思想所在，也是本书最大的价值所在。这个理论，对于传统的生产关系决定论是一个有力的挑战。

在我看来，生产力决定生产关系，李先生的结论是正确的，但李先生认为生产关系不可能导致经济近代化，似乎又与传统的生产关系反过来影响生产力的结论相悖！按传统理论，生产力与生产关系是一个矛盾统一体，生产关系不可能不影响生产力的发展。现实经济研究表明，生产关系肯定会影响生产力的发展。不过循此思路，我们的研究很容易落入循环论的鸡与蛋谁先谁后的怪圈中！看来，我们还应更深入思考与分析。按照一般理论，生产力包括劳动者、生产工具、劳动对象三大要素，劳动者应该包括劳动者数量和素质，而劳动对象是人们将劳动加于其上的一切客体，一般仅反映为土地和生产原料等，对生产特色和生产力水平作用明显。

但是我认为这个一般理论表述是不全面的，劳动对象应是土壤、地形、地貌、物产、气候、区位（地缘）等自然地理的总和，而这个总和对于劳动者、生产工具的影响是十分重要的。从某种程度上讲，这个总和可以游离出生产力，成为影响生产力中生产工具、劳动者的第三个要素，即地理环境，这样就形成了地理环境、生产力、生产关系三个要素。按照传统理论，生产力中劳动者是最活跃的因素，问题在于劳动者"群体"活跃差异的根本原因何在？如果这种原因推到社会层面来分析，我们又会陷入一个循环怪圈之中。若要走出这个怪圈，我们非得回到地理环境之中，因为地理环境是初始的、决定的因素，对生产力的影响是直接的和长远的。生产力影响生产力关系，生产关系反过来影响生产力的发展，生产关系同样可以直接通过生产力影响地理环境，但从长时期和天地生大背景来看，这种影响是有一定限度的。

按照这个理论，这个循环论怪圈就可破解，不然，我们很难解释为何有的地方经济发达，先进入近代化。直接归于生产关系差异，流于表面，更容易走进循环怪圈中；直接归于生产力高差，难道一个地区生产技术和劳动者先天就落后？所以我们应该看到地理环境这个潜在手左右着生产关系与生产力本身，中国经济史研究本应先从地理环境、生产力、生产关系的顺序研究其本与源的，但近几十年的研究我们却将其倒置起来，一直热心流于表面的生产关系研究。李伯重先生的《发展与制约——明清江南生产力研究》将这种研究回归前进了一步，这是十分必要的，但这个研究还需再前进一点，将地理环境与生产力的研究更深入一步，就走到了事物的本源。

近十多年有两部著述引起了我的关注，一本是萧正洪先生的《环境与技术选择——清代中国西部地区农业技术地理研究》，一本是郑学檬先生的

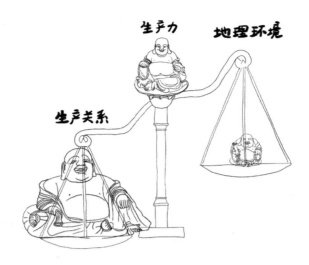

《中国古代经济重心和唐宋江南经济研究》。前者将地理环境、生产力、生产关系结合起来研究明清中国西部农业经济发展，提出了许多十分新的创见。而后者也是以江南地区为研究背景，书中不乏从环境和技术层面来分析中国经济史的内容，也富有生气。上面的研究实践表明，地理环境、生产力、生产关系三者之间的综合研究十分必要，但难度也大，因为这种研究的可变参数太多。我曾提出研究社会经济进步的三个考察方面，一是经济总量的增加，二是投入与产出效益比，三是产业与资源配置合理性，经济发展的关键是第三点。[1]但左右第三点的远不仅是人类本身，这就造成了世界经济历史的复杂和多样。

我曾研究过明清美洲农作物引进对亚热带山地结构性贫困形成的影响。当时亚热带山地有四种发展模式，一是内延式发展粮食种植，一是内延式发展农牧副业，一是外延式发展林牧副业，一是外延式发展粮食种植。只因美洲高产旱地农作物的传入推广，使这些地区走上了第四种道路，形成世纪之交的结构性贫困。但同样是这些美洲高产旱作物，在华北平原、东北地区的

---

① 蓝勇：《从历史技术与环境互动的角度解剖中国西部》，《历史地理》第17辑，上海人民出版社2000年版。

经济开发中却完全拥有积极的意义。地理区位、地貌、地形、气候的差异使同样的事物完全产生不同的结果，这是值得我们思考的。①研究表明，历史上的刀耕火种（畲田）在人地矛盾不突出的条件下，是有较高的投入与产出效益的，同时也不会影响生态环境，但人口滋生、人地矛盾突出以后，刀耕火种就出现产出递减、生态环境破坏的现象，成为落后的破坏生态环境的生产方式的代称。看来许多生产方式还有历史时段的差异，这种差异有时结果是完全相反的。②以此来看，李伯重的《发展与制约——明清江南生产力研究》还是留给我们许多研究的空间，也引发我们更多的思考！

如果说畜牧业不发达，水力资源不足，煤铁、燃料资源的不足是明清江南地区经济近代化难以实现的原因，中国的一些地区并不缺乏这些东西，如北方畜牧业发达，长江中上游水力资源丰富，华北、中南地区煤铁资源丰富，西南、华南的燃料也不缺乏，为何这些地区也没有走上实现经济近代化的道路呢？中国传统社会的交通业不能说不发达，历史上漕米、木材、滇铜、黔铅的转运在世界历史上也是十分壮观的，但为何不能形成一种资源互补条件下的近代化过程呢？从区域上看，江南有发达的集约农业，却没有实现经济近代化的一些资源条件，而西南、华南地区有这些资源，却没有相当发达的集约农业基础。由此看来，区位因素是否对中国传统社会近代化有较大的影响呢？这些问题值得我们进一步反思！

在中国经济史研究中需要一个研究内容秩序的回归，即从研究生产关系为主向研究地理环境、生产力、生产关系并重的回归，李伯重先生《发展与制约——明清江南生产力研究》从生产关系向生产力走出了很好的一步，我们还需要顺着李先生的步伐向地理环境再走一步，将倒置的研究回归到应有的顺序上。

原文刊于《荆楚历史地理学术讨论会论文文集》

湖北人民出版社，2009年。

---

① 蓝勇：《明清美洲农作物引进对亚热山地结构性贫困形成的影响》，《中国农史》2001年第4期。
② 蓝勇：《"刀耕火种"重评》，《学术研究》2000年第1期。

从历史技术与环境互动的角度解剖中国西部

——评《环境与技术选择——清代中国西部地区农业技术地理研究》

　　西部大开发，对于历史学者来说可能要做的事情太多。中国西部曾有过汉唐的辉煌，有过东部难望其项背的岁月。可是近一千多年来，西部落后了。原因何在？我曾在《光明日报》上发表过《中国西部大开发的历史回顾及思考》一文，对西部落后的原因作了初步的分析，但总感还有许多原因没能道明。中国西部太复杂了，复杂的地貌、多样的气候、众多的民族，现实的许多问题没有深入的研究是难以说清楚的，历史上的问题就更难了。萧正洪先生将历史上的中国西部作为自己研究的时空，是很有意义而富有挑战性的。

　　从经济史的研究来说，很长一段时间里，我们的经济史只是一部社会经济史，近来人们开始关注人地关系，提出了要加强生态经济史的研究。近十多年来，已经有一批历史地理学者、农业科技史学者，

依托《中国农史》《中国经济史研究》《中国历史地理论丛》等阵地，较多地讨论了生态经济史。不过我们所做的工作更多的还是在复原过去的经济地理状况，讨论宏观的人地互动关系，多是融入如气候变化影响农业、人为破坏影响生态环境、农业生态结构等观念。这些研究无疑是十分有益的，但从现在的学术前沿来看，这些研究还可以进一步地具体和深入。

国外学者在研究中国经济史的时候，较早注意了区域细部的人地互动关系，卜凯、珀金斯、何炳棣、赵冈等都做过或多或少的尝试。虽然近二十年来，国内学者的经济史论著，特别是历史农业地理论著中不乏人地关系的论述，也已经有学者关注了区域细部的人地互动关系，但系统从人地关系的角度，用技术选择作为切入口来解剖一个地区的农业经济史的专著还没有出现。1998年中国社会科学出版社出版的萧正洪《环境与技术选择——清代中国西部地区农业技术地理研究》一书，正好填补了这一空白。

清代中国西部地区的社会经济史在许多方面是很有典型意义的。该书首先将清代中国西部农业分成精耕细作、原始撂荒、粗放三种类型，然后先后分析了黄土高原、西北地区（黄土高原以外的西北地区）、青藏高原、西南地区的农业技术地理特征，最后系统分析了西部农业技术的区域不平衡性及其空间相互作用、农业技术选择与生态环境要素、西部农业技术与社会经济和文化要素，仅就其研究的内容和思路来看，就有许多创建。

如果仅从农业技术的选择与环境的关系来说，古代就有"因地制宜"的看法，本书已经谈到这是农业技术选择与环境关系的本质所在，我们并不需要太多的解释，但是当大量社会因素作为参数进入后，特别是落实到某地区怎样选择，甲地区的选择与乙地区的选择差异如何，这种选择差异产生的后果如何等，这是本书的着力所在，也是本书精华所在。再进一步讲，本书的长处之一，其关键不在于复原各个地区的农业技术与环境选择的状况和区分其选择上的差异，而在于其中选择规律往往能体现的中国社会与环境的关系，以及这样选择在中国社会发展中的影响。

如本书55页提出，为什么黄土高原人们不像关中那样在川地实行精耕细作而放弃坡地上的粗放技术。其原因为：黄土高原人少地多，但由于历史的原因，相对贫困，技术投入不足。粗放的广种，风险较小，正是贫困者取向所在。本书第6页认为："利用传统技术种植产量比较低的作物，比把有限的资源投入一种虽然有望得高产但却不为农民所熟悉的新技术更为保险。"同时其从发展经济理论学角度认为："耕作技术类型在很大程度上讲是由土地的可获得程度决定的，土地极易获得而劳动力资源较为稀缺的条件下，通过单产的途径来增加农业产出一般比较困难，而通过扩大耕地面积的途径则相对容易，所以人们选择了粗放耕作技术。"随后其认为：这个重要的原因加上无产权的森林资源和初期"种一收百"的效益，最终往往导致这样的选择。笔者认为，这个见解是十分精辟的。笔者以前曾分析认为三峡地区现在是一种结构性贫困，这种结构性贫困便是清中叶以来形成的以旱地垦殖业为主导产业结构导致的，这种产业结构从根本上讲是与三峡地区现有资源和人口不相适应的。笔者当时对清代三峡移民为什么一定选择山地旱地垦殖的理解是十分表面的。本书的结论无疑对笔者是一个很好的启示。

本书谈到农业技术地理上的"孤岛"现象，这充分体现了中国西部自然环境大差异与社会经济发展的不平衡状态。书中这句话尤为精辟："事实上，技术传播除了具有空间渐进性的特征外，还有空间跳跃性和非连续性的特征。"可能这种空间的跳跃性还不仅在技术传播上。近来笔者在研究中国辛辣用料嬗变与中国农业传统社会的关系时，发现辣椒的传入与传播由于环境和社会的原因，便呈现这一种相对的空间跳跃性，这可以证明这个结论可谓真知灼见。

本书175页称："一种属于精耕细作类型的农业技术在一个劳动资源紧缺而土地资源相对丰富的地区不一定是一种具有较高效益的技术方式，而较为'粗放'的技术在这些地区却有其存在的理由。反过来当然也存在着类似的情况。"正是基于这一论述，本书提出不能像传统经济史和历史经济地理研究那样只看重单位面积产量，故在分析新疆屯田时提出以人均产出量为标准。本书又通过对新疆与秦巴山地粗放种植的比较发现，新疆人力资源匮乏，但土地资源丰富，故虽然单位面积产量低，其人均产量却十分高；而秦巴山地则不仅人力资源差，土地资源也差，秦巴山地的粗放农业不论是从人均或单位面积来说效益都很差。本书333页又认为："对于一个特定的地区来说，最合理的技术并不一定是最先进的技术，而是最合乎因地制宜的技术。"笔者认为本书的这种分析含着一种科学辩证思想，即对于一个特定的地区而言技术的"适应"远比技术的"先进"重要。笔者在1994年研究三峡经济开发史时，曾对唐宋三峡地区刀耕火种的农业形态研究后认为，在唐宋三峡人口密度低、森林面积大的条件下实行一莅轮歇和轮作轮歇制的畲田（即本书中称的"撂荒农业"），是有较大产出且不会破坏生态环境的，故有其合理性，这种合理性今天来看就是"适应"。从这个意义上讲，我们会更加理解今天提倡生态农业的理论和实践者们的思想了。同时这种"适应"可能因为时间动态变成"不适应"，故本书又认为："粗放技术有其环境方面的佐证。但由于上述农业技术选择同生态环境之间的互动关系，粗放技术的采用到了一定的程度就会反过来对生态环境条件产生严重的影响，而农业生产和经济与社会发展本身也会因此遇到困难。"用这种动态发展的观念来分析这些问题，无疑是科学而辩证的。清中叶以后秦巴山地的陡坡垦殖，已经演变成为一种相对固定的旱作农业，不再是经典意义的游动砍烧制农业，这主要是由于人口增加和森林减少，已经没有"适应"经典刀耕火种的环境背景。

关于技术创新的诱致性机制的论述可能是全书最富见地之处。书中264页说："如果某一地区土地和劳动力这两个主要的生产要素中，劳动力是更为稀缺的，那么该地区农业技术的创新与选择就可能具有较明显的采用农业机具以实现对劳动的替代的倾向。反之，如果土地是更为稀缺的要素，相对剩余的劳动力的存在则可能导致更加'精耕细作'，从而有利于实施以争取高产为目标的生物技术而较少采用机械。然而在农业生产实践中，一个地区技术创新与选择的诱致性机制同劳动力和土地要素的相对稀缺性之间并非简单的线性关系。"本书举出了人口密集导致精耕细作，而并没大量采用农业

机具的例子，同时也列出大量人口稀少的地区并没有导致农业机具的广泛使用的例子，指出其原因是交通、通信阻隔使技术供给不足及社会制度方面的限制等。这种分析是有道理的。

书中认为：中国农业技术以生物技术、土壤技术为主，而机械技术少，有机械机具也多为水利灌溉机具，其产生主要是为解决劳动力的季节差，同时再加上中国农业社会季节性"协作"，客观上限制了农业机具的发展。此所谓"较为稠密的人口有利于精耕细作技术的发展，同时对农业机具采用有一定的限制作用。由于受到各种制度性因素的制约，除了水利机具外，劳动力资源的紧缺并未显著地推动机械技术的进步，而成了粗放技术得以长期存在的一个原因"。这里的分析意义较为显著，因为我们可以沿此思路进一步分析中国农业社会科学技术在传统社会后期没有巨大进步的原因，进而从新的技术角度分析中国封建社会长期停滞不前的原因。

本书333页言"对于清代西部地区各种农业技术选择倾向，只有从地理环境条件入手，才能做出实事求是的分析"。这也许是本书中核心所在，笔者十分赞同这种观点，姑且将其称为"技术选择的环境原动力"。不过本书第八章中还从一些社会因素进一步分析了技术选择与环境的关系，使许多分析不唯环境而环境，从而使我们对清代中国西部农业技术的选择分析更全面，这也是值得肯定的。

应该说从如此新角度对整个清代中国西部的农业技术与环境的关系作如上精辟的讨论，本身难度是很大的。如要就清代整个西部地区的农业做分析，可能仅地方志的阅读量就十分大了。就本书中所见各种古籍来看，引用详瞻，资料丰富，论证一环扣一环，十分严密，可见作者用力之深厚。书中涉及大量农业科技知识和亲身的农作体验，这里当然要提起的是，作者当过农民，又在中国农业科学院受过农业科技的熏陶，这种知识结构和实践经历可能是本书成功的一个关键所在。我想即使有人出了这样一个新课题给我，可能笔者由于知识结构和实践体验的缺乏，就难以像萧君这样出色地完成。这倒使我想起我曾在一篇文章中提出："我觉得一个工程师如果有过做'匠'的经历，一个时代感强的历史学家如果有从事政治文化工作的经历，一个经济学家有从事企业工作的经历，是有益而无害的。"本书为我这段话作了特别的印证。

当然，笔者认为作为一部开创性的著作，有些地方可能还是可以更进一步地讨论。现在又回到前面提出的一个问题。本书对农民选择扩大耕地面积而不是原地精耕细作的原因的解释是精辟而合理的，但其第39页说："清代黄土高原区如何合理利用土地，所面临的问题除了农作物的种植结构和种植制度外，也像今天一样，还有一个农林牧三业的比例问题。非常不幸的是，当时黄土高原区的农民一般都是通过扩大耕地面积、发展单一的作物种植的方法来获取经济生活资料，牧业和林业所占的比重越来越小。这种技术选择从唐宋以来就一直如此，而且延续今日。"本来种植业与林牧业之间的选择并不是一个"先进"与"落后"的问题，而是属于一个"是否适应"的问题。本书对这个问题解释似还可以进一步深入。这里笔者在思考为什么农民面对山地不选择畜牧，而选择种植。就秦巴山地而言，可能与大量湖广籍移民长于垦殖有关。就西部亚热带山地而言，可能与历史时期西部商品经济落后使畜牧与粮食的互换不畅有关，也可能与明清之际玉米、红薯、马铃薯等旱地高产作物传入有关。但就全国讲，这种选择可能还与中国传统社会"畜牧"落后而"农耕"先进的传统思想有关。不错，如果从时间发展序列来看，狩猎、游牧、畜牧经济一般早于固定的农耕作业，而历史上中国北方的游牧民族一向被中原汉人视为落后民族。这种潜在的传统意识自然会影响农民的产业选择。其实在农业与畜牧业之间并没什么先进与落后之分。前不久在重庆市政协的一次有关西部大开发的会议上，有的专家提出将重庆所有海拔一千米以上的丘陵山地全部退还牧草，发展养牛养羊，来一次"白色革命"。我则提出，方向无疑是正确的，但发展要渐进而适度，因为中华民族饮食传统深厚，牛羊肉奶市场形成要有一个过程，不能指望一蹴而就。

本书提出了农业生产所依赖的技术可分成两种类型，即节约劳动的"土地密集型"和投入大量劳动的"劳动密集型"。其实，是否可以再划出第三种、第四种呢？依笔者之见，可否分成"技术密集型""劳动密集型""资源密集型""投入不足型"四种。第一，技术密集型。以生物技术（良种培育、引进）、机械技术（包括水利农具，耕耘、收获、运输农具）投入为主，这种类型技术含量最大，是一种既追求人均产量，也追求单位面积产量的精耕细作农业。遗憾的是这种农业在中国传统社会里发育得并不是太好。第二，劳动密集型。以劳动和劳动力投入为主，追求多熟复种制，采取轮作间作，讲求深耕，注重勤耘、施肥等田间管理，这种类型以大量投入劳动为特点，是一种追求单位面积产量而非投入产出比效益的精耕细作农业。这是中国传统社会里发展得好的一种农业类型。第三，资源密集型。以投入耕地、林地等土地资源为主，技术投入量低，主要集中在自然水利灌溉和土地肥力的自然保持上，是一种主要以追求人均产出为主的粗放农业。像清代新疆的那种以加大投入耕地资源来获得人均产量的类型便是指此。历史上清中叶以前的畲田（经典意义的砍烧制刀耕火种）也是这种类型。第四，投入不足型。这种类型主要指人口密度相对增大，人均耕地少，但由于陡坡环境和技术供给的不足，又无法进行精耕细作的农业，生物技术、机械技术、劳动和劳动力、土地资源均投入不足，故既无法追求单位面积产量，也无法实现人均高产。清中叶以来的休耕不足的畲田（非经典的刀耕火种）和近代流行的非游耕的山地陡坡垦殖便是属此。

　　总之，笔者认为本书在学术理论和方法上的贡献不仅仅是在历史地理学界，可能对我们的经济史、农业科技史、社会史在理论和方法上都有积极的影响。同时，本书也为我们今天西部大开发提供了一个深层次分析西部时空变化的典型个案，有较大的现实意义。基于此，笔者认为本书是一部相当优秀的博士论文、一部富有创意的高水平学术著作。

　　　　　　　原文刊于《历史地理》第17辑，上海人民出版社，2001年。

连续地理剖面的新切入点探索

——评鲁西奇《区域历史地理研究：对象与方法——汉水流域的个案
考察》

近十多年来区域历史地理研究在中国历史地理学界受到了极大的关注。
不错，几千年的历史长河中，一千多万平方公里疆域的消长，可以想象，其
区域的空间差异和时间序列的函数关系有多么复杂，只有在大量区域的深入
研究上才能认清中国历史上区域发展的诸多问题。

怎样进行区域历史地理研究？国内外的学者在理论和实践中做过一些探索。就国内学者而言，区域研究成果较多，但在研究方法、思维方面的探索则刚刚起步。毋庸讳言，国内以往的历史区域地理研究大多还主要是在时间断面下的空间简单复原和人地互动讨论，笔者以往的区域历史地理的研究也多是如此。可喜的是，近来萧正洪先生的《环境与技术选择——清代中国西部地区农业技术地理研究》一书，从技术切入点进行了一定的突破性研究，笔者已经有专门的评述。

这里要说的是，鲁西奇先生的《区域历史地理研究：对象与方法——汉水流域的个案考察》（广西人民出版社2000年版），又是在区域历史地理研究上有新的突破和创建的一部书，值得一读。

一、本书将我国历史地理学界对区域划分的研究做了总结，认为以往的研究区域划分主要分成诸侯国疆域、行政区、民族聚居区、特殊的地理景观区四种，进而提出流域链研究的空间在人文与自然方面有更多的统一性。笔者认为鲁先生的观点是正确的，也是符合区域研究潮流和历史经济地理的基本属性的。鲁先生以汉水流域为研究空间的成功，说明了这种设定是合理的。

二、关于建立连续的地理剖面问题，应是区域历史地理研究的基本理念。日本学者菊地利夫早就提出在讲求逐时变化（Change Through Time）的时间断面（Time Cross-Section）上复原过去地理后，又将这种断面在区域占据系列（Sequent Occupance）和空间进化系列（Spatial Revolution）方法的基础上用继续堆积法（Succesive Cross Section Method）复原地理变化。西方一些学者在理论和具体的区域研究上也有一些先例，这一点鲁先生在书中已经论及。只是国内学者关注这种理论的不多，在具体的区域研究中有意识地利用这种理论就更显不足。鲁先生在书中明确提出这种思维作为该书的研究方法，特别在书中汉水流域具体的研究中有意识地贯穿这种理念，这是十分值得肯定的。其实，在我看来，连续的地理剖面理念不仅是区域历史地理研究应有的理念，也是所有区域研究提高研究水平的必由之路。

三、本书总体上看应是一部区域历史经济地理的著作。如果按以往的中国研究传统，可能严格按农业、手工业、商业、城镇、交通、人口等方面分类论述，其间仅介入空间分布和人地互动的线索。能否有更新的切入点呢？鲁西奇先生看来费了一些思考，他不仅有意识在区域研究中注重连续剖面建立意识的实践，更为重要之处在于他选择了不同的切入点来分析这种连续的地理剖面。鲁西奇先生在书中提出以人口移动、土地利用、居住方式、方言、风俗等几个方面作为研究的切入点，结合气候、地貌等因素来研究，无疑是抓住了区域演变的核心点，是十分有创意的。

该书第一至五章主要以新石器时代、青铜时代、秦汉至六朝、7至13世纪、明清时期五个时间断面进行空间分析。从这五章来看，其占据的汉水流域的资料是十分全面的，也有许多实地考察的资料；既有一些描述和总结，也有一些数理的归纳和分析，这可见鲁西奇先生在其中下的功夫之深。不过在划分时间断面时用了生产力特征、中国朝代、世纪纪年三种混合标准，可能缺少应有的说明，似不够妥当。

个案的研究贵在理念与规律的提升，这是目前学术界十分看重的一点，所以笔者更关注该书第六章。该章从地区经济发展的不平衡的内涵谈起，主要从人口密度、城镇密度和土地利用方式来分析区域差异，其间充分考虑了土地资源、人口资源、政治因素、区位条件、地貌条件等影响区域发展的参数，最后总结出人地关系的多样性表现在时间差异、空间差异、种群和文化差异三个方面。从作者的分析来看，时间差异主要是生产力水平、气候冷暖等因子对人地关系的影响；空间差异则体现为地带性差异、非地带性差异对人地关系的影响；种群与文化差异实际上是传统文化与人种生理差异对人地关系的影响。从作者的实践来看，这三个方面往往是交融在一起的，这说明作者对一些问题的分析是十分全面的，也是我们今天从事区域研究在思维和方法上应吸取的。

不过，区域研究的理论有时在体现区域空间、时间差异和文化传统对人地关系的影响方面可能十分复杂，我们在一些问题上是否还可以做进一步讨论呢？以空间而论，区位与地貌差异往往是难以分清的。以汉水流域个案来看，气候多种多样，历史上分属政区众多，现在分属陕、鄂、豫几省，地貌从山地、丘陵到平原、水泽兼有，若能分而论之，则更深入。以时间而论，生产力的高低在时间发展上可总体把握，越往后生产力水平一般越高，但如同现代生态农业的一些合理内核却十分原始一样，"先进"与"落后"是相对的，故我们曾提出"适应"就是"先进"的观念。笔者曾讨论过刀耕火种的历史属性，证明并非所有地区最原始的农业皆为刀耕火种农业，而中古时期（唐宋）的刀耕火种从投入与产出、环境与人类协调角度来看，有其合理性的一面，只是在明清时期随着人地比率的变化才失去合理性。看来从土地利用的生产力水平，特别是生产技术是否先进所体现的发展不是一条直线。

在我看来，与正诺的书相比，鲁西奇先生的著作更重区域空间的时间推移分析，考虑的因索更全面，而前者的书因是断代区域研究，更注重技术切入点下的人地关系分析。从这个角度来看，本书中如果能更关注技术层面的切入，可能就更圆满。

这里还有一个关注现实的问题。我一直认为区域历史地理的研究应极大地关注现实，但怎样关注呢？如果我们的关注仅仅是得出历史时期生态环境如何好，历史时期人类活动负面影响如何大，现在人地比率如何不协调，自然远远不够。历史地理学者客观上比一个区域经济学者、地理学者、历史学者有更深厚的区域时空研究体验，我们应充分发挥这一优势。鲁西奇先生在区域历史地理方面的研究十分深厚，手段已处于前沿，已经使我们对区域的认识十分深化了，这是其他学科学者往往难以逾越的。如果我们更关注现实，特别掌握好深层次研究与现实发展战略的"转换"的切合点，则研究更能为社会所接受。就汉水流域来看，秦巴山地、江汉平原的人地关系都有一个重新调整的问题，作者若有更深入关注一些现实问题，可能区域历史地理研究的经世致用功能则体现得更明显。

再者，作为一部区域历史地理的著述，如果能有一系列连续时间断面的地图和景观照片则可能更能体现历史地理的特点，也更体现了现代多媒体图文时代的方向。

作为区域历史地理著述，如果仅是简单地填补了一个区域的空白，人们也许只在心中存言，这个区域的问题解决了，默而不发。但一部有创见的著述往往会对传统产生冲击，引发人们的分析和议论，去考虑在其他地区的研究中又会有何启发和借鉴。该书的著述引发我的思考可能是很肤浅的，但我不得不说，该书是一部建立在深厚扎实的区域复原基础上而在方法、理论上有所创新的高水平的区域历史地理著作。

原文刊于《历史地理》第18辑，上海人民出版社，2002年。

一部富有时代特色的区域通史

——《重庆通史》评介

我国现在有960多万平方公里的陆上领土，历史上中国的陆上疆域面积曾达1300多万平方公里，如此大的范围使中国历史研究中的区域研究重要性尤为突出，所以区域史的研究成为近些年来中国历史研究的一个热点。就重庆而言，由于西部开发、直辖、三峡工程等因素，其区域的重要性越来越受到学术界的关注。

从历史上来看，有的学者从巫山猿人等古文化角度提出巫巴山地是世界人类的发祥地之一，显现出重庆这块土地上人类文化的悠久。长期以来，巴文化一直是一个相对独立的文化，林立于各种区域文化中，虽然没有历史时期的蜀文化、楚文化、齐文化、晋文化等文化影响大，有时也容易被蜀文化的影响所淹没，但巴人勤劳、好义、尚武、豪爽的个性特征潜移默化沉淀在我们的血脉之中，代代承传，造就了重庆人果敢开创的传统气质，使其在至今的改革开放中受益无穷。

过去由于地理环境的恶劣，重庆地区很长的时期内相对于蜀的故地川西地区来说社会经济文化都落后。唐代以前四川出了许多全国一流的文化名人，但都是出于蜀的故地。唐代的重庆仍是流放罪犯的地区，万州一带有称"天下最穷处"。唐代四川出了68个进士，而今重庆市境内只出了1个，就是到了宋代重庆地区也十分落后。明清时期随着中国政治经济文化中心的东移南迁，川东地区的社会经济文化地位也随之上升，重庆的社会经济文化在全国和四川的地位才上升很快。特别是在近代重庆开埠后，重庆地区一方面首先受到西方殖民统治者的政治经济文化的侵略，同时也在中国西部地区最早开始受到西方先进科学技术和近代文化思潮的影响，很快在19世纪末和20世纪上半叶中，重庆地区不仅在四川地区领导近代新文化的潮流，成为当时四川地区新文化和新经济最发达的地区，也成为当时中国西部最有影响的地区。在20世纪后半叶，由于重庆行政地位等因素，重庆的地位相对下降。但应该说，1997年的重庆直辖和以后五年多的快速发展，也应是承传了近百年重庆快速发展趋势的历史轨迹。应该说，几千年来，重庆经历了许多曲折和波动，重庆的发展凝聚着千百年来巴渝故土父老的拼搏与抗争，这是十分需要我们系统总结的。而作为一个直辖市，从学术和文化建设上来看，也需要一部厚重的区域文化通史性著作问世。周勇教授主编的115万字的《重庆通史》出版面世，无疑是重庆文化建设中的一件大事。

周勇教授很早就从事重庆地区的历史研究，早在20世纪80年代就与隗瀛涛教授一起出版了《重庆开埠史》一书，影响十分大。以后，在周勇教授周围，一大批学者在重庆地方史方面做了大量的工作，出版了大量的论著，为《重庆通史》的撰写奠定了基础。

拜读《重庆通史》，有三个特点：

一、内容全面，资料丰富

在很长的时期内，区域史的研究往往重点在政治史、革命史，即使有经济史的内容，也多是经济关系的研究，更少社会史、文化史的内容，这不仅是重庆，也是全国历史学研究的不足。这种不足显然是那个时代的产物。

从《重庆通史》来看，三卷的作者们都在力图打破这种格局。如第一卷中关于"巴文化""宋代经济兴盛"、第九章中关于经济的六节、第十章"古代文化"，第二卷中第四章商业、第五章金融业、第六章交通业、第七章近代工业、第八章近代重庆城乡经济关系、第十八章重庆传统文化的近代变迁、第十七章近代重庆文化的新因素，第三卷第十一章至二十三章关于重庆经济文化教育的论述，都是以前研究相对薄弱而需要加强的内容。《重庆通史》将这些内容深入研究后补充进来，使《重庆通史》在内容上成为一部真正意义上的通史。同时，《重庆通史》也增加了重庆解放到新民主主义政权建立、巩固与经济秩序建立的篇章，更使内容全面，也是值得提及的。

《重庆通史》涉及的资料众多，从考古发掘材料、正史、野史笔记到地方志、各代文集，从会要、实录到档案、奏章、日记、回忆录，既有近代报刊上的一些材料，也吸收了近现代著作和论文的一些成果，资料可谓丰富全面。在资料引用上采用脚注，翔实而便于读者和同行阅读。书中多是第一手材料，有个别地方是转引的材料还特别注明转引出处，这表明了作者们严谨的学风和求实的态度，这是与目前学术界讲求学术规范的潮流同步，值得充分肯定。

二、面向全国，特色鲜明

作为一部区域性的通史著作，关键是要将其区域在全国历史发展中做出定位，突出自己的区域特色。《重庆通史》在这方面做得也很好。

前面我们已经谈到，重庆古代文明历史悠久，但很长的时期内在全国影响并不突出，只是在近代重庆才在全国有突出的影响和地位，有更多可歌可泣的历史，这是重庆历史发展的特色。这里要说的是1994年出版的《四川通史》共七卷，其中古代部分独占五卷，除了其他原因外，蜀文化在历史上的地位重要是其突出古代的重要原因。《重庆通史》本着厚今薄古和体现重庆区域特色的目的，在内容分配上表现为：第一卷古代部分只占五分之一，而近代部分占五分之四，这是十分有胆识的正确选择。

在具体内容选择上，《重庆通史》把握住了重庆特色，突出重庆近代西方文化的影响、长江上游工商业中心的形成和抗战时期的政治文化这三个方面的内容，抓住了重庆的特色和地位，表明了作者们对重庆历史研究的感悟十分到位。

三、善于思辨，时代性强

近代中国近代化问题在学术界是曾经讨论较多的一个话题，特别是怎样看待重庆地区外国殖民主义的政治、经济和文化侵略问题。《重庆通史》采取历史唯物主义和辩证唯物主义的态度，一方面强调外国殖民主义的政治、

经济、文化侵略主观上是控制中国和殖民中国的目的，同时也的确给中国人民带来一些危害，另一方面也承认近代国外现代文化、科技的进入，对中国近代化有一个促进作用。例如谈到西方势力对重庆的经济侵略时认为，"在这里，帝国主义的侵入，对重庆的城市近代化，充当了'历史的不自觉的工具'"。谈到近代教会学校、医院的建立，除了谈其侵略的目的外，强调客观上起了传播科学、文明的作用。

这样的态度，表明了作者宏观地把握住了历史，关怀现实而着眼未来的实事求是态度。这样的观点，有利于我们充分理解改革开放以来的方针与政策。这样的观念，体现了整部历史都是当代史的与时俱进的文明思想，闪烁着"三个代表"的思想火花。

最后要说的是在《重庆通史》中还有一些在研究上的新思维和新方法，如第二卷第八章中关于近代重庆城乡经济关系的讨论中运用了个案研究、凝聚与辐射、程序图示的方法和思维，这表明作者在研究方法与手段上与海外学术界接轨的努力，这是应特别要肯定的。

原文刊于《探索》，2003年第2期。

红烧《水煮重庆》

司马青衫（周密）先生的大作拜读过不少，但我们见面并不多，对他的身世了解也缺乏。学问这个东西，最高的境界是不问出处，只论学者的本身的境界。重庆的夏天热得人难受，身边有相伴两册厚厚的《水煮重庆》，"水煮"的概念本来在巴蜀人们的心中蕴含着高温、辛辣的寓意，本应该火上加油，但两周时间读了下来，反而多了一些欢愉之中的清凉和惬意。我与司马可能身世大相径庭，但自认为我们心中的学术表达方式、诉求和历史认知观念多有相似之处。体制内的学问在方法和内容上自然有其存在的合理性，规范的结构、严肃的表达、僵硬的注文，不过是着眼于自我管控和他者认知精准的需要。特别是人文科学，如果没有一些形式上的规范来管束人文的随性和张扬，我们的科学性就无从谈起。除非我们说人文科学根本不是科学，这样，可能自然科学者更从骨子里看不起我们，我们更会被边缘化。当然，我一直认为人文科学是远比自然科学更复杂的科学，理论上我不必多说，仅人文科学学者成才年龄普遍偏大的这一点，就可以说明这个问题。正是因为人文科学太复杂，人类的认知能力还难以让它量化、规范。但我认为这并不能成为人文科学放弃量化的借口，反而量化人文科学应该是我们追寻的目标，只是这个目标太难太难！

但是，如果朝这个方向发展又带来一个人文属性范式的局限性，这就是

表达方式贫乏无味而影响人文科学的张力。规范本来有限制人文随性的初衷，显现了科学理性制约人们主观上和客观上随性的功能，因为在不规范的人文表达下，学者所受的道德考验是极大的。特别是在一些所谓"绝学"的研究中，是内部娱乐而缺乏基本监督的。所以探索一种在不影响人文张力背景下的科学理性表达就尤为必要。

我很喜欢司马青衫的学术表达方式，也赞赏他的这种表述方式背后的科学理性追求。从这个意义上讲，司马青衫是一位有科学道德但又想改变人文传播方式的学者。在我看来，他的语言表达有两个突出的特点，一个是直白观念调侃，一个是现代话语比喻。前者当然必须是在一种夹叙夹议方式下的表达，体制内的学术表达是不可能随时调侃的，叙议也是必须分段落场景的。后者，用现代话语去比喻历史场景，很接地气，更容易受到社会的关注和认知。正是因为他的这种表达方式，虽然有关重庆历史的著述已经很多，但这部《水煮重庆》可能是受众最多的一本（没有统计过，只是感受），所以，可贺可喜。司马青衫的这种独特的学术表达方式，我们就称之为"水煮"吧！

实际上，我也试图在学术表达方式创新上有一些尝试，如我们创办《中国人文田野》辑刊，目的之一就是开创一个将田野考察过程与学术思考融为一体的学术表达方式，我想可以称为"过程式表达"范式，以有别于我们习惯的学术论文的八股范式。另我们编的《重庆历史地图集》实际上也是想尝试一种科学释文、历史地图、新旧照片各三分之一的学术专著表达方式，我称为"三分式表达"。你想想，司马青衫有"水煮式表达"，我有"过程式表达""三分式表达"，我们两人可以说也是惺惺相惜了吧！

同样的表达方式，可以表达不同的内容。"水煮"的东西可以很多，就像重庆火锅理论上讲是可能煮完整个世界可吃的东西一样。当然，水煮的东西大多并不是主流史学中的主体历史叙事、宏观历史场景，即使涉及一些大的主体叙事、宏大历史场景，也是这些主体、宏大下面的细节、碎片、边缘，所以《水煮重庆》更多关注重庆历史上的美食传闻、军阀逸事、移民琐事、方言故事、地名往事、青楼传奇、袍哥义气，在主流史学来看这些东西大多是进不了历史的主体叙事的，但这些东西往往才是老百姓真正喜欢的东西。当下学术界有人不断撰文担心历史研究中的碎片化，我认为这种担心完全是多余的。历史研究本来就应该是碎片与整体、边缘与中心并存，碎片是整体的基础，无边缘又哪来中心。历史学者可以从一个碎片看整体，也可以从多个碎片看整体，可以从边缘回望中心，也可以从中心鸟瞰边缘。这种多元的历史研究才是我们期望的境界。

有人会说，为何不"水煮"一下我们的主体叙事、调侃一下宏大的历史？我想，我和司马青衫可能更想"水煮""过程""三分"一下这些东西，但是，由于历史观的问题，有许多东西当下是不能随便"水煮""过程""三分"的。从《水煮重庆》的字里行间，我已经深刻地领会到司马青衫君的历史观，如对于历史上流寇们的负面性、对于四川军阀的双面性、对于近代西方文明进入所带来的益处的认知都显现了司马青衫君的历史观中的"人性"。在我看来，是否"人性"是评价一位历史学者心智是否正常的关键。

历史研究永远是无止境的，《水煮重庆》中可能有一些内容也可以再进一步研究讨论的，如"湖广填四川"中麻城孝感作为中转站的问题、宋代书院与儒学区别问题、《金瓶梅》中的重庆话问题。历史研究的最大魅力就是和平的讨论，为此，我希望能与司马青衫多一些交流和分享。

最后，我想说的是，我与司马青衫都有一个共同的爱好，就是美食。司马青衫君"水煮"了重庆，下面是否可以再"水煮"一下四川、贵州、云南……不够，我们还有红烧、干煸、干烧、炝炒、黄焖……将饮食的话语融入历史研究也是一种境界，"水煮"这种方式我自然并不像司马青衫那样擅长，所以最多只能是"红烧"一下，所以只能以《红烧〈水煮重庆〉》为本文命名了！